MANESSE BIBLIOTHEK DER WELTLITERATUR

Droste-Hülshoff · Gedichte und Prosa

ANNETTE VON DROSTE-HÜLSHOFF

GEDICHTE UND PROSA

Auswahl und Nachwort von Emil Staiger

MANESSE VERLAG

ISBN 3-7175-1100-9 (Leinen)
ISBN 3-7175-1101-7 (Leder)

 · Druck: Conzett+Huber AG, Zürich
Imprimé en Suisse · Printed in Switzerland

GEDICHTE

Sternchen* im Text verweisen auf eine Anhangsnote

Das Spiegelbild

Schaust du mich an aus dem Kristall
Mit deiner Augen Nebelball,
Kometen gleich, die im Verbleichen;
Mit Zügen, worin wunderlich
Zwei Seelen wie Spione sich
Umschleichen, ja, dann flüstre ich:
Phantom, du bist nicht meinesgleichen!

Bist nur entschlüpft der Träume Hut,
Zu eisen mir das warme Blut,
Die dunkle Locke mir zu blassen;
Und dennoch, dämmerndes Gesicht,
Drin seltsam spielt ein Doppellicht,
Trätest du vor, ich weiß es nicht,
Würd' ich dich lieben oder hassen?

Zu deiner Stirne Herrscherthron,
Wo die Gedanken leisten Fron
Wie Knechte, würd' ich schüchtern blicken;
Doch von des Auges kaltem Glast,
Voll toten Lichts, gebrochen fast,
Gespenstig, würd', ein scheuer Gast,
Weit, weit ich meinen Schemel rücken.

Und was den Mund umspielt so lind,
So weich und hülflos wie ein Kind,
Das möcht' in treue Hut ich bergen;
Und wieder, wenn er höhnend spielt,
Wie von gespanntem Bogen zielt,
Wenn leis' es durch die Züge wühlt,
Dann möcht' ich fliehen wie vor Schergen.

Es ist gewiß, du bist nicht Ich,
Ein fremdes Dasein, dem ich mich
Wie Moses nahe, unbeschuhet,
Voll Kräfte, die mir nicht bewußt,
Voll fremden Leides, fremder Lust;
Gnade mir Gott, wenn in der Brust
Mir schlummernd deine Seele ruhet!

Und dennoch fühl' ich, wie verwandt,
Zu deinen Schauern mich gebannt,
Und Liebe muß der Furcht sich einen,
Ja, trätest aus Kristalles Rund,
Phantom, du lebend auf den Grund,
Nur leise zittern würd' ich, und
Mich dünkt—ich würde um dich weinen!

Brennende Liebe*

Und willst du wissen, warum
So sinnend ich manche Zeit,
Mitunter so törich und dumm,
So unverzeihlich zerstreut,
Willst wissen auch ohne Gnade,
Was denn so Liebes enthält
Die heimlich verschlossene Lade,
An die ich mich öfters gestellt?

Zwei Augen hab' ich gesehn,
Wie der Strahl im Gewässer sich bricht,
Und wo zwei Augen nur stehn,
Da denke ich an ihr Licht.
Ja, als du neulich entwandtest

Die Blume vom blühenden Rain
Und *Oculus Christi* sie nanntest,
Da fielen die Augen mir ein.

Auch gibt's einer Stimme Ton,
Tief, zitternd, wie Hornes Hall,
Die tut's mir völlig zum Hohn,
Sie folget mir überall.
Als jüngst im flimmernden Saale
Mich quälte der Geigen Gegell,
Da hört' ich mit einem Male
Die Stimme im Violoncell.

Auch weiß ich eine Gestalt,
So leicht und kräftig zugleich,
Die schreitet vor mir im Wald
Und gleitet über den Teich;
Ja, als ich eben in Sinnen
Sah über des Mondes Aug'
Einen Wolkenstreifen zerrinnen,
Das war ihre Form, wie ein Rauch.

Und höre, höre zuletzt,
Dort liegt, da drinnen im Schrein,
Ein Tuch mit Blute genetzt,
Das legte ich heimlich hinein.
Er ritzte sich nur an der Schneide,
Als Beeren vom Strauch er mir hieb,
Nun hab' ich sie alle beide,
Sein Blut und meine brennende Lieb'.

Not

Was redet ihr so viel von Angst und Not
In eurem tadellosen Treiben?
Ihr frommen Leute, schlagt die Sorge tot,
Sie will ja doch nicht bei euch bleiben!

Doch wo die Not, um die das Mitleid weint,
Nur wie der Tropfen an des Trinkers Hand,
Indes die dunkle Flut, die keiner meint,
Verborgen steht bis an der Seele Rand —

Ihr frommen Leute wollt die Sorge kennen,
Und habt doch nie die Schuld gesehn!
Doch sie, sie dürfen schon das Leben nennen
Und seine grauenvollen Höhn.

Hinauf schallt's wie Gesang und Loben,
Und um die Blumen spielt der Strahl,
Die Menschen wohnen still im Tal,
Die dunklen Geier horsten droben.

Die Taxuswand

Ich stehe gern vor dir,
Du Fläche schwarz und rauh,
Du schartiges Visier
Vor meines Liebsten Brau',
Gern mag ich vor dir stehen,
Wie vor grundiertem Tuch,
Und drübergleiten sehen
Den bleichen Krönungszug;

Als mein die Krone hier,
Von Händen, die nun kalt;
Als man gesungen mir
In Weisen, die nun alt;
Vorhang am Heiligtume,
Mein Paradiesestor,
Dahinter alles Blume,
Und alles Dorn davor.

Denn jenseits weiß ich sie,
Die grüne Gartenbank,
Wo ich das Leben früh
Mit glühen Lippen trank,
Als mich mein Haar umwallte
Noch golden wie ein Strahl,
Als noch mein Ruf erschallte,
Ein Hornstoß, durch das Tal.

Das zarte Efeureis,
So Liebe pflegte dort,
Sechs Schritte — und ich weiß,
Ich weiß dann, daß es fort.
So will ich immer schleichen
Nur an dein dunkles Tuch
Und achtzehn Jahre streichen
Aus meinem Lebensbuch.

Du starrtest damals schon
So düster treu wie heut,
Du, unsrer Liebe Thron
Und Wächter manche Zeit;
Man sagt, daß Schlaf, ein schlimmer,

Dir aus den Nadeln raucht —
Ach, wacher war ich nimmer,
Als rings von dir umhaucht!

Nun aber bin ich matt
Und möcht' an deinem Saum
Vergleiten, wie ein Blatt,
Geweht vom nächsten Baum;
Du lockst mich wie ein Hafen,
Wo alle Stürme stumm:
O, schlafen möcht' ich, schlafen,
Bis meine Zeit herum!

Locke nicht, du Strahl ...

Locke nicht, du Strahl aus der Höh'!
Noch lebt des Prometheus Geier.
Stille, still du leuchtender See!
Noch wachen die Ungeheuer
Über deines Hortes kristallnem Schrein.
Senk die Hand, mein fürstlicher Zecher!
Sieh, drunten bleicht das morsche Gebein
Des, der getaucht nach dem Becher.*

Und du flatternder Fadenstrauß,
Du der Distel mystische Rose,
Strecke nicht deine Fäden aus
Mich umschlingend so lind und lose!
Flüstern oft hör' ich dein Würmlein klein,
Das dir heilend* im Schoß mag weilen.
Ach, muß ich denn die Rose sein,
Die zernagte, um andre zu heilen?

Die Steppe

Standest du je am Strande,
Wenn Tag und Nacht sich gleichen,
Und sahst aus Lehm und Sande
Die Regenrinnen schleichen —
Zahllose Schmugglerquellen,
Und dann, so weit das Auge
Nur reicht, des Meeres Wellen
Gefärbt mit gelber Lauge? —

Hier ist die Dün' und drunten
Das Meer; Kanonen gleichend
Stehn Schäferkarrn, die Lunten
Verlöscht am Boden streichend.
Gilt's etwa dem Korsaren
Im flatternden Kaftane,
Den dort ich kann gewahren
Im gelben Ozeane?

Er scheint das Tau zu schlagen,
Sein Schiff verdeckt die Düne,
Doch sieht den Mast man ragen, —
Ein dürrer Fichtenhüne;
Von seines Toppes Kunkel
Die Seile stramm wie Äste,
Der Mastkorb rauh und dunkel,
Gleicht einem Weihenneste! —*

Das Hirtenfeuer

Dunkel, Dunkel im Moor,
Über der Heide Nacht,
Nur das rieselnde Rohr
Neben der Mühle wacht,
Und an des Rades Speichen
Schwellende Tropfen schleichen.

Unke kauert im Sumpf,
Igel im Grase duckt,
In dem modernden Stumpf
Schlafend die Kröte zuckt,
Und am sandigen Hange
Rollt sich fester die Schlange.

Was glimmt dort hinterm Ginster
Und bildet lichte Scheiben?
Nun wirft es Funkenflinster,
Die löschend niederstäuben;
Nun wieder alles dunkel —
Ich hör' des Stahles Picken,
Ein Knistern, ein Gefunkel,
Und auf die Flammen zücken.

Und Hirtenbuben hocken
Im Kreis' umher, sie strecken
Die Hände, Torfes Brocken
Seh' ich die Lohe lecken;
Da bricht ein starker Knabe
Aus des Gestrüppes Windel
Und schleifet nach im Trabe
Ein wüst Wachholderbündel.

Er läßt's am Feuer kippen —
Hei, wie die Buben johlen,
Und mit den Fingern schnippen
Die Funkengirandolen!
Wie ihre Zipfelmützen
Am Ohre lustig flattern,
Und wie die Nadeln spritzen,
Und wie die Äste knattern!

Die Flamme sinkt, sie hocken
Aufs neu' umher im Kreise,
Und wieder fliegen Brocken,
Und wieder schwelt es leise:
Glührote Lichter streichen
An Haarbusch und Gesichte,
Und schier Dämonen gleichen
Die kleinen Heidewichte.

Der da, der Unbeschuhte,
Was streckt er in das Dunkel
Den Arm wie eine Rute?
Im Kreise welch Gemunkel?
Sie spähn wie junge Geier
Von ihrer Ginsterschütte:
Ha, noch ein Hirtenfeuer,
Recht an des Dammes Mitte!

Man sieht es eben steigen
Und seine Schimmer breiten,
Den wirren Funkenreigen
Übern Wachholder gleiten;
Die Buben flüstern leise,

Sie räuspern ihre Kehlen,
Und alte Heideweise
Verzittert durch die Schmehlen.*

«Helo, heloe!
Heloe, loe!
Komm du auf unsre Heide,
Wo ich mein Schäflein weide,
Komm, o komm in unser Bruch*,
Da gibt's der Blümelein genug! —
Helo, heloe!»

Die Knaben schweigen, lauschen nach dem Tann,
Und leise durch den Ginster zieht's heran:

GEGENSTROPHE

«Helo, heloe!
Ich sitze auf dem Walle,
Meine Schäflein schlafen alle,
Komm, o komm in unsern Kamp,
Da wächst das Gras wie Brahm* so lang!—
Helo, heloe!
Heloe, loe!»

Der Knabe im Moor

Oh, schaurig ist's, übers Moor zu gehn,
Wenn es wimmelt vom Heiderauche,
Sich wie Phantome die Dünste drehn
Und die Ranke häkelt am Strauche,
Unter jedem Tritte ein Quellchen springt,
Wenn aus der Spalte es zischt und singt,
Oh, schaurig ist's, übers Moor zu gehn,
Wenn das Röhricht knistert im Hauche!

Fest hält die Fibel das zitternde Kind
Und rennt, als ob man es jage;
Hohl über die Fläche sauset der Wind —
Was raschelt drüben am Hage?
Das ist der gespenstische Gräberknecht,
Der dem Meister die besten Torfe verzecht;
Hu, hu, es bricht* wie ein irres Rind!
Hinducket das Knäblein zage.

Vom Ufer starret Gestumpf hervor,
Unheimlich nicket die Föhre,
Der Knabe rennt, gespannt das Ohr,
Durch Riesenhalme wie Speere;
Und wie es rieselt und knittert darin!
Das ist die unselige Spinnerin,
Das ist die gebannte Spinnlenor',
Die den Haspel dreht im Geröhre!

Voran, voran! nur immer im Lauf,
Voran, als woll' es ihn holen!
Vor seinem Fuße brodelt es auf,
Es pfeift ihm unter den Sohlen

Wie eine gespenstige Melodei;
Das ist der Geigemann ungetreu,
Das ist der diebische Fiedler Knauf,
Der den Hochzeitheller gestohlen!

Da birst das Moor, ein Seufzer geht
Hervor aus der klaffenden Höhle;
Weh, weh, da ruft die verdammte Margret:
«Ho, ho, meine arme Seele!»
Der Knabe springt wie ein wundes Reh;
Wär' nicht Schutzengel in seiner Näh',
Seine bleichenden Knöchelchen fände spät
Ein Gräber im Moorgeschwele.

Da mählich gründet der Boden sich,
Und drüben, neben der Weide,
Die Lampe flimmert so heimatlich,
Der Knabe steht an der Scheide.
Tief atmet er auf, zum Moor zurück
Noch immer wirft er den scheuen Blick:
Ja, im Geröhre war's fürchterlich,
O schaurig war's in der Heide!

Die Jagd

Die Luft hat schlafen sich gelegt,
Behaglich in das Moos gestreckt;
Kein Rispeln, das die Kräuter regt,
Kein Seufzer, der die Halme weckt.
Nur eine Wolke träumt mitunter
Am blassen Horizont hinunter,
Dort, wo das Tannicht überm Wall
Die dunkeln Kandelaber streckt.

Da horch, ein Ruf, ein ferner Schall:
«Hallo! hoho!» so lang gezogen,
Man meint, die Klänge schlagen Wogen
Im Ginsterfeld, und wieder dort:
«Hallo! hoho!» — am Dickicht fort
Ein zögernd Echo, — alles still!
Man hört der Fliege Angstgeschrill
Im Mettennetz, den Fall der Beere,
Man hört im Kraut des Käfers Gang,
Und dann wie zieh'nder Kranichheere
Kling klang! von ihrer luft'gen Fähre,
Wie ferner Unkenruf: Kling klang!
Ein Läuten das Gewäld entlang —
Hui schlüpft der Fuchs den Wall hinab —
Er gleitet durch die Binsenspeere,
Und zuckelt fürder seinen Trab:
Und aus dem Dickicht, weiß wie Flocken,
Nach stäuben die lebend'gen Glocken,
Radschlagend an des Dammes Hang;
Wie Aale schnellen sie vom Grund,
Und weiter, weiter, Fuchs und Hund. —

Der schwankende Wachholder flüstert,
Die Binse rauscht, die Heide knistert,
Und stäubt Phalänen* um die Meute.
Sie jappen, klaffen nach der Beute,
Schaumflocken sprühn aus Nas' und Mund.
Noch hat der Fuchs die rechte Weite,
Gelassen trabt er, schleppt den Schweif,
Zieht in dem Taue dunklen Streif
Und zeigt verächtlich seine Socken.
Doch bald hebt er die Lunte frisch,
Und, wie im Weiher schnellt der Fisch,

Fort setzt er über Kraut und Schmehlen,*
Wirft mit den Läufen Kies und Staub;
Die Meute mit geschwollnen Kehlen
Ihm nach, wie rasselnd Winterlaub.
Man höret ihre Kiefern knacken,
Wenn fletschend in die Luft sie hacken;
In weitem Kreise so zum Tann,
Und wieder aus dem Dickicht dann
Ertönt das Glockenspiel der Bracken.*

Was bricht dort im Gestrüppe am Revier?
Im holprichten Galopp stampft es den Grund;
Ha! brüllend Herdenvieh! voran der Stier,
Und ihnen nach klafft ein versprengter Hund.
Schwerfällig poltern sie das Feld entlang,
Das Horn gesenkt, waagrecht des Schweifes Strang,
Und taumeln noch ein paarmal in die Runde,
Eh Posto wird gefaßt im Heidegrunde.
Nun endlich stehn sie, murren noch zurück,
Das Dickicht messend mit verglastem Blick,
Dann sinkt das Haupt, und unter ihrem Zahne
Ein leises Rupfen knirrt im Thymiane;
Unwillig schnauben sie den gelben Rauch,
Das Euter streifend am Wachholderstrauch,
Und peitschen mit dem Schweife in die Wolke
Von summendem Gewürm und Fliegenvolke.
So, langsam schüttelnd den gefüllten Bauch,
Fort grasen sie bis zu dem Heidekolke.*

Ein Schuß: «Hallo!»—ein zweiter Schuß: «Hoho!»
Die Herde stutzt, des Kolkes Spiegel kraust
Ihr Blasen, dann die Hälse streckend, so
Wie in des Dammes Mönch* der Strudel saust,

Ziehn sie das Wasser in den Schlund, sie pusten,
Die kranke Sterke* schaukelt träg herbei,
Sie schaudert, schüttelt sich in hohlem Husten,
Und dann — ein Schuß, und dann — ein Jubelschrei!

Das grüne Käppchen auf dem Ohr,
Den halben Mond am Lederband,
Trabt aus der Lichtung rasch hervor
Bis mitten in das Heideland
Ein Weidmann ohne Tasch' und Büchse;
Er schwenkt das Horn, er ballt die Hand,
Dann setzt er an, und tausend Füchse
Sind nicht so kräftig totgeblasen,
Als heut es schmettert übern Rasen.

«Der Schelm ist tot, der Schelm ist tot!
Laßt uns den Schelm begraben!
Kriegen ihn die Hunde nicht,
Dann fressen ihn die Raben.
Hoho hallo!»

Da stürmt von allen Seiten es heran,
Die Bracken brechen aus Genist und Tann;
Durch das Gelände sieht in wüsten Reifen
Man johlend sie um den Hornisten schweifen.
Sie ziehen ihr Geheul so hohl und lang,
Daß es verdunkelt der Fanfare Klang,
Doch lauter, lauter schallt die Gloria,
Braust durch den Ginster die Viktoria:

«Hängt den Schelm! hängt den Schelm!
Hängt ihn an die Weide,
Mir den Balg und dir den Talg,*

Dann lachen wir alle beide;
Hängt ihn! Hängt ihn!
Den Schelm, den Schelm! — —»

Das öde Haus

Tiefab im Tobel liegt ein Haus,
Zerfallen nach des Försters Tode,
Dort ruh' ich manche Stunde aus,
Vergraben unter Rank' und Lode*;
's ist eine Wildnis, wo der Tag
Nur halb die schweren Wimpern lichtet;
Der Felsen tiefe Kluft verdichtet
Ergrauter Äste Schattenhag.

Ich horche träumend, wie im Spalt
Die schwarzen Fliegen taumelnd summen,
Wie Seufzer streifen durch den Wald,
Am Strauche irre Käfer brummen;
Wenn sich die Abendröte drängt
An sickernden Geschiefers Lauge,
Dann ist's, als ob ein trübes Auge,
Ein rotgeweintes, drüber hängt.

Das Dach, von Moose überschwellt,
Läßt wirre Schober niederragen,
Und eine Spinne hat ihr Zelt
Im Fensterloche aufgeschlagen;
Da hängt, ein Blatt von zartem Flor,
Der schillernden Libelle Flügel,
Und ihres Panzers goldner Spiegel
Ragt kopflos am Gesims hervor.

Wo an zerrißner Laube Joch
Die langen magern Schossen streichen,
An wildverwachsner Hecke noch
Im Moose Nelkensprossen schleichen,
Dort hat vom tröpfelnden Gestein
Das dunkle Naß sich durchgesogen,
Kreucht um den Buchs in trägen Bogen
Und sinkt am Fenchelstrauche ein.

Zuweilen hat ein Schmetterling
Sich gaukelnd in der Schlucht gefangen
Und bleibt sekundenlang am Ring
Der kränkelnden Narzisse hangen;
Streicht eine Taube durch den Hain,
So schweigt am Tobelrand ihr Girren,
Man höret nur die Flügel schwirren
Und sieht den Schatten am Gestein.

Und auf dem Herde, wo der Schnee
Seit Jahren durch den Schlot geflogen,
Liegt Aschenmoder feucht und zäh,
Von Pilzes Glocken überzogen;
Noch hängt am Mauerpflock ein Rest
Verwirrten Wergs, das Seil zu spinnen,
Wie halbvermorschtes Haar, und drinnen
Der Schwalbe überjährig Nest.

Und von des Balkens Haken nickt
Ein Schellenband an Schnall' und Riemen,
Mit grober Wolle ist gestickt
«Diana» auf dem Lederstriemen;
Ein Pfeifchen auch vergaß man hier,

Als man den Tannensarg geschlossen;
Den Mann begrub man, totgeschossen
Hat man das alte treue Tier.

Sitz' ich so einsam am Gesträuch
Und hör' die Maus im Laube schrillen,
Das Eichhorn blafft von Zweig zu Zweig,
Am Sumpfe läuten Unk' und Grillen, —
Wie Schauer überläuft's mich dann,
Als hör' ich klingeln noch die Schellen,
Im Walde die Diana bellen
Und pfeifen noch den toten Mann.

Der Heidemann*

«Geht, Kinder, nicht zu weit ins Bruch,*
Die Sonne sinkt, schon surrt den Flug
Die Biene matter, schlafgehemmt,
Am Grunde schwimmt ein blasses Tuch,
Der Heidemann kömmt!» —

Die Knaben spielen fort am Raine,
Sie rupfen Gräser, schnellen Steine,
Sie plätschern in des Teiches Rinne,
Erhaschen die Phalän'* am Ried
Und freu'n sich, wenn die Wasserspinne
Langbeinig in die Binsen flieht.

«Ihr Kinder, legt euch nicht ins Gras! —
Seht, wo noch grad' die Biene saß,
Wie weißer Rauch die Glocken füllt.
Scheu aus dem Busche glotzt der Has,
Der Heidemann schwillt!» —

Kaum hebt ihr schweres Haupt die Schmehle*
Noch aus dem Dunst, in seine Höhle
Schiebt sich der Käfer, und am Halme
Die träge Motte höher kreucht,
Sich flüchtend vor dem feuchten Qualme,
Der unter ihre Flügel steigt.

«Ihr Kinder, haltet euch bei Haus!
Lauft ja nicht in das Bruch hinaus;
Seht, wie bereits der Dorn ergraut,
Die Drossel ächzt zum Nest hinaus,
Der Heidemann braut!» —

Man sieht des Hirten Pfeife glimmen
Und vor ihm her die Herde schwimmen,
Wie Proteus seine Robbenscharen
Heimschwemmt im grauen Ozean.
Am Dach die Schwalben zwitschernd fahren,
Und melancholisch kräht der Hahn.

«Ihr Kinder, bleibt am Hofe dicht!
Seht, wie die feuchte Nebelschicht
Schon an des Pförtchens Klinke reicht;
Am Grunde schwimmt ein falsches Licht,
Der Heidemann steigt!» —

Nun strecken nur der Föhren Wipfel
Noch aus dem Dunste grüne Gipfel,
Wie übern Schnee Wachholderbüsche;
Ein leises Brodeln quillt im Moor,
Ein schwaches Schrillen, ein Gezische
Dringt aus der Niederung hervor.

«Ihr Kinder kommt, kommt schnell herein!
Das Irrlicht zündet seinen Schein,
Die Kröte schwillt, die Schlang' im Ried;
Jetzt ist's unheimlich draußen sein,
Der Heidemann zieht!» —

Nun sinkt die letzte Nadel, rauchend
Zergeht die Fichte, langsam tauchend
Steigt Nebelschemen aus dem Moore,
Mit Hünenschritten gleitet's fort;
Ein irres Leuchten zuckt im Rohre,
Der Krötenchor beginnt am Bord.

Und plötzlich scheint ein schwaches Glühen
Des Hünen Glieder zu durchziehen;
Es siedet auf, es färbt die Wellen,
Der Nord, der Nord entzündet sich —
Glutpfeile, Feuerspeere schnellen,
Der Horizont ein Lavastrich!

«Gott gnad' uns! wie es zuckt und dräut,
Wie's schwelet an der Dünenscheid'!
Ihr Kinder, faltet eure Händ',
Das bringt uns Pest und teure Zeit —
Der Heidemann brennt!» —

Das Haus in der Heide

Wie lauscht, vom Abendschein umzuckt,
Die strohgedeckte Hütte,
Recht wie im Nest der Vogel duckt,
Aus dunkler Föhren Mitte.

Am Fensterloche streckt das Haupt
Die weißgestirnte Sterke*,
Bläst in den Abendduft und schnaubt
Und stößt ans Holzgewerke.

Seitab ein Gärtchen, dornumhegt,
Mit reinlichem Gelände,
Wo matt ihr Haupt die Glocke trägt,
Aufrecht die Sonnenwende.

Und drinnen kniet ein stilles Kind,
Das scheint den Grund zu jäten,
Nun pflückt sie eine Lilie lind
Und wandelt längs den Beeten.

Am Horizonte Hirten, die
Im Heidekraut sich strecken
Und mit des Aves Melodie
Träumende Lüfte wecken.

Und von der Tenne ab und an
Schallt es wie Hammerschläge,
Der Hobel rauscht, es fällt der Span,
Und langsam knarrt die Säge.

Da hebt der Abendstern gemach
Sich aus den Föhrenzweigen,
Und grade ob der Hütte Dach
Scheint er sich mild zu neigen.

Es ist ein Bild, wie still und heiß
Es alte Meister hegten,
Kunstvolle Mönche, und mit Fleiß
Es auf den Goldgrund legten.

Der Zimmermann — die Hirten gleich
Mit ihrem frommen Liede —
Die Jungfrau mit dem Lilienzweig —
Und rings der Gottesfriede —

Des Sternes wunderlich Geleucht
Aus zarten Wolkenfloren —
Ist etwa hier im Stall vielleicht
Christkindlein heut geboren?

Im Moose

Als jüngst die Nacht dem sonnenmüden Land
Der Dämmrung leise Boten hat gesandt,
Da lag ich einsam noch in Waldes Moose.
Die dunklen Zweige nickten so vertraut,
An meiner Wange flüsterte das Kraut,
Unsichtbar duftete die Heiderose.

Und flimmern sah ich durch der Linde Raum
Ein mattes Licht, das im Gezweig der Baum
Gleich einem mächt'gen Glühwurm schien zu tragen,
Es sah so dämmernd wie ein Traumgesicht,
Doch wußte ich, es war der Heimat Licht,
In meiner eignen Kammer angeschlagen.

Ringsum so still, daß ich vernahm im Laub
Der Raupe Nagen, und wie grüner Staub
Mich leise wirbelnd Blätterflöckchen trafen.
Ich lag und dachte, ach, so manchem nach,
Ich hörte meines eignen Herzens Schlag,
Fast war es mir, als sei ich schon entschlafen.

Gedanken tauchten aus Gedanken auf,
Das Kinderspiel, der frischen Jahre Lauf,
Gesichter, die mir lange fremd geworden;
Vergeßne Töne summten um mein Ohr,
Und endlich trat die Gegenwart hervor,
Da stand die Welle, wie an Ufers Borden.

Dann, gleich dem Bronnen, der verrinnt im Schlund
Und drüben wieder sprudelt aus dem Grund,
So stand ich plötzlich in der Zukunft Lande;
Ich sah mich selber, gar gebückt und klein,
Geschwächten Auges, am ererbten Schrein
Sorgfältig ordnen staub'ge Liebespfande.

Die Bilder meiner Lieben sah ich klar,
In einer Tracht, die jetzt veraltet war,
Mich sorgsam lösen aus verblichnen Hüllen,
Löckchen, vermorscht, zu Staub zerfallen schier,
Sah über die gefurchte Wange mir
Langsam herab die karge Träne quillen.

Und wieder an des Friedhofs Monument,
Dran Namen standen, die mein Lieben kennt,
Da lag ich betend, mit gebrochnen Knieen,
Und – horch, die Wachtel schlug! Kühl strich der Hauch –
Und noch zuletzt sah ich, gleich einem Rauch,
Mich leise in der Erde Poren ziehen.

Ich fuhr empor und schüttelte mich dann,
Wie einer, der dem Scheintod erst entrann,
Und taumelte entlang die dunklen Hage,
Noch immer zweifelnd, ob der Stern am Rain
Sei wirklich meiner Schlummerlampe Schein
Oder das ew'ge Licht am Sarkophage.

Aus: Die Elemente

Alles still ringsum —
Die Zweige ruhen, die Vögel sind stumm.
Wie ein Schiff, das im vollen Gewässer brennt,
Und das die Windsbraut jagt,
So durch den Azur die Sonne rennt
Und immer flammender tagt.

Natur schläft — ihr Odem steht,
Ihre grünen Locken hangen schwer,
Nur auf und nieder ihr Pulsschlag geht
Ungehemmt im heiligen Meer.
Jedes Räupchen sucht des Blattes Hülle,
Jeden Käfer nimmt sein Grübchen auf;
Nur das Meer liegt frei in seiner Fülle
Und blickt zum Firmament hinauf.

Die ächzende Kreatur

An einem Tag, wo feucht der Wind,
Wo grau verhängt der Sonnenstrahl,
Saß Gottes hartgeprüftes Kind
Betrübt am kleinen Gartensaal.
Ihr war die Brust so matt und enge,
Ihr war das Haupt so dumpf und schwer,
Selbst um den Geist zog das Gedränge
Des Blutes Nebelflore her.

Gefährte Wind und Vogel nur
In selbstgewählter Einsamkeit,
Ein großer Seufzer die Natur,

Und schier zerflossen Raum und Zeit.
Ihr war, als fühle sie die Flut
Der Ewigkeit vorüber rauschen
Und müsse jeden Tropfen Blut
Und jeden Herzschlag doch belauschen.

Sie sann und saß und saß und sann,
Im Gras die heisre Grille sang,
Vom fernen Felde scholl heran
Ein schwach vernommner Sensenklang.
Die scheue Mauerwespe flog
Ihr ängstlich ums Gesicht, bis fest
Zur Seite das Gewand sie zog,
Und frei nun ward des Tierleins Nest.

Und am Gestein ein Käfer lief,
Angstvoll und rasch wie auf der Flucht,
Barg bald ins Moos sein Häuptlein tief,
Bald wieder in der Ritze Bucht.
Ein Hänfling flatterte vorbei,
Nach Futter spähend, das Insekt
Hat zuckend bei des Vogels Schrei
In ihren Ärmel sich versteckt.

Da ward ihr klar, wie nicht allein
Der Gottesfluch im Menschenbild,
Wie er in schwerer, dumpfer Pein
Im bangen Wurm, im scheuen Wild,
Im durst'gen Halme auf der Flur,
Der mit vergilbten Blättern lechzt,
In aller, aller Kreatur
Gen Himmel um Erlösung ächzt.

Wie mit dem Fluche, den erwarb
Der Erde Fürst im Paradies,
Er sein gesegnet Reich verdarb
Und seine Diener büßen ließ;
Wie durch die reinen Adern trieb
Er Tod und Moder, Pein und Zorn,
Und wie die Schuld allein ihm blieb
Und des Gewissens scharfer Dorn.

Der schläft mit ihm und der erwacht
Mit ihm an jedem jungen Tag,
Ritzt seine Träume in der Nacht
Und blutet über Tage nach.
O schwere Pein, nie unterjocht
Von tollster Lust, von keckstem Stolze,
Wenn leise, leis' es nagt und pocht
Und bohrt in ihm wie Mad' im Holze.

Wer ist so rein, daß nicht bewußt
Ein Bild ihm in der Seele Grund,
Drob er muß schlagen an die Brust
Und fühlen sich verzagt und wund?
So frevelnd wer, daß ihm nicht bleibt
Ein Wort, das er nicht kann vernehmen,
Das ihm das Blut zur Stirne treibt
Im heißen, bangen, tiefen Schämen?

Und dennoch gibt es eine Last,
Die keiner fühlt und jeder trägt,
So dunkel wie die Sünde fast
Und auch im gleichen Schoß gehegt;
Er trägt sie wie den Druck der Luft,

Vom kranken Leibe nur empfunden,
Bewußtlos, wie den Fels die Kluft,
Wie schwarze Lad' den Todeswunden.

Das ist die Schuld des Mordes an
Der Erde Lieblichkeit und Huld,
An des Getieres dumpfem Bann
Ist es die tiefe, schwere Schuld,
Und an dem Grimm, der es beseelt,
Und an der List, die es befleckt,
Und an dem Schmerze, der es quält,
Und an dem Moder, der es deckt.

Die Schenke am See

An Levin Schücking

Ist's nicht ein heitrer Ort, mein junger Freund,
Das kleine Haus, das schier vom Hange gleitet,
Wo so possierlich uns der Wirt erscheint,
So übermächtig sich die Landschaft breitet;
Wo uns ergötzt im neckischen Kontrast
Das Wurzelmännchen mit verschmitzter Miene,
Das wie ein Aal sich schlingt und kugelt fast,
Im Angesicht der stolzen Alpenbühne?

Sitz nieder! — Trauben! und behend erscheint
Zopfwedelnd der geschäftige Pygmäe;
O sieh, wie die verletzte Beere weint

Blutige Tränen um des Reifes Nähe;
Frisch, greif in die kristallne Schale, frisch!
Die saftigen Rubine glühn und locken;
Schon fühl' ich an des Herbstes reichem Tisch
Den kargen Winter nahn auf leisen Socken.

Das sind dir Hieroglyphen, junges Blut,
Und ich, ich will an deiner lieben Seite
Froh schlürfen meiner Neige letztes Gut,
Schau her, schau drüben in die Näh' und Weite;
Wie uns zur Seite sich der Felsen bäumt,
Als könnten wir mit Händen ihn ergreifen,
Wie uns zu Füßen das Gewässer schäumt,
Als könnten wir im Schwunge drüber streifen!

Hörst du das Alphorn überm blauen See?
So klar die Luft, mich dünkt, ich seh' den Hirten
Heimzügeln von der duftbesäumten Höh' —
War's nicht, als ob die Rinderglocken schwirrten
Dort, wo die Schlucht in das Gestein sich drängt -
Mich dünkt, ich seh' den kecken Jäger schleichen
Wenn eine Gemse an der Klippe hängt,
Gewiß, mein Auge müßte sie erreichen.

Trink aus! — die Alpen liegen stundenweit,
Nur nah die Burg, uns heimisches Gemäuer,
Wo Träume lagern lang verschollner Zeit,
Seltsame Mär' und zorn'ge Abenteuer.
Wohl ziemt es mir, in Räumen schwer und grau,
Zu grübeln über dunkler Taten Reste;
Doch du, Levin, schaust aus dem grimmen Bau
Wie eine Schwalbe aus dem Mauerneste.

Sieh drunten auf dem See im Abendrot
Die Taucherente hin und wieder schlüpfend,
Nun sinkt sie nieder wie des Netzes Lot,
Nun wieder aufwärts mit den Wellen hüpfend;
Seltsames Spiel, recht wie ein Lebenslauf!
Wir beide schaun gespannten Blickes nieder;
Du flüsterst lächelnd: immer kömmt sie auf! —
Und ich, ich denke: immer sinkt sie wieder!

Noch einen Blick dem segensreichen Land,
Den Hügeln, Auen, üpp'gem Wellenrauschen.
Und heimwärts dann, wo von der Zinne Rand
Freundliche Augen unserm Pfade lauschen;
Brich auf! — da haspelt in behendem Lauf
Das Wirtlein Abschied wedelnd uns entgegen:
«— Geruh'ge Nacht — stehn's nit zu zeitig auf! — »
Das ist der lust'gen Schwaben Abendsegen.

Am Turme

Ich steh' auf hohem Balkone am Turm,
Umstrichen vom schreienden Stare,
Und lass' gleich einer Mänade den Sturm
Mir wühlen im flatternden Haare;
O wilder Geselle, o toller Fant,
Ich möchte dich kräftig umschlingen,
Und, Sehne an Sehne, zwei Schritte vom Rand
Auf Tod und Leben dann ringen!

Und drunten seh' ich am Strand, so frisch
Wie spielende Doggen, die Wellen
Sich tummeln rings mit Geklaff und Gezisch
Und glänzende Flocken schnellen.

O, springen möcht' ich hinein alsbald,
Recht in die tobende Meute,
Und jagen durch den korallenen Wald
Das Walroß, die lustige Beute!

Und drüben seh' ich ein Wimpel wehn
So keck wie eine Standarte,
Seh' auf und nieder den Kiel sich drehn
Von meiner luftigen Warte;
O, sitzen möcht' ich im kämpfenden Schiff,
Das Steuerruder ergreifen
Und zischend über das brandende Riff
Wie eine Seemöve streifen.

Wär' ich ein Jäger auf freier Flur,
Ein Stück nur von einem Soldaten,
Wär' ich ein Mann doch mindestens nur,
So würde der Himmel mir raten;
Nun muß ich sitzen so fein und klar,
Gleich einem artigen Kinde,
Und darf nur heimlich lösen mein Haar
Und lassen es flattern im Winde!

Mondesaufgang

An des Balkones Gitter lehnte ich
Und wartete, du mildes Licht, auf dich.
Hoch über mir, gleich trübem Eiskristalle,
Zerschmolzen schwamm des Firmamentes Halle;
Der See verschimmerte mit leisem Dehnen,
Zerfloßne Perlen oder Wolkentränen? —
Es rieselte, es dämmerte um mich,
Ich wartete, du mildes Licht, auf dich.

Hoch stand ich, neben mir der Linden Kamm,
Tief unter mir Gezweige, Ast und Stamm;
Im Laube summte der Phalänen* Reigen,
Die Feuerfliege sah ich glimmend steigen,
Und Blüten taumelten wie halb entschlafen;
Mir war, als treibe hier ein Herz zum Hafen,
Ein Herz, das übervoll von Glück und Leid
Und Bildern seliger Vergangenheit.

Das Dunkel stieg, die Schatten drangen ein —
Wo weilst du, weilst du denn, mein milder Schein? —
Sie drangen ein, wie sündige Gedanken,
Des Firmamentes Woge schien zu schwanken,
Verzittert war der Feuerfliege Funken,
Längst die Phaläne an den Grund gesunken,
Nur Bergeshäupter standen hart und nah,
Ein finstrer Richterkreis, im Düster da.

Und Zweige zischelten an meinem Fuß
Wie Warnungsflüstern oder Todesgruß;
Ein Summen stieg im weiten Wassertale
Wie Volksgemurmel vor dem Tribunale;
Mir war, als müßte etwas Rechnung geben,
Als stehe zagend ein verlornes Leben,
Als stehe ein verkümmert Herz allein,
Einsam mit seiner Schuld und seiner Pein.

Da auf die Wellen sank ein Silberflor,
Und langsam stiegst du, frommes Licht, empor;
Der Alpen finstre Stirnen strichst du leise,
Und aus den Richtern wurden sanfte Greise,
Der Wellen Zucken ward ein lächelnd Winken,

An jedem Zweige sah ich Tropfen blinken,
Und jeder Tropfen schien ein Kämmerlein,
Drin flimmerte der Heimatlampe Schein.

O, Mond, du bist mir wie ein später Freund,
Der seine Jugend dem Verarmten eint,
Um seine sterbenden Erinnerungen
Des Lebens zarten Widerschein geschlungen,
Bist keine Sonne, die entzückt und blendet,
In Feuerströmen lebt, in Blute endet —
Bist, was dem kranken Sänger sein Gedicht,
Ein fremdes, aber o! ein mildes Licht.

Durchwachte Nacht

Wie sank die Sonne glüh und schwer,
Und aus versengter Welle dann
Wie wirbelte der Nebel Heer
Die sternenlose Nacht heran! —
Ich höre ferne Schritte gehn —
Die Uhr schlägt Zehn.

Noch ist nicht alles Leben eingenickt,
Der Schlafgemächer letzte Türen knarren;
Vorsichtig in der Rinne Bauch gedrückt,
Schlüpft noch der Iltis an des Giebels Sparren,
Die schlummertrunkne Färse* murrend nickt,
Und fern im Stalle dröhnt des Rosses Scharren,
Sein müdes Schnauben, bis, vom Mohn getränkt,
Sich schlaff die regungslose Flanke senkt.

Betäubend gleitet Fliederhauch
Durch meines Fensters offnen Spalt,
Und an der Scheibe grauem Rauch
Der Zweige wimmelnd Neigen wallt.
Matt bin ich, matt wie die Natur! —
Elf schlägt die Uhr.

O wunderliches Schlummerwachen, bist
Der zartren Nerve Fluch du oder Segen? —
's ist eine Nacht, vom Taue wach geküßt,
Das Dunkel fühl' ich kühl wie feinen Regen
An meine Wangen gleiten, das Gerüst
Des Vorhangs scheint sich schaukelnd zu bewegen,
Und dort das Wappen an der Decke Gips
Schwimmt sachte mit dem Schlängeln des Polyps*.

Wie mir das Blut im Hirne zuckt!
Am Söller geht Geknister um,
Im Pulte raschelt es und ruckt,
Als drehe sich der Schlüssel um.
Und — horch! der Seiger* hat gewacht!
's ist Mitternacht.

War das ein Geisterlaut? So schwach und leicht
Wie kaum berührten Glases schwirrend Klingen,
Und wieder wie verhaltnes Weinen steigt
Ein langer Klageton aus den Syringen*,
Gedämpfter, süßer nun, wie tränenfeucht
Und selig kämpft verschämter Liebe Ringen; —
O Nachtigall, das ist kein wacher Sang,
Ist nur im Traum gelöster Seele Drang.

Da kollert's nieder vom Gestein!
Des Turmes morsche Trümmer fällt,
Das Käuzlein knackt und hustet drein;
Ein jäher Windesodem schwellt
Gezweig' und Kronenschmuck des Hains; -
Die Uhr schlägt Eins.

Und drunten das Gewölbe rollt und klimmt;
Gleich einer Lampe aus dem Hünenmale
Hervor des Mondes Silbergondel schwimmt,
Verzitternd auf der Gasse blauem Stahle;
An jedem Fliederblatt ein Fünkchen glimmt,
Und hell gezeichnet von dem blassen Strahle
Legt auf mein Lager sich des Fensters Bild,
Vom schwanken Laubgewimmel überhüllt.

Jetzt möcht' ich schlafen, schlafen gleich,
Entschlafen unterm Mondeshauch,
Umspielt vom flüsternden Gezweig,
Im Blute Funken, Funk' im Strauch
Und mir im Ohre Melodei; —
Die Uhr schlägt Zwei.

Und immer heller wird der süße Klang,
Das liebe Lachen; es beginnt zu ziehen
Gleich Bildern von Daguerre* die Deck' entlan
Die aufwärts steigen mit des Pfeiles Fliehen;
Mir ist, als seh' ich lichter Locken Hang,
Gleich Feuerwürmern seh' ich Augen glühen,
Dann werden feucht sie, werden blau und lind,
Und mir zu Füßen sitzt ein schönes Kind*.

Es sieht empor, so fromm gespannt,
Die Seele strömend aus dem Blick;
Nun hebt es gaukelnd seine Hand,
Nun zieht es lachend sie zurück;
Und — horch! des Hahnes erster Schrei! —
Die Uhr schlägt Drei.

Wie bin ich aufgeschreckt, — o süßes Bild,
Du bist dahin, zerflossen mit dem Dunkel!
Die unerfreulich graue Dämmrung quillt,
Verloschen ist des Flieders Taugefunkel,
Verrostet steht des Mondes Silberschild,
Im Walde gleitet ängstliches Gemunkel,
Und meine Schwalbe an des Frieses Saum
Zirpt leise, leise auf im schweren Traum.

Der Tauben Schwärme kreisen scheu,
Wie trunken, in des Hofes Rund,
Und wieder gellt des Hahnes Schrei,
Auf seiner Streue rückt der Hund,
Und langsam knarrt des Stalles Tür —
Die Uhr schlägt Vier.

Da flammt's im Osten auf, — o Morgenglut!
Sie steigt, sie steigt, und mit dem ersten Strahle
Strömt Wald und Heide vor Gesangesflut,
Das Leben quillt aus schäumendem Pokale,
Es klirrt die Sense, flattert Falkenbrut,
Im nahen Forste schmettern Jagdsignale,
Und wie ein Gletscher sinkt der Träume Land
Zerrinnend in des Horizontes Brand.

Im Grase

Süße Ruh', süßer Taumel im Gras,
Von des Krautes Arome umhaucht,
Tiefe Flut, tief tief trunkne Flut,
Wenn die Wolk' am Azure verraucht,
Wenn aufs müde, schwimmende Haupt
Süßes Lachen gaukelt herab,
Liebe Stimme säuselt und träuft
Wie die Lindenblüt' auf ein Grab.

Wenn im Busen die Toten dann,
Jede Leiche sich streckt und regt,
Leise, leise den Odem zieht,
Die geschloßne Wimper bewegt,
Tote Lieb', tote Lust, tote Zeit,
All die Schätze, im Schutt verwühlt,
Sich berühren mit schüchternem Klang
Gleich den Glöckchen, vom Winde umspielt.

Stunden, flüchtger ihr als der Kuß
Eines Strahls auf den trauernden See,
Als des ziehenden Vogels Lied,
Das mir nieder perlt aus der Höh',
Als des schillernden Käfers Blitz,
Wenn den Sonnenpfad er durcheilt,
Als der heiße Druck einer Hand,
Die zum letzten Male verweilt.

Dennoch, Himmel, immer mir nur
Dieses Eine mir: für das Lied
Jedes freien Vogels im Blau
Eine Seele, die mit ihm zieht,

Nur für jeden kärglichen Strahl
Meinen farbig schillernden Saum,
Jeder warmen Hand meinen Druck,
Und für jedes Glück meinen Traum.

An Philippa*

Im Osten quillt das junge Licht,
Sein goldner Duft spielt auf den Wellen,
Und wie ein zartes Traumgesicht
Seh' ich ein fernes Segel schwellen;
O, könnte ich der Möwe gleich
Umkreisen es im lust'gen Ringen,
O, wäre mein der Lüfte Reich,
Mein junge, lebensfrische Schwingen!

Um dich, Philippa, spielt das Licht,
Dich hat der Morgenhauch umgeben,
Du bist ein liebes Traumgesicht
Am Horizont von meinem Leben;
Seh' deine Flagge ich so fern
Und träumerisch von Duft umflossen,
Vergessen möcht' ich dann so gern,
Daß sich mein Horizont geschlossen;

Vergessen, daß mein Abend kam,
Mein Licht verzittert Funk' an Funken,
Daß Zeit mir längst die Flagge nahm
Und meine Segel längst gesunken;
Doch können sie nicht jugendlich
Und frisch sich neben deinen breiten,
Philippa, lieben kann ich dich
Und segnend deine Fahrt geleiten!

Lebt wohl

Lebt wohl, es kann nicht anders sein!
Spannt flatternd eure Segel aus,
Laßt mich in meinem Schloß allein,
Im öden geisterhaften Haus.

Lebt wohl und nehmt mein Herz mit euch
Und meinen letzten Sonnenstrahl;
Er scheide, scheide nur sogleich,
Denn scheiden muß er doch einmal.

Laßt mich an meines Sees Bord,
Mich schaukelnd mit der Wellen Strich,
Allein mit meinem Zauberwort,
Dem Alpengeist und meinem Ich.

Verlassen, aber einsam nicht,
Erschüttert, aber nicht zerdrückt,
Solange noch das heil'ge Licht
Auf mich mit Liebesaugen blickt.

Solange mir der frische Wald
Aus jedem Blatt Gesänge rauscht,
Aus jeder Klippe, jedem Spalt
Befreundet mir der Elfe lauscht.

Solange noch der Arm sich frei
Und waltend mir zum Äther streckt,
Und jedes wilden Geiers Schrei
In mir die wilde Muse weckt.

Am dritten Sonntage nach Ostern

Evang.: «Über ein kleines werdet ihr mich sehen.» Joh. 16, 16—22.

Ich seh' dich nicht!
Wo bist du denn, o Hort, o Lebenshauch?
Kannst du nicht wehen, daß mein Ohr es hört?
Was nebelst, was verflatterst du wie Rauch,
Wenn sich das Aug' nach deinen Zeichen kehrt?
Mein Wüstenlicht,
Mein Aaronsstab*, der lieblich könnte grünen,
Du tust es nicht;
So muß ich eigne Schuld und Torheit sühnen.

Heiß ist der Tag,
Die Sonne prallt von meiner Zelle Wand;
Ein traulich Vöglein flattert ein und aus,
Sein glänzend Auge fragt mich unverwandt:
Schaut nicht der Herr zu diesen Fenstern aus?
Was fragst du nach?
Die Stirne muß ich senken und erröten:
O bittre Schmach!
Mein Wissen mußte meinen Glauben töten!

Die Wolke steigt,
Und langsam über den azurnen Bau
Hat eine Schwefelhülle sich gelegt;
Die Lüfte wehn so seufzervoll und lau,
Und Angstgestöhn sich in den Zweigen regt;
Die Herde keucht.
Was fühlt das stumpfe Tier? Ist's deine Schwüle?
Ich steh' gebeugt:
Mein Herr, berühre mich, daß ich dich fühle!

Ein Donnerschlag!
Entsetzen hat den kranken Wald gepackt;
Ich sehe, wie im Nest mein Vogel duckt,
Wie Ast an Ast sich ächzend reibt und knackt,
Wie Blitz an Blitz durch Schwefelgassen zuckt.
Ich schau' ihm nach:
Ist's deine Leuchte nicht, gewaltig Wesen?
Warum denn, ach,
Warum nur fällt mir ein, was ich gelesen?

Das Dunkel weicht,
Und wie ein leises Weinen fällt herab
Der Wolkentau; Geflüster fern und nah.
Die Sonne senkt den goldnen Gnadenstab,
Und plötzlich steht der Friedensbogen da.
Wie? Wird denn feucht
Mein Auge? Ist nicht Dunstgebild der Regen?
Mir wird so leicht!
Wie? Kann denn Halmes Reibung mich bewegen?

Auf Bergeshöhn
Stand ein Prophet und suchte dich wie ich*:
Da brach ein Sturm der Riesenfichte Ast,

Da fraß ein Feuer durch die Wipfel sich;
Doch unerschüttert stand der Wüste Gast.
Da kam ein Wehn
Wie Gnadenhauch, und zitternd überwunden
Sank der Prophet
Und weinte laut und hatte dich gefunden.

Hat denn dein Hauch
Verkündet mir, was sich im Sturme barg,
Was nicht im Blitze sich enträtselt hat,
So will ich harren auch, schon wächst mein Sarg,
Der Regen fällt auf meine Schlummerstatt!
Dann wird wie Rauch
Entschwinden eitler Weisheit Nebelschemen,
Dann schau' ich auch,
«Und meine Freude wird mir niemand nehmen.»

Am siebenundzwanzigsten Sonntage nach Pfingsten

Evang.: «Vom Senfkörnlein und Sauerteig.» Matth. 13, 31—35.

Tief, tief ein Körnlein schläft in mancher Brust;
Doch, Herr, du siehst es und du magst es segnen.
O schau auf jene, die, sich unbewußt,
Nicht fühlen deiner Gnadenwolke Regnen,
Die um sich steigen lassen deinen Tau,
Nachtwandler, dumpf gebannt in Traumes Leben,
Umwandeln Turmes Zinne sonder Beben,
Nicht zuckend nur mit der geschloßnen Brau'.

Ich bin erwacht, ob auch zu tiefer Schmach;
So will ich heut nicht an mein Elend denken,
Will, ach, das einzige, was ich vermag,

Ein zitterndes Gebet den Armen schenken;
Ob nur ein kraftlos halbgebrochner Hauch,
Der dennoch mag die rechten Wege finden,
Und muß er sich zu deinem Throne winden,
Wie sich zum Äther wälzet Nebelrauch.

Du Milder weißt aus allem Erdendunst
Den warmen Lebensodem wohl zu scheiden,
Gerechter du und doch die höchste Gunst,
Des Sonne raget über Moor und Heiden,
O kräft'ge deinen Strahl, daß er, entglüht,
Die langverjährte Rinde mag durchdringen;
Mach des erstarrten Blutes Quellen springen,
Auftauen das erfrorne Augenlid.

Wie oft sah ich in schier vereistem Grund
Sich leise noch das Samenkörnlein dehnen!
Wie öfters brach aus längst entweihtem Mund
Ein Schmerzenslaut, der alles muß versöhnen!
O, nur wer stand in glüher Wüstenei,
Der weiß des grünen Blattes Wert zu schätzen,
Und wessen Ohr kein Luftzug durfte letzen,
Nur der vernimmt den halberstickten Schrei.

Mit meinem Schaden hab' ich es gelernt,
Daß nur der Himmel darf die Sünde wägen;
O Menschenhand, sie halte sich entfernt,
Die nur das Leben zählt nach Pulses Schlägen.
Lebt doch das Samenkorn und atmet nicht,
Und kann es dennoch einen Stamm enthalten,
Der herrlich einst die Zweige mag entfalten,
Wo das Gevögel jubelt unterm Licht.

Sei Menschenurteil in Unwissenheit
Hart wie ein Stein, du, Herr, erkennst das Winden
Der Seele, und wie unter Mördern schreit
Zu dir ein Seufzer, der sich selbst nicht finden
Und nennen kann. Kein Feuer brennt so heiß,
Als was sich wühlen muß durch Grund und Steine;
Von allen Quellen nährender rinnt keine,
Als die sich hilflos windet unterm Eis.

Im Fluch, dem alle schaudern, hörst du noch
Den Klageruf an Kraft und Mut gebrochen;
In des Verbrechers Wahnsinn trägt sich doch
Entgegen dir zerfleischten Herzens Pochen.
Das ist das Samenkorn, was wie im Traum
Bohrt ängstlich mit den Würzelchen zum Grunde,
Und immer trägt es noch den Keim im Munde,
Und immer schlummert noch in ihm der Baum.

Brich ein, o Herr! Du weißt den rechten Stoß
Und weißt, wo schwach vernarbt der Sünde Wunden;
Noch liegt in deiner Hand ihr ewig Los,
Noch lauert stumm die schrecklichste der Stunden,
Wo ihnen deine Hand die Waage reicht
Und die Verdammung steht im eignen Herzen.
O Jesu Christ, gedenk an deine Schmerzen!
O rette, die aus deinem Blut gezeugt!

Die beschränkte Frau

Ein Krämer hatte eine Frau,
Die war ihm schier zu sanft und milde,
Ihr Haar zu licht, ihr Aug' zu blau,
Zu gleich ihr Blick dem Mondenschilde;
Wenn er sie sah so still und sacht
Im Hause gleiten wie ein Schemen,
Dann faßt' es ihn wie böse Macht,
Er mußte sich zusammennehmen.

Vor allem macht ihm Überdruß
Ein Wort, das sie an alles knüpfte,
Das freilich in der Rede Fluß
Gedankenlos dem Mund entschlüpfte:
«In Gottes Namen», sprach sie dann,
Wenn schwere Prüfungsstunden kamen,
Und wenn zu Weine ging ihr Mann,
Dann sprach sie auch: «In Gottes Namen.»

Das schien ihm lächerlich und dumm,
Mitunter frevelhaft vermessen;
Oft schalt er, und sie weinte drum
Und hat es immer doch vergessen.
Gewöhnung war es früher Zeit

Und klösterlich verlebter Jugend;
So war es keine Sündlichkeit
Und war auch eben keine Tugend.

Ein Sprichwort sagt: Wem gar nichts fehlt,
Den ärgert an der Wand die Fliege;
So hat dies Wort ihn mehr gequält
Als andre Hinterlist und Lüge.
Und sprach sie sanft: «Es paßte schlecht!»
Durch Demut seinen Groll zu zähmen,
So schwur er, übel oder recht,
Werd' es ihn ärgern und beschämen.

Ein Blütenhag war seine Lust.
Einst sah die Frau ihn sinnend stehen
Und ganz versunken, unbewußt,
So Zweig an Zweig vom Strauche drehen;
«In Gottes Namen!» rief sie, «Mann,
Du ruinierst den ganzen Hagen!»
Der Gatte sah sie grimmig an,
Fürwahr, fast hätt' er sie geschlagen.

Doch wer da Unglück sucht und Reu',
Dem werden sie entgegeneilen;
Der Handel ist ein zart Gebäu,
Und ruht gar sehr auf fremden Säulen.
Ein Freund falliert, ein Schuldner flieht,
Ein Gläub'ger will sich nicht gedulden,
Und eh ein halbes Jahr verzieht,
Weiß unser Krämer sich in Schulden.

Die Gattin hat ihn oft gesehn
Gedankenvoll im Sande waten,
Am Kontobuche seufzend stehn,

Und hat ihn endlich auch erraten;
Sie öffnet heimlich ihren Schrein,
Langt aus verborgner Fächer Grube,
Dann, leise wie der Mondenschein,
Schlüpft sie in ihres Mannes Stube.

Der saß, die schwere Stirn gestützt,
Und rauchte fort am kalten Rohre:
«Karl!» drang ein scheues Flüstern itzt,
Und wieder «Karl!» zu seinem Ohre;
Sie stand vor ihm, wie Blut so rot,
Als gält' es eine Schuld gestehen.
«Karl», sprach sie, «wenn uns Unheil droht,
Ist's denn unmöglich, ihm entgehen?»

Drauf reicht sie aus der Schürze dar
Ein Säckchen, stramm und schwer zu tragen,
Drin alles, was sie achtzehn Jahr
Erspart am eigenen Behagen.
Er sah sie an mit raschem Blick
Und zählte, zählte nun aufs neue,
Dann sprach er seufzend: «Mein Geschick
Ist zu verwirrt — dies langt wie Spreue!»

Sie bot ein Blatt und wandt' sich um,
Erzitternd, glüh gleich der Granate;
Es war ihr kleines Eigentum,
Das Erbteil einer frommen Pate.
«Nein», sprach der Mann, «das soll nicht sein!»
Und klopfte freundlich ihre Wangen.
Dann warf er einen Blick hinein
Und sagte dumpf: «Schier möcht' es langen.»

Nun nahm sie aus der Schürze Grund
All ihre armen Herrlichkeiten,
Teelöffelchen, Dukaten rund,
Was ihr geschenkt von Kindeszeiten.
Sie gab es mit so freud'gem Zug!
Doch war's, als ob ihr Mund sich regte,
Als sie zuletzt aufs Kontobuch
Der sel'gen Mutter Trauring legte.

«Fast langt es», sprach gerührt der Mann,
«Und dennoch kann es schmählich enden;
Willst du dein Leben dann fortan,
Geplündert, fristen mit den Händen?»
Sie sah ihn an, — nur Liebe weiß
An liebem Blicke so zu hangen —
«In Gottes Namen!» sprach sie leis,
Und weinend hielt er sie umfangen.

Der Fundator

Im Westen schwimmt ein falber Strich,
Der Abendstern entzündet sich
Grad' überm Sankt Georg am Tore;
Schwer haucht der Dunst vom nahen Moore.
Schlaftrunkne Schwäne kreisen sacht
Ums Eiland, wo die graue Wacht
Sich hebt aus Wasserbins' und Rohre.

Auf ihrem Dach die Fledermaus,
Sie schaukelt sich, sie breitet aus
Den Rippenschirm des Schwingenflosses,

Und, mit dem Schwirren des Geschosses,
Entlang den Teich, hinauf, hinab,
Dann klammert sie am Fensterstab
Und blinzt in das Gemach des Schlosses.

Ein weit Gelaß, im Sammetstaat,
Wo einst der mächtige Prälat
Des Hauses Chronik hat geschrieben.
Frisch ist der Baldachin geblieben,
Der güldne Tisch, an dem er saß,
Und seine Seelenmesse las
Man heut in der Kapelle drüben.

Heut sind es grade hundert Jahr,
Seit er gelegen auf der Bahr'
Mit seinem Kreuz und Silberstabe.
Die ew'ge Lamp' an seinem Grabe
Hat heute hundert Jahr gebrannt.
In seinem Sessel an der Wand
Sitzt heut ein schlichter alter Knabe.

Des Hauses Diener Sigismund
Harrt hier der Herrschaft, Stund' auf Stund';
Schon kam die Nacht mit ihren Flören,
Oft glaubt die Kutsche er zu hören,
Ihr Quitschern in des Weges Kies,
Er richtet sich — doch nein — es blies
Der Abendwind nur durch die Föhren.

's ist eine Dämmernacht, genau
Gemacht für Alp und Weiße Frau.
Dem Junkerlein ward es zu lange,
Dort schläft es hinterm Damasthange.

Die Chronik hält der Alte noch
Und blättert fort im Finstern, doch
Im Ohre summt es gleich Gesange:

«So hab' ich dieses Schloß erbaut,
Ihm mein Erworbnes anvertraut
Zu des Geschlechtes Nutz und Walten;
Ein neuer Stamm sprießt aus dem alten,
Gott segne ihn! Gott mach ihn groß! —»
Der Alte horcht, das Buch vom Schoß
Schiebt sacht er in der Lade Spalten.

Nein — durch das Fenster ein und aus
Zog schrillend nur die Fledermaus;
Nun schießt sie fort. — Der Alte lehnet
Am Simse. Wie der Teich sich dehnet
Ums Eiland, wo der Warte Rund
Sich tief schattiert im matten Grund.
Das Röhricht knirrt, die Unke stöhnet.

Dort, denkt der Greis, dort hat gewacht
Der alte Kirchenfürst, wenn Nacht
Sich auf den Weiher hat ergossen.
Dort hat den Reiher er geschossen
Und zugeschaut des Schlosses Bau,
Sein weiß Habit, sein Auge grau
Lugt' drüben an den Fenstersprossen.

Wie scheint der Mond so kümmerlich!
— Er birgt wohl hinterm Tanne sich —
Schaut nicht der Turm wie 'ne Laterne,
Verhauchend, dunstig, aus der Ferne!

Wie steigt der blaue Duft im Rohr
Und rollt sich am Gesims empor!
Wie seltsam blinken heut die Sterne!

Doch ha! — er blinzt, er spannt das Aug',
Denn dicht und dichter schwillt der Rauch,
Als ob ein Docht sich langsam fache,
Entzündet sich im Turmgemache
Wie Mondenschein ein graues Licht,
Und dennoch — dennoch — las er nicht,
Nicht Neumond heut im Almanache?

Was ist das? — deutlich, nur getrübt
Vom Dunst, der hin und wieder schiebt,
Ein Tisch, ein Licht in Turmes Mitten,
Und nun — nun kömmt es hergeschritten,
Ganz wie ein Schatten an der Wand,
Es hebt den Arm, es regt die Hand, —
Nun ist es an den Tisch geglitten.

Und nieder sitzt es, langsam, steif —
Was in der Hand? — ein weißer Streif! —
Nun zieht es etwas aus der Scheiden
Und fingert mit den Händen beiden,
Ein Ding, — ein Stäbchen ungefähr, —
Dran fährt es langsam hin und her,
Es scheint die Feder anzuschneiden.

Der Diener blinzt und blinzt hinaus:
Der Schemen schwankt und bleichet aus,
Noch sieht er es die Feder tunken,
Da drüber gleitet es wie Funken,

Und in demselbigen Moment
Ist alles in das Element
Der spurlos finstern Nacht versunken.

Noch immer steht der Sigismund,
Noch starrt er nach der Warte Rund,
Ihn dünkt, des Weihers Flächen rauschen,
Weit beugt er übern Sims, zu lauschen;
Ein Ruder! — nein, die Schwäne ziehn!
Grad' hört er längs dem Ufergrün
Sie sacht ihr tiefes Schnarchen tauschen.

Er schließt das Fenster. — «Licht, o Licht!»
Doch mag das Junkerlein er nicht
So plötzlich aus dem Schlafe fassen,
Noch minder es im Saale lassen.
Sacht schiebt er sich dem Sessel ein,
Zieht sein korallnes Nösterlein*,
— Was klingelt drüben an den Tassen? —

Nein — eine Fliege schnurrt im Glas!
Dem Alten wird die Stirne naß;
Die Möbeln stehn wie Totenmale,
Es regt und rüttelt sich im Saale,
Allmählich weicht die Tür zurück,
Und in demselben Augenblick
Schlägt an die Dogge im Portale.

Der Alte drückt sich dicht zuhauf,
Er lauscht mit Doppelsinnen auf,
— Ja! am Parkett ein leises Streichen,
Wie Wiesel nach der Stiege schleichen —
Und immer härter, Tapp an Tapp,
Wie mit Sandalen, auf und ab,
Es kommt — es naht — er hört es keuchen —

Sein Sessel knackt! — ihm schwimmt das Hirn —
Ein Odem, dicht an seiner Stirn!
Da fährt er auf und wild zurücke,
Errafft das Kind mit blindem Glücke
Und stürzt den Korridor entlang.
O, Gott sei Dank! ein Licht im Gang,
Die Kutsche rasselt auf die Brücke!

Der Loup Garou*

Brüderchen schläft, ihr Kinder, still!
Setzt euch ordentlich her zum Feuer!
Hört ihr der Eule wüst Geschrill?
Hu! im Walde ist's nicht geheuer;
Frommen Kindern geschieht kein Leid,
Drückt nur immer die Lippen zu!
Denn das böse, das lacht und schreit,
Holt die Eul' und der Loup Garou.

Wißt ihr, dort, wo das Naß vom Schiefer träuft
Und übern Weg 'ne andre Straße läuft,
Das nennt man Kreuzweg, und da geht er um,
Bald so, bald so, doch immer falsch und stumm
Und immer schielend; vor dem Auge steht
Das Weiße ihm, so hat er es verdreht.
Dran ist er kenntlich und am Kettenschleifen,
So trabt er, trabt, darf keinem Frommen nahn,
Die schlimmen Leute nur, die darf er greifen
Mit seinem langen, langen, langen Zahn. —

Schiebt das Reisig der Flamme ein,
Puh, wie die Funken knistern und stäuben!
Pierrot, was soll das Wackeln sein?

Mußt ein Weilchen du ruhig bleiben,
Gleich wird die Zeit dir jahrelang!
Laß doch den armen Hund in Ruh'!
Immer sind deine Händ' im Gang,
Denkst du denn nicht an den Loup Garou?

Vom reichen Kaufmann hab' ich euch erzählt,
Der seine dürft'gen Schuldner so gequält,
Und kam mit sieben Säcken von Bagnères,
Vier von Juwelen, drei von Golde schwer;
Wie er aus Geiz den schlimmen Führer nahm
Und ihm das Untier auf den Nacken kam.
Am Halse sah man noch der Krallen Spuren,
Die sieben Säcke hat es weggezuckt,
Und seine Börse auch, und seine Uhren,
Die hat es all zerbissen und verschluckt. —

Schließt die Tür, es brummt im Wald!
Als die Sonne sich heut verkrochen,
Lag das Wetter am Riff geballt,
Und nun hört man's sieden und kochen.
Ruhig, ruhig, du kleines Ding!
Hörst du? drunten im Stalle — hu!
Hörst du? Hörst du's? kling, klang, kling,
Schüttelt die Kette der Loup Garou.

Doch von dem Trunkenbolde wißt ihr nicht,
Dem in der kalten Weihnacht am Gesicht
Das Tier gefressen, daß am heil'gen Tag
Er wund und scheußlich überm Schneee lag.
Zog von der Schenke aus, in jeder Hand
'ne Flasche, die man auch noch beide fand.
Doch wo die Wangen sonst, da waren Knochen,

Und wo die Augen, blut'ge Höhlen nur;
Und wo der Schädel hier und da zerbrochen,
Da sah man deutlich auch der Zähne Spur.

Wie am Giebel es knarrt und kracht!
Caton, schau auf die Bühne droben —
Aber nimm mir die Lamp' in acht! —
Ob vor die Luke der Riegel geschoben.
Pierrot, Schlingel, das rutscht herab
Von der Bank, ohne Strümpf' und Schuh'!
Willst du bleiben! Tapp, tipp, tapp,
Geht auf dem Söller der Loup Garou.

Und meine Mutter hat mir oft gesagt
Von einem tauben Manne, hochbetagt,
Fast hundertjährig, dem es noch geschehn
Als Kind, daß er das Scheuel hat gesehn,
Recht wie 'nen Hund, nur weiß wie Schnee und gar
Verkehrt die Augen, eingeklemmt den Schwanz,
Und spannenlang die Zunge aus dem Schlunde;
So mit der Kette weg an Waldes Bord,
Dann wieder sah er ihn im Tobelgrunde,
Und wieder sah er hin — da war es fort.

Hab' ich es nicht gedacht? Es schneit!
Ho, wie fliegen die Flocken am Fenster!
Heilige Frau von Embrun! wer heut
Draußen wandelt, braucht keine Gespenster;
Irrlicht ist ihm die Nebelsäul',
Führt ihn schwankend dem Abgrund zu,
Sturmes Flügel die Toteneul',
Und der Tobel sein Loup Garou.

DAS VERMÄCHTNIS DES ARZTES

Widmung

*An Sybille Mertens**

Nicht wie vergangner Tage heitres Singen, —
Der Ton, den ich in frischer Jugend fand,
Nein, anders muß das düstre Lied erklingen,
Das schauernd sich dem kranken Haupt entwand.
Doch wag' ich's dir, du treues Herz, zu bringen;
Gelang es oder mocht' es nicht gelingen —
Vertrauend leg' ich's in der Liebe Hand.

Wohl war er schön, wohl muß ich ihn beklagen,
Der frohe Blick, der ungetrübte Sinn;
Doch naht die Mittagssonne unsern Tagen,
So reift die Frucht und ist die Blume hin.
Was soll ich dir, mein zweites Selbst, noch sagen?
So bin ich, und so muß mich Billchen tragen;
Nicht wahr, mein Kind, du nimmst mich, wie ich bin? —

So mild die Landschaft und so kühn!
Aus Felsenritzen Ranken blühn;
So wild das Wasser stürmt und rauscht,
Und drüber Soldanella* lauscht!
Nichts, was ein wundes Herz so kühlt,
Als Bergesluft, die einsam spielt,
Wenn Maienmorgens frische Rosen
Mit Fichtendunkel flüsternd kosen.
Wo überm Wipfelmeer das Riff
Im Äther steht, ein flaggend Schiff,
Um seinen Mast der Geier schweift,
Tief im Gebüsch das Berghuhn läuft;
Es stutzt — es kauert sich — es pfeift
Und flattert auf; — ein Blättchen streift
Die Rolle in des Jünglings Hand,
Der schaut, versunken, über Land,
Wie einer, so in Stromes Rauschen
Will längst verklungner Stimme lauschen.
Er ruht am feuchten Uferrand. —
In seinem Auge Einklang liegt
Mit dem, was über ihm sich wiegt,
Mit Windgestöhn und linden Zweigen:
Was ist ihm fremd, und was sein eigen? —
Gedankenvoll dem Boden ein
Gräbt Zeichen er mit spitzem Stein

Und löst gedankenvoll das Band
Am Blatt, wo, regelloser Spur,
Ach! eine Hand, zu teuer nur,
Vertraut gestörter Seele Leiden,
Die Wahr und Falsch nicht konnte scheiden.
Und will er — soll er — dringen ein
In ein Geheimnis, das nicht sein?
«Es sei! Es sei! die Hand ist Staub,
Und ein Vermächtnis ja kein Raub!»
Dann — Wasser, Felsen, alles schwand.

«Ich war noch jung; o Zeit, entflohne Zeit!
Wohl vierzig Jahre hin, mir ist's wie heut.
Ein frisches Wasserreis war ich, im Traume
Von Blüte, Frucht und tausendjähr'gem Baume.
Ein Flämmchen war ich, lustig angebrannt,
Mein Sohn! nicht Schlacke, wie du mich gekannt.
Ach! damals hatte fremde Sünde nicht
Gelegt auf meinen Nacken ihr Gewicht.
Klar war mein Hirn, die Seufzer durften ruhn:
So war's, so war's, und anders ist es nun.
Der dunkle Mann – das Bild, das mich umkreist –
Ich sage nichts, mein Sohn, was du nicht weißt.
Zu Nacht mein Auge fand das deine offen,
Dein sorglich Ohr mein Ächzen hat getroffen,
Wenn Mißgeschick in Sünde mir zerfleußt,
Zur Gegenwart wird die Erinnerung.
Alt bin ich, krank, umdunkelt oft mein Geist,
Das kennst du nicht, du bist gesund und jung.

Am zwölften Mai, bei einsam tiefer Nacht,
Nach einem Tag, ich hatt' ihn froh verbracht
Auf Waldeshöhn, die, wimmelnd von Gesindel,

Zum Äther strecken ihrer Fichten Spindel,
An Böhmens Grenze eine starre Wacht:
— Dort nahm, der Wissenschaft und Armut Sohn,
Ein kleines Haus mich auf seit Wochen schon,
Wo Kräuter suchend zwischen Fels und Gründen
Die Einsamkeit ich traulich konnte finden —
Am zwölften Mai, wo das Geschick mich traf,
Auf meinen Wimpern lag der Jugend Schlaf,
Doch ruhig nicht, mein Traum war wie ein Fieber:
Auf Felsen stand ich, Adler kreisten drüber;
Mir näher, näher aus dem tiefen Grau,
Der Flügel Schlag, ich hört' ihn ganz genau,
Und hört' es immer, als der Traum zerrann.
Vernahm ich's wirklich? Und was war es dann?
Den Atem haltend, lausch' ich vorgebeugt,
Und wahrlich — zweimal — dreimal — nah der Wand
Pocht es vernehmlich an des Fensters Rand.
Dann Schatten seh' ich vor der Scheibe schwanken,
Ein langer Arm, ein dunkler Finger steigt;
Ich war noch jung; wie Pulver die Gedanken,
Wenn aufgeregt, erkannten keine Schranken.
Man weckt den Arzt um Mitternacht so leicht:
Gewöhnlich fänd' ich's jetzt, dort wunderbar;
Doch Jugend schäumt entgegen der Gefahr,
Und ohne Sprudel ist kein Trank ihr klar.
So war's nur Neugier und verwegne Glut,
Was durch die Adern trieb das üpp'ge Blut,
Als ich verlassen jener Hütte Frieden
Um einen Wunden, wie man mich beschieden,
In jener Nacht, so schwarz und schauerlich,
Daß nicht ein Glühwurm durch die Kräuter schlich;
Des Grases Knistern nur, der schwache Hauch
Des eignen Atems brach die Stille auch.

Vor ging ein Mann, und einer nach mir schritt.
Ich sah nur Grau in Grau und tappte mit,
Als wir dem Bergwald zogen stumm entgegen,
Gleich Kohlenstämmen unter Aschenregen.
Zuerst ein Weiher kam, und dann ein Steg,
Dann ging es aufwärts halb verwachsnen Weg;
Im tiefern Grau verschwammen die Gestalten;
Nur selten zeigten mir des Waldes Spalten
Noch meines Vormanns untersetzten Bau.
An einer Klippe meine Führer halten,
Und ich mich wende zu verstohlner Schau.
Nur dunkle Massen rings — wo mag ich sein?
Da über mir hört' ich die Eule schrein
Und dachte noch, ihr Nest liegt im Gestein.
Doch dort und dort und dorten, überall,
Entlang die Waldung, gellt's im Widerhall,
Ringsum die Zweige knistern wie im Brand,
Vor mir ein Mantel, drüben eine Hand,
Dann über meine Schulter es sich stemmt,
Und eine Binde hat den Blick gehemmt.
Der Boden schwindet; eh ich mich gefaßt,
Ein Roß trägt schnaubend fürder seine Last.

Mir war doch schwül, als ich zum Zügel griff;
Seekranken war mir's gleich auf leckem Schiff.
Verwirrung hatte mich betäubt, — zum Heil,
Sonst hätt' ich mich gefürchtet, als so steil
Pfadlosen Weg betrat des Tieres Fuß,
Wo ich nur klammernd mich erhalten muß,
An seine Mähne mein Gesicht gelegt,
Daß mir des Tieres Schweiß vom Kinne rann.
Ich hörte, wie, von seinem Huf geregt,
Des Weges Steine langsam rollten, dann

Von Klipp' zu Klippe sprangen, bis zuletzt
Der Schall im Nachhall schwand. Ich hörte jetzt
Ob meinem Haupt die Wasser niederrauschen,
Daß zarter Regen mein Gesicht benetzt.
Oft warnte eine Stimme mich in Hast:
‚Dich vorgebückt!' und über meinen Nacken
Strich sich ein breiter Ast mit trägem Knacken.
Entferntem Knalle glaubt' ich oft zu lauschen,
Der Boden einmal klang wie Estrich fast;
Was weiß ich, meine Phantasie war reg', —
Doch immer seltsam blieb und schlimm der Weg.
So öde war mein Hirn, gedankenleer,
Die Zügel ließ ich oft, dem Falle nah,
Dann wieder kehrte das Bewußtsein schwer,
Mit angeklemmten Gliedern saß ich da
Und log, von Sorge überschlau gemacht,
Ein heitres Angesicht der finstern Nacht.
Wie lange so, vermag ich nicht zu sagen.
Mir ist wie dem, der aus dem Schlaf erwacht:
Ihm scheint's vom Abend ein Moment zum Tagen,
Doch blieb ihm das Gefühl entschwundner Zeit,
Und öfters übers Ziel ihn führend weit,
Daß er die Sonne sucht um Mitternacht.
Ja! sinn' ich, was noch all sich zugetragen,
Bevor es tagte, hat die Fahrt wohl kaum
Gefüllt aufs längste einer Stunde Raum.
Dann stand das Tier, und Arme fühlt' ich wieder;
Nun schwebt' ich in der Luft, nun ließ mich's nieder;
Und tiefer in die Brust der Atem glitt,
Als Grund, als festen Grund mein Fuß beschritt.

Voll Schwindel war ich, halb bewußtlos noch,
So griff ich nach der Binde; hastig doch

Mich faßte eine Hand, die war so stark,
Der leichte Druck mir rieselte ins Mark.
Und weiter, weiter durch betautes Kraut;
Man wandte rechts und links und sucht' zu meiden,
Was, weiß ich nicht; doch konnt' ich unterscheiden
Im Gras verstreuten Schutt — hier ward gebaut.
Dann Stufen ging's hinunter, seltsam hallend,
Und immer tiefer, eine lange Reih'.
Ich stütze mich auf Mauern, morsch, zerfallend,
Hier klang der Atemzug ein halber Schrei;
Zur Seite hör' ich's tröpfeln, wie vom Regen —
Ich räuspre — und es schmettert mir entgegen —
Des Kleides Reibung flüstert am Gestein —
Dies mußt' ein lang und tief Gewölbe sein.
Vor allem seltsam war's, als, unterm Grund
Auftauchend, Schritte rechts sich gaben kund.
Wie Schmiedehämmer pocht' es um und neben;
Die eingepreßte Luft, es trog mich nicht,
Ich fühlte um Gesicht und Brust sie beben.
Doch ferner, schwächer schon der Schall sich bricht
Nur immer weiter, wie die Wege drehn,
Und bald verschwimmt das Klirren, Rufen, Gehn
In ein Geschwirr, dem Hall des Wassers gleich,
Wenn's niederrauscht in einer Grotte Reich.

Oft sinn' ich, wie mir alles noch so klar;
Ich war betäubt, drum scheint mir's sonderbar.
Ja, Angst ist fein, und, schier bewußtlos, doch
Mechanisch sammeln ein die Sinne noch.

Nun stand mein Führer: schwere Riegel klirrten,
Schnell schwand das Tuch, und schneller vors Gesicht
Schlug ich die Hand, mich blendete das Licht,

Man sprach zu mir, ich sah und hörte nicht;
Von allen Seiten bunte Flügel flirrten:
Es tat der Binde Druck, denn da's zerging,
Ein einsam Lämpchen nur im Winkel hing,
Wo einer Scheibe vieldurchlöchert Ziel
Das erste war, was mir ins Auge fiel.
Und als ich noch dem Schwindel kaum entrann,
Zu einer Wölbung zieht man mich hinan,
Bis dicht vor meinen Füßen liegt ein Mann,
So ausgespannt, wie sich die Leiche streckt.
‚Und dieser ist's? vom groben Pelz bedeckt?
Und diesem soll ich helfen? — Wenn ich kann.'
Ich sah den halbentblößten Fuß, die Hand,
Kalt, totenfahl, erschlafft der Muskeln Band;
Ich sah recht um der Lunge Sitz das Tuch,
Wodurch ein Streif sich naß und dunkel wand;
Ich sah das schwarze Blut am Boden hier
Und weiß nicht, wo ich die Gedanken trug,
Gleich einer fremden Stimme sprach's aus mir:
‚Bei Gott! bei Gott! bei Gott! der hat genug.'
Ob man's vernommen hat? ich glaub' es kaum;
Mich dünkt, gemurmelt hab' ich wie im Traum.
Ein Schimmer jetzt auf den Enthüllten fällt,
Auf Züge, edel, doch gefällig nicht.
Dies Auge kalt und unbezwungen bricht,
Da sich dem Tod zum Kampf die Seele stellt.
Vor Grimm dies Antlitz schien mir zu erbleichen
Um einen Gegner, dem es jetzt muß weichen.
Kraftsammlung, tiefes Brüten, sollt' man glauben,
Bewegung ihm und Sprache müsse rauben;
Und drüber, wahrlich, noch ein Hauch sich rührt
Von dem, was Herzen anlockt und verführt.
Ich sah wohl, wie es mit uns zweien stand,

Mit mir und ihm, wir beid' an Grabes Rand,
Da hab' ich auch gefühlt zu diesem Mal,
Wie Todesangst in vollem Laube tut.
Man meint, am besten sei's so kurz und gut,
Bevor uns Krankheit Zoll um Zoll verzehrt;
Glaub' mir, es ist 'ne wunderliche Wahl,
So um sich, neben sich kein Fußbreit Raum,
Und überm Haupt an einem Haar das Schwert! —
Fürwahr, die Zunge klebte mir am Gaum'!
Vielleicht dem Fischer mag ich mich vergleichen,
Der sonder Nahrung im verschlagnen Boot
Die Möwe streiten sieht und an dem bleichen
Gewölk aufzucken ferner Blitze Rot, —
Gleich nah dem Abgrund und dem Hungertod.

Doch die Besinnung kehrte mir zum Heil,
Auch etwas Mut und eben List genug;
Ich konnte fragen in geschäft'ger Eil'
Nach jener Waffe, so die Wunde schlug.
Der Führer sprach — fürwahr, ich weiß nicht, was
Mein Blick hing an des Kranken Muskelspiel:
Die Lippe bebt, das Auge hat kein Ziel.
Auf seinen Busen legt' ich meine Hand
Und fühlte, wie der Herzschlag kam und schwand
In Stößen bald, dann wieder träg und laß;
Da grade ward das Eisen mir gereicht,
Ein Messer aus dem Küchenschrank vielleicht,
Mit einer Schling', es an die Wand zu hängen;
Das Ansehn einer Waffe hat's zumal,
Die man ergreift in Angst und Todesqual.
Ich fühlte wohl, wie mein Gesicht erblich.
Und als der Klinge blutgefärbte Längen
Am Ärmel auf und ab der Führer strich,

Und recht als ob ihn wilde Lust beschlich,
Nun spielend zuckt' und ausholt' gegen mich:
Es war mir doch, als dringe ein der Stich.
Verbergen wollt' ich meiner Knie Schwanken
Und suchte nach des nächsten Schemels Halt,
Man sollte wähnen, sorglos, in Gedanken:
Da traf ich eine Hand, so feucht und kalt;
Doch jene nicht der kämpfenden Gestalt,
Nein, neben mir, daß Arm an Arm sich drücken,
Sitzt eine Frau, das Auge wie von Stein
Auf den gewendet, der dem öden Sein,
Es scheint, mit sich zugleich sie wird entrücken.
Im Antlitz lag so tiefer Seelenschlaf,
Wie nie bei Kranken ich noch Irren traf;
Die Stirn — ein Gletscher klar im Alpental,
Durchkältend uns mit dem gefrornen Strahl;
Dies Auge — seltsam regungslos und doch,
Erloschen gleich, voll toten Lichtes noch.
Nicht Wahnsinn war's, doch Schlimmres, was ich sah;
Und mich bezwang's, daß ich vergaß, was nah,
Zudem da dämmernd, dämmernd, halb gefühlt,
Wie Wetterleuchten die Erinnrung spielt.
Dies Antlitz ist — und doch ein andres ganz,
Ich hab's gesehn, es war im höchsten Glanz.
Und wo? Und wo? — ‚Halt an!' — Wie fuhr ich auf!
Mein Führer zupfte an der Binde Knoten.
Ward der gelöst, und frei des Blutes Lauf,
Gewiß nichts Gutes ward mir dann geboten!
Was wär' ich jetzt? Ein Schattenbild, des dann
Gedenkt noch hier und dort ein alter Mann.
Und du, mein Sohn? Was die Atome sind;
Sonst andrer Mann, und andren Mannes Kind. —
Ach, alles Leben ist wie Schaum und Duft!

Und doch hat jede Stunde ihre Pein.
Die Enkel treten meiner Freunde Gruft;
Wo bist du, Eduard? ich bin allein —
Ach Gott! mich quälen meine Träumerein ...»

Hier folgt ein Blatt, bekritzelt und zerpflückt,
Quer übern Raum die wilden Schnörkel fahren,
Mitunter Striche, durchs Papier gedrückt,
Gepreßter Finger Zucken offenbaren.
Der Jüngling seufzt und wendet rasch das Blatt.

Hier steht's:
«Mir war nicht wohl, nun bin ich matt,
Fürwahr, fürwahr, und auch des Lebens satt.
Doch weiter—da du's wissen mußt, mein Sohn—
Naphtha bekam der Kranke, sagt' ich schon;
Was soll man sonst in solcher Not verschreiben?
Noch einmal wollt' ich künstlich Feuer treiben
Durch seine Adern, ob sich mir vielleicht
Indes, der Himmel weiß, welch Ausweg zeigt:
So jung noch sollt' ich in der Schlinge bleiben?
Ein junges Blut ist hoffnungsreich und leicht.
Ich gab ihm Naphtha; bis die Wirkung kömmt,
Lass' ich verstohlen meine Blicke streifen;
Die Dämmrung ferner nicht das Auge hemmt,
Es möchte jeden Gegenstand ergreifen.
Ich war in einem dunstigen Gemach.
Langsame Tropfen glitten von den Wänden;
Aufrecht gestellt, träf' ich der Wölbung Dach;
Ob dies die Werke sind von Menschenhänden?
Zu schlecht zum Keller und zu gut zum Stollen:
Was mögen diese langen Zapfen sollen?
Ich meinte Stalaktiten; in der Tat,

Die erste Höhle war's, so ich betrat,
Und rings, wie zu gemeiner Maskerade,
Hing's überall in schmutziger Parade:
Ein Bauernkittel und ein Mönchsgewand,
Soldatenkleider, Roßkamms langer Rock,
Beim Judenbart des Älplers Hakenstock.
Und gleich am Lager mir zur rechten Hand
Hier ein Gewehr von Damaszierung falb,
Ein andres dort, beschmutzt, zertrümmert halb.
Auch nicht zu fern auf rohbehaunen Stein
Die Lampe warf den halbentschlafnen Schein
Aus einer Schale, wie mich dünkte, reich
Mit Wappen oder Bildern ausgeziert.
O, daß man mich an diesen Ort geführt,
Von übler Vorbedeutung schien mir's gleich!
Denn wie man die Umgebung so vergaß,
Nachlässig war es über alles Maß!
So irrend trifft mein Aug' auf jene Frau;
Sie ist verwandelt; in den schönen Bau
Kam Leben, aber erst wie Dämmerlicht
Sich mählich, mählich durch die Nebel bricht.
Sie sitzt nicht mehr, sie hat sich aufgerichtet,
Hält mit der Hand des Kranken Haupt gelichtet,
Sie blickt wie ein vom Schlaf erwachtes Reh.
Auf ihre Wange zog ein zarter Schein,
Wie Morgenhimmel, wogend übern Schnee,
Ihm seine lichten Spuren drückte ein.
Nun hebt den Arm sie, rückt die Locken, — ja!
Da plötzlich tritt mir die Erinnrung nah,
Wien, Karneval, der Maskenball sind da.
Um diesen Nacken Perlenschnüre spielten,
In diesen dunklen Locken lag ein Kranz,
Es war, als ob auf sie die Fackeln zielten,

Wenn sie vorüberglitt, ein Lichtstrom ganz,
Noch seh' ich, wie der milde Kerzenschein
In Atlasfalten schlüpfte aus und ein,
Wie eine Rose sich, gelöst vom Band,
Ob ihrer Augen Bronnen schien zu bücken.
Sie war das schönste Grafenkind im Land:
Dennoch ein Etwas lag in ihren Blicken,
Als ob sie alle dulde, achte keinen,
Der schöne Mund geformt schien zum Verneinen:
Nicht Härte hab' ich's und nicht Hohn genannt,
Jedoch zu allernächst es beidem stand.
Man sagte mir, dies wunderschöne Bild
— Vertraute Stimmen wurden drüber laut,
Für Herzensschwächen ist die Menge mild —
Man nannt' es eine unglücksel'ge Braut.
Der Mann, dem Elternwille sie versprach,
Er legte selbst den Grundstein seiner Schmach,
Als er mit ungestümer Grille Hang,
Wie Schwache gerne keck und seltsam scheinen,
Dem Fremdling auf sich zum Genossen drang,
Der sich am mindesten ihm mochte einen,
Der zehnfach schöner, tausendfach so kühn,
Mit Sitten, die beleid'gen und verführen,
Genau gemacht, ein starkes Herz zu rühren,
Geheim, man wußt' es, ließ die Braut erglühn;
Der folgt' sein Blick, wie dem Kometen klar
Die Seuche und das segenlose Jahr.
Von beiden Männern dort ich keinen sah,
Gefährlich war der Fremde oder nah,
Von ihm man flüsterte; mit offnem Hohne
Den Grafen macht' zum albernen Patrone.
Parteiisch man des Weibes Fehl vergaß,
Nur Männer wurden laut, dort, wo ich saß.

Mir schien sie stolz, weit über Ziel und Maß,
Und minder trauernd auch als still entbrannt,
Dem Himmel zürnend, andern, ihm und sich,
Daß er's gewagt, daß er den Schlüssel fand,
Zum mindesten so wirkte sie auf mich.
Doch all mein Sinnen hielt sie so gebannt,
Um sie das Fest vor meinem Auge schwand;
Und als sie zeitig ging, da ging auch ich.

Drei Jahre waren hin, seit dies geschah,
Und jetzt an sie mich mahnte, was ich sah,
Wie Steingebilde, übers Grab gestellt,
An jenes mahnt, was unter ihm zerfällt,
Wenn Seele fordernd stehn die Formen da.
— Es pickt der Fink am Auge regungslos,
Und ruhig wächst auf ihrem Haupt das Moos —
Nur wenig minder Totes war mir nah,
Im dunklen Blick, so überreich gewesen,
Doch eins noch war aus jener Zeit zu lesen:
Verhärtet Dulden — ob vom Haß getrennt? —
Zu tief versenkt lag's in dem tiefen Blau.
Ich sann, und daß ich's tat in dem Moment,
Bezeugt, wie seltsam fesselnd diese Frau.

Des Kranken Muskeln, totenbleich erschlafft,
Indes hat aufgespannt des Äthers Kraft;
Nicht all so stier das Auge glänzte mehr,
Den Arm sah ich ihn heben minder fahl,
Das Haupt verrücken auch nach eigner Wahl
Und Zeichen geben, wie ihn dürste sehr.
‚Wird's besser?' sprach mein Führer, ‚kömmt er auf?'
Ich nickt'. Er gähnte, dehnte sich, stand auf
Und stapfte fort; die Freude schien nur klein,

Und locker hier der Schlimmen Band zu sein.
Mir war's wie ein Gewitter, das verzog,
Als er so langsam um die Ecke bog
Und träge schob die langen Glieder vor.
Ich hört' ihn rauschen durch Gerüll und Sand,
Dann seitwärts, ferner dann, dann ging ein Tor;
Ich lauschte, lauschte, lauschte — alles schwand.

Und Mut nun, Mut! der Augenblick ist mein:
Ich muß ihn halten oder gehn verloren;
Noch einmal flammt, dann lischt das Meteor!
Ich war allein, mit jener Frau allein.
Sprach ich zu ihr? Sie blickte nicht empor,
Ihr Auge will sich in den Estrich bohren,
Kaum atmet sie; mir alles deuten muß
Auf Schweigens tief verhärteten Entschluß.
Ob sie mich sieht? Sie scheint betäubt zu sein,
Und ‚Hört mich, schöne Frau!' Sie regt sich — nein
Und wieder ‚Hört mich, schöne Frau!' Sie schweigt
Ganz sacht erheb' ich mich — was rauscht, was steig
Im Winkel dort? Ein Fleck, ein Schatten, ha!
Nun rückt er vor — und nun, nun steht es da!

Ungern gedenk' ich des, den du wohl weißt,
Des Dunklen, der allnächtlich mich umkreist,
Auf meine Scheitel legt die heiße Hand, — —
Ungern gedenk' ich des, der vor mir stand.
Ihn zu beschreiben, unnütz wär's und kühn.
Du willst mir's hehlen, Sohn! doch sahst du ihn,
Als lang und bleich zu deinem Bett er trat;
Er rührte dich, du zucktest wie gebrannt,
Du zucktest, ja, du zucktest in der Tat,
Und seufzen hört' ich dich in jener Nacht;

Mich schlafend meintest du? Ich hab' gewacht!
Ob nicht ein Sternbild seine Augen scheinen,
Das über Klippen steht und dürren Hainen?
Die Wimper schattet seiner Züge Bau,
Wie übers Leichenfeld sich senkt der Tau:
Was er verbrach, Gott mög' ihm gnädig sein!
Und eine Tat, der mög' er ledig sein;
In dieser Brust wohl keimte gute Saat,
Ob mir's verborgen blieb, was sie zertrat.
Ich sprach zu ihm, nicht nur, was ich beschloß,
Geheimes selbst mir von den Lippen floß:
Ein Pilger, der, in Räuberhand gefallen,
Hört plötzlich nahe Wanderlieder schallen,
Dünkt minder sich des Nahenden Genoß.
Seltsam gewiß, wie ich so ganz vergaß,
Daß er im blut'gen Rat mit jenen saß.
Ich ward gehört, und ob kein Wort er sprach,
Nur tiefer legte seiner Wimper Hag:
Sein Schweigen selber meine Zweifel brach.

Was dann dem Kranken er geflüstert hat,
Erwidert' dieser auch mit Zeichen matt:
Nur wenig Laute kamen an mein Ohr;
Einmal der Wunde zuckte doch empor.
Die wilde Fassung, so sein Antlitz sprach,
Doch unwillkürlich sich in Schauder brach,
Und noch zu bergen sah ich ihn bedacht,
Was selbst den Wurm im Staub sich krümmen macht:
Ich wußte, daß der Tod ihm angesagt!
Den Namen jener Frau dann hört' ich nennen
Und einen Laut sich von der Kehle trennen,
Gewaltsam zwar, so hohl und heiser doch,
Wie ihn die Woge ächzt im Klippenloch.

Mit raschem Flüstern ein der andre fällt,
Was Wildes seiner Stimme war gesellt;
‚Sie folgt dir!' Ein dann eine Pause trat,
Und dann, und dann—hält um den Arzt man Rat.
Alsbald der Jüngre hatte sich gewandt,
Daß beider Antlitz mir im Schatten stand.

Was meinst du, was durch meine Adern bebte,
Als überm Haupt des Richters Stäbchen schwebte?
Nur Lispeln hört' ich, wie die Pappel rauscht,
Doch Angst dem Lispeln selber Deutung gab;
So feinen Ohres hab' ich nie gelauscht.
Es stieg und sank, mit einem Mal brach's ab,
Und plötzlich eine Hand sich aufwärts ruckt,
Die winkt und winkt und nach der Pforte zuckt.
Dann fiel sie schlaff hinab — es war vorbei —
Gott lösche ihm die Schuld! er gab mich frei!

Der Jüngling blickte auf den toten Mann,
Wie sehr er ihn geliebt, man sah's ihm an.
Doch etwas lag im Auge offenbar,
Was dämpfen mochte allzu herbe Glut;
Mich dünkt, so blickt man auf verwandtes Blut,
Des Schmach uns bittrer als die eigne war,
Wenn's endlich ruht im Sarge, schandebar.
Nur ein Moment noch, wo er stand und sann,
Und einen Eid ließ er mich schwören dann,
Des Räubers Fluch, daß, sinne ich Verrat,
Geschick mich treiben soll' zu gleicher Tat,
Und diese Höhle sei mein letzter Rat;
Ich soll' den Wald, mich drin zu bergen, suchen,
Den Menschen nahn, damit sie mich verfluchen,

Am schrecklichsten mir sei der Heimat Licht
Und tötend meiner Mutter Angesicht —
Matt war sein Ton, das Ende hört' ich nicht.

Und fort nun, fort! Was ward aus jener Frau?
Sie ruhte jetzt, gleich Schlummernden genau,
Das Haupt im Schoß, mehr ist mir nicht bewußt,
Die Eil' den Atem schnürte in der Brust;
Und fort nun, fort! Geblendet wie zuvor,
Durch manche Krümmung ging's und manch ein Tor;
Voran der Jüngling zog in Hast mich nach,
Einmal nur Bretterwand uns schien zu scheiden
Von Gläserklang und ausgelaßnen Freuden.
War etwas minder tobend das Gelag,
Ich hätte wohl verstanden, was man sprach.
Hier war von einem Quell der Weg durchschnitten,
Geräusch zu meiden, wir behutsam schritten;
Und nun hinauf! die Hand dort angeklemmt!
Den Kopf gebückt! und hier den Fuß gestemmt!
Die Mauern bröckeln, rieseln uns entgegen;
Wir rutschen lang, oft an den Grund uns legen,
Mein letzter Griff in Kräuter war und Gras.
Nun noch ein Schwung: ich stand in freier Luft.
Noch wenig Schritt', hier wehte Fliederduft:
Auf meines Führers Ruck ich niedersaß,
Zwei Worte sprach er, die ich nicht verstand.
Dann plötzlich schwand aus meiner seine Hand,
Mir war nicht wohl zumut', ich war allein!

Vor einer Stunde hätt' ich nicht gedacht,
Als jedes Auge schien 'ne grimme Wacht,
Daß Einsamkeit mir peinlich könnte sein.
Ich saß am Grund wie ein verspätet Kind,

Das rispeln hört den Wolf, die böse Fee
In jedem Strauch. Wenn reger strich der Wind,
Ein Halm mich rührte, wenn in meiner Näh'
Ein Vogel ruckt' im Nest, die Brut zu decken:
Zusammen fuhr ich in geheimen Schrecken.
Doch alles ruhig, nur die Fichten rauschen,
Und eine nahe Quelle murmelt drein.
Die Zeit verrinnt, es wächst, es wächst die Pein.
Was knistert dort? Ein Hirsch vielleicht, ein Reh,
Das nächtlich Nahrung sucht, so mußt' es sein.
Am Zweige hört' ich's nagen, schnauben, lauschen,
Dann sprang es fort; — gekauert saß ich da,
Denn plötzlich waren Männertritte nah.
Und vor mir im Gesträuch es knackt und bricht,
Die Zweige schlagen feucht an mein Gesicht.
‚Ist's hier? Nein dort, es ist die Stelle nicht.'
Kaum hielt ich mich, daß nicht ein Schrei entfuhr,
Ja, mühsam ich des Atems Keuchen zwang.
Sie stöbern, wie der Hund auf Wildes Spur,
Um manchen Baum und das Gebüsch entlang;
Dann endlich gehn sie, schleifen etwas nach,
Das dicht vor mir im Strauch verborgen lag.
Dem Himmel Dank! mir ward die Seele wach;
Es war gewiß, sie wußten nichts von mir.
Was sie gesucht, nie hab' ich dran gedacht;
Vielleicht ein Raub, hier ins Versteck gebracht.
Ich dacht' und wünschte eins, den Jüngling hier,
Der mich geleitet, und er war mir nah;
Kaum sind die andern fort, so steht er da.

‚Zu Pferd! zu Pferd! es ist die höchste Zeit!'
An mir gewiß nicht lag's, ich war bereit,
Saß auf, und über Stock und Stein wir traben

Wie solche, die den Feind im Nacken haben;
Nie macht' ich gleichen Ritt. So Nebel fliehn,
Wenn Stürme über braune Heiden ziehn,
So Schwalben, wenn die Wolke murrt und droht;
Am Sattel mich zu halten tat wohl not,
Da wahrlich schlimmer als zuvor der Weg,
Wenn ich so nennen soll, wo weder Steg
Noch Hag uns Hemmung schien: dies Wege waren,
Die heute wohl und nimmermehr befahren.
Bald rechts, bald links; bald offen schien das Land,
Bald peitschten Zweige mir Gesicht und Hand.
Den Führer nur verriet des Hufes Ton;
Zuweilen doch, wenn stutzt das Roß im Trab,
Macht Sätze gleich dem Hirsch, und wenn's bergab
Sich kunstreich stemmend gleitet auf den Eisen,
Ist ihm ein kurzer Warnungsruf entflohn.
Der Lärm bringt alle Vögel aus den Gleisen:
Das flattert, zirpt, mich Äste blutig färben,
Fürwahr! ich dachte auf dem Tier zu sterben!
Es war ein Hexenritt. Doch lange nicht,
So stand das Roß; mein Führer sprach: ‚Steig ab,
Der Mond ist auf, wir müssen Bahn uns brechen.'
Die Binde fiel, ich sah ein sanftes Licht;
Doch jener trieb: ‚Voran! voran! voran!'
Und drängte ins Gebüsch so schwarz und dicht,
Wo Dorn und Ginster uns die Fersen stechen.
Doch endlich dämmert's, und nun kam heran
Zuerst ein Strahl, und dann durch Waldeslücke
Der ganze Mond auf seiner Wolkenbrücke.
Dann standen wir am Hange, wo ein Tal
Tief unten breitet seinen grünen Saal.
Der Jüngling sprach: ‚Halt dich am Waldessaum
Und spute dich, wir beide haben Eil'.

Leb' wohl! An deinen Schwur ich mahne kaum,
Du wirst verschwiegen sein zu eignem Heil.'
Und auf mein Haupt legt' er die Hände heiß
Und blickte tief mir in die Augen ein;
Noch einmal sah ich in des Mondes Schein
Sein Angesicht, die Züge blaß und rein,
Ich sah noch zucken seine Wimper leis;
Dann schnell gewendet, eh' ich mich verwahrt,
Behend umfaßt er, wirbelt mich im Kreis.
Fort war er, hin. Vollendet war die Fahrt!

Ich streckte mich auf grünen Teppich nieder,
Zum Tod erschöpft, es schütterten die Glieder,
Und kann nicht sagen, wie so wohl mir war.
Der wüste Ritt, entschwundene Gefahr
Ließ doppelt noch den Augenblick empfinden,
Nachdenken konnte keine Stelle finden,
Da sich im Taumel herbe Spannung brach.
Halb schlummernd sah ich in den grünen Hag:
Die Nacht war jetzt so milde, lichtbewegt,
Als sie begonnen schwarz und schauerlich.
Ein jedes Kräutchen Taugeflitter trägt,
Es schläft der Klee, die Blumen bücken sich,
Im Traume lächelnd scheint der Mond zu beben,
Wenn linde Nebelstreifen drüber schweben.
So ruhig wohl am dritten Schöpfungstag
In ihrem ersten Schlaf die Erde lag,
Wo Leben nur in Kräutern noch und Gras.
Ganz heimisch war die Scholle, wo ich saß;
Denn tausend Schritt von dieser Stelle noch
Barg meine Klause jenes Klippenjoch:
Dies Wasser rauscht' an ihren Bretterwänden,
Ihr Gärtchen lag an jenes Waldes Enden,

Dies ist der Baum, wo ich im Schatten lag,
Und dies die Höhe, wo ich Kräuter brach.
Ob wohl die Quelle drunten wacht im Tal?
Ein Glitzern nur verrät das klare Naß. — —
So sinnend wär' entschlummert ich zumal,
Wenn nicht der Tau sich durch den Mantel stahl.
Die Kälte weckte mich, es war im Mai,
Es war wohl schön, doch frisch die Nacht dabei.
Nicht fern mehr schien der Tag: so stand ich auf
Und dämmerte gemach den Wald hinauf,
Durchaus nicht, wie du denken magst, erschüttert,
Nein, gleich dem Kranken, wenn nach Fiebers Wut
Ihm schlafend durch die Adern schleicht das Blut,
Nur vor Ermattung jede Muskel zittert.
So träumte und so schlief ich halb voran,
Folgt' einem Pfade, einem andern dann,
Sah endlich auf und stand in Waldes Bann.

Ob schon so weit ich mich bereits verirrt,
So stumpf mein Sinn in diesem Augenblick?
Genug, ich ging und ging, und immer wirrt
Der Pfad sich tiefer in den Hain zurück.
Wie lang ich so getappt die Kreuz und Quer,
Durch Dornen mich und durch Gestrüppe schlug,
Bald Pfaden folgte, bald dem Ungefähr,
Und jeder Schritt mir üble Früchte trug:
Nicht meld' ich's lang, der Weg war schlimm genug,
Von oben dunkel und am Grunde wüst.
Manch Vogel strich vom Lager mit Geschwirr,
Unsichtbar aus der Luft die Eule grüßt',
Doch ließ mich träg und dämmrig das Gewirr,
Ich ging ja ungefährdet, ob auch irr.
Mich dünkt', in dieser Stunde litt mein Hirn.

Brand und Gekrimmel fühlt' ich in der Stirn,
Gesumme hört' ich wie von fernen Glocken,
Und mir am Auge schossen Feuerflocken;
Einmal gefallen, blieb ich liegen gar,
Ließ mich geduldig von den Ranken tragen
Und mein Gesicht Gezweig' und Blätter schlagen
Und nahm von allem dem nur wenig wahr.
Die Ranken lösten sich, ich rutschte nach,
Geblieben wär' ich sonst bis an den Tag.
Als ich zuletzt der Wildnis doch entkam,
Nichts mehr um mich den Sinn in Anspruch nahm
Daß frei die Luft, daß moosbedeckt der Grund,
Daß süß die Ruh', dies war allein mir kund.
So lag ich nieder unter Kraut und Steinen
Und ließ den Mond mir in den Nacken scheinen;
Noch zuckten Funken, Sterne rot und grün,
Und dann — und dann — das Auge langsam bricht,
Die Glocken läuten — bimmeln — weiterziehn —
Wie hoch es an der Zeit, ich weiß es nicht.

In Tönen kehrte das Bewußtsein mir;
So lieblich aus der Luft die Wirbel dringen,
Gewiß, ich hörte eine Lerche singen
Und dachte noch, sie muß den Morgen bringen;
Ob Traum, ob Wirklichkeit, das fragt sich hier.
War's Traum, dann trag' ich manches graue Haar
Umsonst und manche tiefe Furche gar.
Allein ich wußte, wie das Haupt mir schwer,
Auch daß ich mich gewendet, rückwärts lag,
Auch daß mir dürres Laub den Nacken stach. —
Nein, nein! Nicht schlief ich, da so fest gekettet
War jede Muskel, wie im Tod gebettet;
Der kleinste Ruck versagt, so lag ich fort

Und horchte immer dem Gewirbel dort.
Mit einem Male hör' ich's seitwärts knistern,
Mir immer näher tappen, klirren, flüstern;
Ich konnte zählen, ihrer waren drei:
Sie strichen mir so dicht am Haar vorbei,
Daß jedes Mantel meine Schläfe rührt.
Dann still — wie Wild, das nach dem Winde spürt —
Und dann, aus Weibes Brust ein schwacher Schrei:
‚Ich mag nicht leben; doch von eurer Hand!
Nein, nicht von eurer Hand!' Man flüstert, steht.
Und dann ein Laut, der mir die Seele bannt;
Du ahnest wohl, mein Sohn, wen ich erkannt.
‚Bet', Theodora, sammle dich und bet'!' —
‚Ich kann nicht beten!' — ‚Deine Hand ist rein,
Versuch' es nur; Gott mag dir gnädig sein!'
Angstvoll Gemurmel glaubt' ich jetzt zu hören
Und Seufzer, die das Blut im Herzen stören;
Nie wünsch' ich meinem Feinde solche Pein,
Als mir aus diesen Tönen schien zu klagen.
‚Ich kann nicht sterben, schmachvoll und allein:
O bringt mich fort, nur fort, wohin es sei!'
Und hastig flüsternd fallen ein die drei.
Was man gedroht, gefleht, ich nicht vernahm,
Doch ruhig ward's und eine Pause kam.
Gott gebe, daß sie sich zu ihm gewandt,
In dessen Huld ihr einzig Hoffen stand.
Mit einmal hör' ich's an die Klippen schlagen
Und einen Schrei noch aus der Tiefe ragen; —
Vorüber war's, so totenstill umher,
Der Nadel Fall mir nicht entgangen wär'.
Wo blieben jene drei? Ich kann's nicht sagen,
Sie waren fort; kein Läubchen rauschte mehr!
Nun kommt in holprigem Galopp ein Hund:

Er will vorüber, nein, er stellt sich, knurrt;
Da kriecht er ins Gebüsch, legt an den Mund
Mir seine Schnauze, schnuppert mir am Gurt;
Doch auf ein fernes Pfeifen trabt er fort,
Läßt mich in kaltem Schweiß gebadet dort
Noch immer an der Erde wie gebannt.
Du magst ermessen, was ich wohl empfand,
Da all mein Trost in Traumes Hoffnung stand.
Denn wenn ich träumte, war ich mir's bewußt,
Und daß ich träume, dacht' ich halb mit Lust,
Versuchte auch zu regen meine Hand;
Vergebens anfangs: doch ein Finger ruckt,
Und plötzlich bin ich in die Höh' gezuckt.
Da saß ich aufrecht, aber wüst und schwer.
Der Wald war stumm, die Fichten starrten her,
Die Dämmrung um mich wogte wie ein Meer,
Und alles schien dem Traume zu gehören.
Da saß ich, schweißbedeckt, von Kälte zitternd,
Ein scharfer Ost, an Strauch und Halmen knitternd,
Verkündete des Tages Wiederkehr.
Noch kämpfte Dämmrung, doch das Morgenrot
Aus halbgeschloßner Wolkenpforte droht'
Und spülte kleine Feuerwellchen her.
Es streckt sich, dehnt sich, gleitet in den Raum,
Die rote Welle schlägt der Berge Saum,
Allmählich zündet's, geht in Flammen auf:
Der Tag, der Tag beginnt den frischen Lauf!
Zum hohlen Stamme Nachtgevögel kehren,
Hoch oben läßt der Geier Ruf sich hören,
Und tausend Kehlen stimmen jubelnd ein.
So maienhold kein andrer Tag mag sein
Wie dieser, und so mild in Waldes Hag
Noch nie ein Tal am Morgenstrahle lag!

Wie war das neugeschenkte Leben reizend!
Ich schlürfte Licht und Luft, nach allem geizend.
Und als ich sah die Herde drunten grasen,
Am Quellenrande sich die Weiden neigen,
Ein einfach Lied den Hirten hörte blasen,
Und durfte wenig Schritt' nur abwärts steigen:
Da schien mir alles, alles dies mein eigen.
Doch weiß ich auch, daß Schauer mich beschlich,
Da allgemach der Morgenstern erblich,
Als scheide etwas, das mir teuer war;
Nie hab' ich später diesen Stern gesehn,
Daß jene Nacht nicht muß vorübergehn.

Der Rausch verschwand, und mählich ward mir klar,
Vom Traume sei doch wohl die Hälfte wahr.
Ja, deutlich wird mir's, wie ich nachgedacht;
Den Ruf, das Höhlennest, den Ritt bei Nacht
Muß ich mit Schauder doch dem Leben lassen.
Das letzte nur, gewiß, das blieb ein Traum!
Wo war die Kluft, der sich der Schrei entrang?
Wo Kampfes Spuren hier am linden Hang,
Da abwärts alle Hälmchen aufrecht standen,
Da frisch wie je sich Zweig' und Ranke wanden?
Des ward ich froh. — Ach Gott! ich ward es kaum,
So fiel mein Blick in einer Kuppe Raum,
Gespalten, grade einen Leib zu fassen.
Nicht sieben Schritt von mir die Klippe stand;
Zuvor erschien sie ungeteilte Wand,
Doch eben traf ein Strahl den scharfen Rand.
So unversehens fällt kein Schlag im Spiel,
Als mir's wie Hammerschlag zum Herzen fiel.
Die Angst, die Angst mir schnürte alle Sinnen,
Hinanzutreten konnt' ich kaum gewinnen.

Und — höre Sohn! — das Ufer hing hinein,
Wie wenn man rutscht und nach die Scholle bricht.
Vielleicht doch, möglich, konnt' es Zufall sein:
Der Rand war schroff, und bröcklig das Gestein.
Und — höre mich! — ob Rötel in der Schicht?
Rot war die Wand, unmöglich wär' es nicht.
Und hör'! — Am Grunde sah ich etwas ragen,
Das weiß und zuckend an der Scholle hing.
Mir schien's ein Tuch, vom Wellenschlag getragen,
Der Himmel wolle, daß ich falsch gesehn!
Vielleicht im Spalt sich eine Taube fing:
Doch damals meint' ich ins Gericht zu gehn. ——*

Es war ein bitter, o ein hart Geschick,
Was mich betraf in Jugendmut und Glück,
Und lange lange konnt' ich's niemand klagen,
Und lange lange mußt' es heimlich nagen.
Doch Zeit ist kräftig und die Heimat lind.
Um meine Scheitel wehte mancher Wind.
Ich nahm ein Weib, ich sah mein eignes Kind.
Nicht wahr, mein Sohn? du weißt noch, als du klein,
Daß ich gelacht und öfters fröhlich war.
Ich sah mich frisch an deinen Augen klar:
Ja, Kinder müssen unsre Engel sein!
Wenn ich mit dir getändelt, ward mir's helle,
Ich fühlte nicht am Kopf die heiße Stelle.
Das Alter kam, das Alter stellt' sich ein; —
Nun vor den Augen schwebt es mir zumal,
Nun vor dem Ohre hallt es ohne Zahl:
‚O bete! ringe! hilf ihm aus der Qual!'
Ach Gott! du weißt nicht, wie voll Brand mein Hirn,
Wenn mir der Dunkle nächtlich rührt die Stirn,

Genau, wie scheidend er gestreckt die Hände;
Auch jetzt ich fühle, wie das Blut sich dämmt.
Geduld, Geduld! Da kömmt er, kömmt er, kömmt!»

Das Blatt ist leer; hier hat die Schrift ein Ende.

So mild die Landschaft und so kühn!
Aus Felsenritzen Ranken blühn,
Der wilde Dorn die Rose hegt.
In sich versenkt, des Arztes Sohn
Schwand in des Waldes Spalten schon,
An seine Stirn die Hand gelegt.
Und wieder einsam tost der Fall,
Und einsam klagt die Nachtigall.
Mich dünkt, es flüstre durch den Raum:
Traum, bist du Leben?—Leben, bist du Traum?

DER SPIRITUS FAMILIARIS DES ROSSTÄUSCHERS

Deutsche Sagen; herausgegeben von den Gebrüdern Grimm, Berlin 1816, Nr. 84.

Spiritus familiaris

Er wird gemeiniglich in einem wohlverschlossenen Gläslein aufbewahrt, sieht aus nicht recht wie eine Spinne, nicht recht wie ein Skorpion, bewegt sich aber ohne Unterlaß. Wer diesen kauft, bei dem bleibt er, er mag das Fläschlein hinlegen, wohin er will, immer kehrt er von selbst zu ihm zurück. Er bringt großes Glück, läßt verborgene Schätze sehen, macht bei Freunden beliebt, bei Feinden gefürchtet, im Kriege fest wie Stahl und Eisen, also daß sein Besitzer immer den Sieg hat, auch behütet er vor Haft und Gefängnis. Man braucht ihn nicht zu pflegen, zu baden und zu kleiden, wie ein Galgenmännlein. Wer ihn aber behält, bis er stirbt, der muß mit ihm in die Hölle, darum sucht ihn der Besitzer wieder loszuwerden. —

Ein Soldat, der ihn für eine Krone gekauft und den gefährlichen Geist kennen lernte, warf ihn seinem vorigen Besitzer vor die Füße und eilte fort; als er zu Hause ankam, fand er ihn wieder in seiner Tasche. Nicht besser ging es ihm, als er ihn in die Donau warf.

Ein Augsburgischer Roßtäuscher und Fuhrmann zog in eine berühmte deutsche Stadt ein. Der Weg hatte seine Tiere sehr mitgenommen, im Tore fiel ihm ein Pferd, im Gasthaus das zweite und binnen wenigen Tagen die übrigen sechs. Er wußte sich nicht zu helfen, ging in der Stadt umher und klagte den Leuten mit Tränen seine Not. Nun begab sich's, daß ein anderer Fuhrmann ihm begegnete, dem er sein Unglück erzählte. Dieser sprach: «Seid ohne Sorgen, ich will Euch ein Mittel vorschlagen, dessen Ihr mir danken sollt.» Der Roßtäuscher meinte, dies wären leere Worte. «Nein, nein, Gesell, Euch soll geholfen werden. Geht in jenes Haus und fragt nach der ‚Gesellschaft', der erzählt Euren Unfall und bittet um Hilfe.» Der Roßtäuscher folgte dem Rate, ging in das Haus und fragte einen Knaben, der da war, nach der ‚Gesellschaft'. Er mußte auf Antwort warten, endlich kam der Knabe wieder und öffnete ihm ein Zimmer, in welchem etliche alte Männer an einer runden Tafel saßen. Sie redeten ihn mit Namen an und sagten: «Dir sind acht Pferde gefallen, darüber bist du niedergeschlagen, und nun kommst du auf Anraten eines deiner Gesellen zu uns, um Hilfe zu suchen; du sollst erlangen, was du begehrst.» Er mußte sich an einen Nebentisch setzen, und nach wenigen Minuten überreichten sie ihm ein Schächtelein mit den Worten: «Dies trage bei dir, und du wirst von Stund an reich werden, aber hüte dich, daß du die Schachtel, wo du nicht wieder arm werden willst, niemals öffnest!»

Der Roßtäuscher fragte, was er für dieses Schächtelein zu zahlen habe, aber die Männer wollten nichts dafür; nur mußte er seinen Namen in ein großes Buch schreiben, wobei ihm die Hand geführt ward. Der Roßtäuscher ging heim; kaum aber war er aus dem Haus getreten, so fand er einen ledernen Beutel mit dreihundert Dukaten, womit er sich neue Pferde kaufte. Ehe er die Stadt verließ, fand er in dem Stalle, wo die neuen Pferde standen, noch einen großen Topf mit alten Talern. Kam er sonstwohin und setzte das Schächtelein auf die Erde, so zeigte sich da, wo Geld verloren oder vorzeiten vergraben war, ein hervordringendes Licht, also daß er es leicht heben konnte. Auf diese Weise erhielt er ohne Diebstahl und Mord große Schätze zusammen. Als die Frau des Roßtäuschers von ihm vernahm, wie es zuging, erschrak sie und sprach: «Du hast etwas Böses empfangen, Gott will nicht, daß der Mensch durch solche verbotene Dinge reich werde, sondern hat gesagt: ‚Im Schweiße deines Angesichts sollst du dein Brot essen!‘ Ich bitte dich um deiner Seligkeit willen, daß du wieder nach der Stadt zurückreisest und der ‚Gesellschaft‘ deine Schachtel zustellst.» Der Mann, von diesen Worten bewogen, entschloß sich und schickte einen Knecht mit dem Schächtelein hin, um es zurückzuliefern, aber der Knecht brachte es wieder mit der Nachricht zurück, daß die ‚Gesellschaft‘ nicht mehr zu finden sei und niemand wisse, wo sie sich aufhalte. Hierauf gab die Frau genau acht, wo ihr Mann das

Schächtelein hinsetzte, und bemerkte, daß er es in einem besonders von ihm gemachten Täschchen in dem Bund seiner Beinkleider verwahre. In der Nacht stand sie auf, zog es hervor und öffnete es: da flog eine schwarze sausende Fliege heraus und nahm ihren Weg durch das Fenster hin. Sie machte den Deckel wieder darauf und legte es an seinen Ort, unbesorgt, wie es ablaufen würde. Allein von Stund an verwandelte sich all das vorige Glück in das empfindlichste Unglück. Die Pferde fielen oder wurden gestohlen. Das Korn verdarb auf dem Boden, das Haus brannte zu dreien Malen ab, und der gesammelte Reichtum verschwand zusehends. Der Mann geriet in Schulden und ward ganz arm, so daß er in Verzweiflung erst seine Frau mit einem Messer tötete, dann sich selbst eine Kugel durch den Kopf schoß.

Trutz Simplex, Leben der Landstörzerin Courage. Kap. 18 und 23.
Simplicissimi, Galgenmännlein, Kap. 4 u. 6.
Der Leipziger Avanturier. Frankfurt und Leipzig. 1756. T. 2, S. 38—42.

Den hier angegebenen Kennzeichen des Spiritus familiaris fügt der Volksglaube an manchen Orten noch andere hinzu. Seine ununterbrochenen Bewegungen sollen von einem feinen knisternden Geräusch begleitet sein, was den Träger andern unheimlich und den Wissenden kenntlich mache. Über Tag sei er schwarz, gebe aber im Dunkeln ein starkes phosphorisches Licht von sich, und sooft der

Besitzer eine Kirche betrete, bete oder sich nur einem frommen Gedanken überlasse, bekomme einer seiner feinen zahllosen Füße oder Fühlhörner die Macht, das Glas zu durchdringen und demselben einen Stich zu geben, der jedesmal die Lebenskraft bedeutend schwäche. Auch sollen seine Gaben dies mit andern höllischen gemein haben, daß sie zwar nicht wie diese zu Kohlen, aber schon in der zweiten Hand verderblich werden, das Vieh falle, das Getreide verderbe, oder, bis zur Aussaat gebracht, nicht keime, so daß dem Käufer von dem scheinbar vorteilhaftesten Handel nur der schlimmste Schaden bleibe. — Als Orte, wo die Fläschlein zu erhalten sind, wird bald ein Kreuzweg, bald der Rabenstein, bald ein leerstehendes, durch darin begangene Verbrechen dem Bösen anheimgefallenes Haus bezeichnet.

1.

So hat er sich umsonst gequält, umsonst verkauft die werte Stätte,
Wo seiner Kindheit Linde steht und seiner Eltern Sterbebette,
Umsonst hat er so manchen Tag den frostbeklemmten Hauch gesogen,
In seiner starren Hand den Zaum, umknistert von des Schnees Wogen,
Beim Morgenrot, beim Abendrot,
Nur um ein Stückchen ehrlich Brot!

Der Täuscher kniet am Pflastergrund, er streicht des
Rosses heiße Flanken,
Von des Gebälkes Sparren läßt die Leuchte irre Schatten wanken;
Bei Gott, es lebt! — im Aug' ein Blitz! — es schaudert,
zittert, hüben, drüben,
Dann streckt es sich, die Nüstern stehn, vom wilden
Schreie aufgetrieben,
Und aus den Gliedern wirbelt Dampf,
Der Lebenswärme letzter Kampf.

Der Täuscher kniet und streichelt fort, nicht trauen
will er seinem Auge,
Und schwellend in die Wimper steigt der Mannesträne
bittre Lauge,
Sacht langt die Decke er herbei und schlägt sie um des
Tieres Weichen,
Dann läßt er der Laterne Schein ob den gespannten
Sehnen streichen;
Es ist vorbei, kein Odemhauch,
Und schon verschwimmt der Flanken Rauch.

Vom Boden hebt er sich, er steht, der schwergebeugte
Mann der Sorgen,
Und langsam hat er seine Stirn, hat sie in hohler Hand
geborgen,
Was heute war? was morgen wird? wie könnt' er
dessen sich entsinnen!
Und der Verzweiflung Schlange fühlt er kalt zum
Herzen niederrinnen;
Was war? was ist? — er fährt empor,
Ein Klirren dicht an seinem Ohr!

Und an dem nächsten Ständer lehnt, des toten Rappen Zaum und Zügel
Gelassen wägend in der Hand, ein Mann mit Hafermaß und Striegel,
So stämmig, wie durch Frost und Staub der Kärrner treibt die derben Glieder,
In seinen breiten Nacken hängt der breite Schlapphut tröpfelnd nieder,
Und ruhig auf den Täuscher itzt
Sein graubewimpert Auge blitzt.

«Herr!» hebt er an: «Ihr dauert mich, ein feines Tier ist Euch gefallen,
Doch weiß ich eins, ihm gleich wie sich am Paternoster zwei Korallen;
Ich nenne Euch den Ort, das Haus, Ihr habt es um zweihundert Gulden,
Dann wüßt' ich einen Herrn, der drum sein halbes Erbe würde schulden.»
Der Täuscher horcht und stammelt dann:
«Ich bin ein ganz verarmter Mann!»

«Wie, Eure prächt'ge Koppel hin? wie, die ich in den Ostertagen
So frisch das Pflaster stampfen sah? fürwahr, da seid Ihr zu beklagen!
O, Euer Brauner mit dem Stern, der zierlich vor den Damen kniete!
O, Euer Weißgeborner, dem's wie Funken aus den Nüstern sprühte!»
Der Täuscher hat sich abgewandt,
Er zupft am Zaume, ballt die Hand.

Und sinnend steht der Schlapphut, mißt mit steifem
Blick der Kiste Bohlen,
«Herr!» flüstert er: «schließt Eure Faust um blank-
geränderte Pistolen!
Die Stunde zehrt, es schwillt der Mond, bald ist des
Jahres Schluß gekommen,
Habt Ihr auf Euren Zügen denn von der ‚Gesellschaft'
nichts vernommen?»
Der Täuscher blickt verwirrt umher
Und: «Die Gesellschaft?» murmelt er.

«Wie, die so manchen braven Mann aus seinen Nöten
hat gezogen
Und keinen Heller Zinsen nimmt, zwei Worte nur auf
weißem Bogen,
Die Euch, und lebt Ihr hundert Jahr', mit keiner Mah-
nung wird beschämen,
Die kennt Ihr nicht? die kennt Ihr nicht? Fürwahr, das
muß mich Wunder nehmen!»
Der Täuscher horcht, er spricht kein Wort,
Und flüsternd fährt der andre fort:

«Hört an, wenn in Silvesternacht das Mondlicht steigt
in volle Bahnen,
Kein Dach, kein Baum es schatten mag, wenn silbern
stehn der Türme Fahnen,
Zum Schleusentor geht dann hinaus, den Strom zur
Rechten, links die Föhren,
Wer Euch begegnet — achtet's nicht; wer Euch be-
grüßt — laßt Euch nicht stören,
Und hinterm Friedhof liegt ein Haus,
Ein wenig öde sieht es aus.

Verstorbnen Wuchrers Erb', um das sich sieben Lumpe hitzig streiten,
Und drinnen flimmt ein schwaches Licht, Ihr seht es freilich nicht von weiten,
Alljährlich nur in dieser Nacht, sonst stehen Tür und Tor verrammelt,
In einem Hinterbaue brennt's, wo die ‚Gesellschaft' sich versammelt;
Ihr trefft sie, bis der Hahn gekräht —»
Der Täuscher wendet sich und geht.

Wie trunken schwankt er durch den Hof, schwankt in die buntgefüllte Halle;
Der Kannen Klappern, das Geschrei — ihm ist, als ob die Decke falle;
Und seufzend löst vom Gürtel er die Lederkatze, und beklommen
Läßt er den ärmlichen Gehalt so Stück vor Stück zu Tage kommen;
Dann springt er auf, sein Sporenklang
Klirrt trotzig das Gehöft entlang.

Doch was er rufen, pfeifen mag, leer ist der Stall, nur aus den Raufen
Hängt wirres Heu wie sträubend Haar, und drunter dampfen Strohes Haufen,
Nur der Laterne feuchter Docht wirft Flämmchen auf mit leichtem Knallen
Und läßt ein seltsam zuckend Licht um den gestreckten Rappen fallen,
Und in der Fensterscheibe steht
Des Mondes bleiche Majestät.

II.

Das nenn' ich eine Winternacht! das eine Jahresleiche
Gnade
Der Himmel jedem, den die Not treibt über dies
blanken Pfade!
Sie glitzern auf, der Schlange gleich im weißen Pyra
midensande,
Und drüber hängt, ein Totenlicht, der Mond an un
sichtbarem Bande,
Mit Fünkchen ist die Luft gefüllt,
Die Sterbeseufzer zieht und quillt.

Nie hat, seit Menschendenken, sich Silvesternacht so
scharf ergossen,
Der Tag hat Flocken ausgestreut, der Abend sie mi
Glas umschlossen;
In den Gehöften Taub' und Huhn auf ihrer Stang
ächzend ducken,
Der Hund in seinem Schober heult und fühlt de
Wurm im Hirne zucken;
Zwei Spannen hat in dieser Nacht
Das Eis dem Strome zugebracht.

Verklommen steht am Tor die Wach' und haucht i
die erstarrten Hände,
«Wer da?» — «Ein Freund!» und hastig stampft e
längs der Brücke Steingelände
Betroffen sieht ihn der Rekrut wie einen Mast an
Strome schwanken:
«Der ist betrunken oder irr!» er steht ein Weilchen i
Gedanken,
Bekreuzt sich, zieht die Uhr heraus
Und lehnt sich an sein Schilderhaus.

ns offne Land der Täuscher tritt, er atmet auf und
schaut nach oben;
Kein Wölkchen hängt am Riesenbau der dunkeln
Saphirkuppel droben,
Er wendet sich und sieht die Stadt wie eine Nebelmasse
liegen
Jnd drüber, auf Sankt Thomas' Turm, das Wetter-
kreuz sich schimmernd wiegen,
Den Mantel zieht er ans Gesicht
Jnd schreitet fort im Mondenlicht.

Was liegt dort überm Weg? — ein Mensch, ein Mann
in dünnem Zwillichrocke —
Der Täuscher zuckt, doch zaudert nicht; wohl sieht
des Greisen dünne Locke,
Die Glatze, leuchtend aus dem Schnee, er sieht sie im
Vorüberschreiten,
Jnd wie mit tausend Stricken zieht es nieder, nieder
ihn, zur Seiten;
Ans Herz hat er die Faust geballt,
Jnd weiter, weiter sonder Halt!

Die Scholle unterm Fuße kracht und scheint ihn wim-
mernd anzuklagen,
Die Luft mit ihrem heisern Hauch ihm Sterberöcheln
zuzutragen,
n dem verglasten Föhrenwald ein irres Leben surrt
und klingelt,
Jnd seiner eignen Kehle Hauch mit Funkenstaube ihn
umzingelt;
Voran, voran, der Würfel liegt,
Verloren oder keck gesiegt!

Da wie ein Glöckchen tönt's von fern, und dann ein
Lichtchen kömmt geschwommen
Den blanken Schlangenpfad entlang, ist an des Hügel-
Bug geklommen,
Das Glöckchen schwirrt, das Flämmchen schwankt
Gestalten dunkel sich bewegen,
Ein Priester mit dem Sakrament zieht dem verstörten
Mann entgegen,
Und wie's an ihm vorüber schwebt,
Der Mönch die Hostie segnend hebt.

Der Tauscher schaudert, und ihn reißt's wie Blei
gewichte an den Knien,
Doch weiter, weiter! — und vorbei läßt er den Gna
denengel ziehen;
Noch einmal schaudert er — ein Knall — des Stromes
Flächen spaltend zittern,
Ein Windstoß durch der Föhren Haar, und die kristall-
nen Stäbchen klittern, —
Da tritt zum Friedhof er hinaus,
Und vor ihm liegt das öde Haus.

Er starrt es an — ein düstrer Bau! mit Zackengiebel
Eisenstangen,
Vom offnen Tore Nägelreihn wie rostige Gebiss
hangen;
Der Täuscher zaudert, dann umschleicht behutsam
wie ein Fuchs im Winde
Die Mauern er; — ist's nicht, als ob ein Licht im Innern
sich entzünde?
Er schüttelt sich, er tritt hinein
Und steht im finstern Gang allein;

Tappt am Gemäuer, wendet sich; dort flimmt es durch der Türe Spalten,
Sacht beugt er zu der Ritze, lauscht, den schweren Odem angehalten;
Kein Ton, kein Räuspern, nur ein Laut wie scharfgeführter Feder Schrillen,
Und ein Geriesel, wie wenn Sand auf Estrich stäubt durch schmale Rillen;
Sacht greift er an die Klinke, sacht
Hat er gepocht und aufgemacht.

III.

Wie friedlich in der Erde Schoß die still geringen Leutchen schlafen!
Endlich ein Pfühl nach hartem Stroh, nach saurer Fahrt endlich ein Hafen!
Dem Flockenwulste, sichtbar kaum, entheben sich die niedern Hügel,
Doch Gottes Engel kennt sie wohl, und schirmend breitet er die Flügel
Den Kreuzlein zu, die Pflock an Pflock
Sich reihen um den Marmorblock.

Am Sockel kreucht der Drachenwurm und scheint zum Grund hinabzukrallen,
Zum toten Wuchrer unterm Stein, von eigner Frevelhand gefallen,
Wohl hat ihm Gold ein ehrlich Grab geworben an der Friedhofsmauer,
Doch drüber zuckt sein Flammenschwert Sankt Michael in Zorn und Trauer,
So silbergrau, ein Nachtgesicht,
Steht das versteinerte Gericht.

Vom öden Hause, seinem einst, wo blut'ge Träne
sind geflossen,
Hat sich ein seltsam dämmernd Licht bis an den Mar
melstein ergossen,
Es ist, als ob das Monument bei der Berührung zit
ternd schwanke,
Im Schneee wühlend eine Hand dem Schuldner sic
entgegenranke;
Er kommt, er naht, die Pforte dröhnt,
Er hat sich an den Stein gelehnt.

Bleich wie der Marmor über ihm, und finster wie da
Kreuz zur Seiten,
Von Stirn und Wimper, Zähren gleich, geschmolzne
Reifes Tropfen gleiten
Was er in dieser schweren Nacht gelitten oder auc
gesündet,
Er hat es keinem je geklagt und keinem reuig es ve
kündet;
Ins Dunkel starrt er, wie man wohl
So starrt gedankenlos und hohl.

Ihm ist, als fühl' er noch die Hand, die seinen Federzu
geleitet,
Als fühle er den Nadelstich, der seines Blutes Que
bereitet,
Und leise zitternd tastet er zum Gurte — hörst d
nicht ein Knirren,
Viel schrillender als Uhrgetick, viel zarter als de
Spange Klirren? —
O, seine Heimat, still umlaubt!
O, seines Vaters graues Haupt!

Bewußtlos an des Engels Knie drückt er die Stirn, klemmt er die Hände,
Der toten Gäule Klingeln hört er schleichen durch die Fichtenwände;
Genüber ihm am Horizonte schleifen schwarze Wolkenspalten,
Wie lässig eine träge Hand zum Sarge schleift des Bahrtuchs Falten;
Er streicht das Auge, reckt sich auf
Und schaut zum Ätherdom hinauf.

Noch hängt die Mondesampel klar am goldgestickten Kuppelringe.
Noch leuchtet von Sankt Thomas' Turm das Kreuz wie eine Doppelklinge,
Noch ist die Stunde nicht, wo sich der Hahn auf seiner Stange schüttelt,
O eilig, eilig, eh' die Uhr das letzte Sandkorn hat gerüttelt!
Er wendet sich, da — horch, ein Klang,
Und wieder einer, schwer und bang!

Und mit dem zwölften Schlage hat der Wolkenmantel sich gebreitet,
Der immer höher, riesig hoch, sich um die Himmelskuppel weitet,
Und, horch! — ein langgedehnter Schrei, des Hahnes mitternächt'ge Klage;
Im selbigen Moment erbebt und lischt der Schein am Sarkophage,
Und Engel, Drache, Flammenschwert
ind in die wüste Nacht gekehrt.

Ho! Gläserklang und Jubelsang und «Hurra hoch!»
fährt's durch die Scheiben,
Getroffen schwankt der goldne Leu, die Buben aus-
einanderstäuben
Und drängen sich und balgen sich, das fliegende Kon-
fekt zu fangen;
Ein Glas, 'ne Frucht, 'ne Börse gar, die blieb am Speer des
Schildes hangen,
Und schreiend nach der Stange sticht
Das kleine gierige Gezücht.*

Da klirrt aus des Balkones Tür ein Mann mit Gert' und
Eisensporen,
Ihm nach ein andrer, Flasch' im Arm, in Rausches-
Seligkeit verloren,
«Gesindel!» — ruft der eine — «halt! ich will euch
lehren Börsenstechen!» —
«Frisch, Jungens, frisch!» der andre drauf: «Die Birne
ist mein, wer kann sie brechen
Ihn schlag' ich heut, ich, Hans von Spaa,
Zum Ritter von Lumpazia.»

«Besinnt Euch!» spricht der erste; — «Was, besin-
nen? hab' ich mich besonnen,
Als Euer Falber wie 'n gestochner Stier zusammen-
brach am Bronnen?
Besann ich mich zu zahlen, Herr? O Euer Vieh! drei-
hundert Kronen!»
Die Stimme bricht in trunknem Weh, er schluchzt
«Mag Euch der Teufel lohnen!»
Und schraubt den Pfropfenzieher ein;
Der Täuscher murmelt finster drein

Und wendet sich. «He, holla, halt!» schreit's hinter ihm, «nicht von der Stelle!
Hoch Euer Galgenmännlein, hoch der kleine rauchige Geselle!
Und wieder hoch! und dreimal hoch! — Alräunchen, Hütchen meinetwegen,
Mag's ferner goldne Eier Euch und andern tote Bälge legen!»
Der Täuscher lächelt, aschenfahl,
Und schlendert pfeifend in den Saal.

Noch zwei Minuten, und du siehst den Gassenpöbel vor ihm weichen,
Ihn scheu wie ein umstelltes Wild entlang die Häuserreihen streichen:
So schleicht kein Trinker schweren Hirns und freudesatt sich vom Gelage,
So grüßt kein freies Herz, nicht steht auf offner Stirn so trübe Frage;
Man meint, das Tor gewinne jetzt
Ein Schelm, von Gläubigern gehetzt.

Erst als die Fichte ihn umstarrt, an seiner Sohle Nadeln rauschen,
Hat er den Schritt gehemmt und steht, in sich gebeugt, zu lauschen — lauschen —
So lauscht kein Liebender dem Klang der Glocke, die zur Minne ladet,
Kein Kranker so des Priesters Schritt, der mit dem Heiltum ihn begnadet:
Ein Delinquent so lauschen mag
Der letzten Stunde Pendelschlag.

Am Sonnenbrande schlummernd liegt der Wald in des Aroma Wellen,
Und Harz entquillt den Nadeln, wie aus Schläfers Wimpern Tränen quellen,
Die sonnentrunkne Klippe nickt, die Vögel träumen von Gesange,
In sich gerollt das Eichhorn liegt, umflattert von dem Franzenhange,*
An jeder Nadel weißer Rauch
Verdunstet Terpentines Hauch.

Durch das Gezweig ein Sonnenstrahl bohrt in des Horchers Scheitellocke,
Die aus dem dunklen Wulste glimmt wie Seegewürmes Feuerflocke;
Er steht und lauscht, er lauscht und steht, vernimmst du nicht ein feines Schrillen,
Ein Rieseln, wie wenn Sandgekörn auf Estrich stäubt durch schmale Rillen?
So scharf es geht, so bohrend ein,
Wie Sensenwetzen am Gestein.

Der Täuscher richtet sich, er seufzt, dann drängend nach des Forstes Mitte,
An eklem Pilze klirrt der Sporn, und Blasen schwellen unterm Tritte,
Hier wuchern Kress' und Binsenwust, Gewürme klebt an jedem Halme,
Insektenwirbel wimmelt auf und nieder in des Mooses Qualme,
Und zischend, mit geschwelltem Kamm,
Die Eidechs' sucht den hohlen Stamm.

Der Wandrer bricht die Rank', er reißt und wütet in den Brombeerhecken,
Da seitwärts durch Geröhres Speer erglänzt des Kolkes* Tintenbecken,
Ein wüster Kübel, wie getränkt mit schwefligen Asphaltes Jauche,
Langbeinig füßelnd Larvenvolk regt sich in Fadenschlamm und Lauche,
Und faule Spiegel, blau und grün,
Wie Regenbogen drüber ziehn.

Inmitten starrt ein dunkler Fleck, vom Riesenauge die Pupille,
Dort steigt ein Wasserlilj' empor, dem Fußtritt lauschend durch die Stille;
Wen sie verlockt mit ihrem Schein, der hat sein letztes Lied gesungen,
Drei Tage suchte man das Kind umsonst in Kraut und Wasserbungen,*
Wo Egel sich und Kanker* jetzt
An seinen bleichen Gliedchen letzt.

Der Täuscher steht, den Arm verschränkt, und sturt verdüstert in die Lache,
Sein Haar voll Laub und Kletten bauscht sich finster an der Krempe Dache,
Gleich einem Senkblei scheint der Blick des Kolkes tiefsten Grund zu messen,
Zur Seite schaut er, rückwärts dann, kein Strauch, kein Hälmchen wird vergessen,
Greift dann behend zum Gürtelband
Und hält ein Fläschlein in der Hand.

Kaum hat das Ohr sich überzeugt, im Glase klingle das
Gerispel,
Ein Wimmeln kaum das Aug' erhascht, wie spinne-
füßelndes Gewispel,
Da, hui! pfeift's im Schwung und hui! fährt's an der
Lilie Krone nieder,
Das Wasser zischt, es brodelt auf, es reckt die moder-
grünen Glieder,
Und rückwärts, rückwärts sonder Halt
Raschelt der Täuscher durch den Wald.

Erst im Verhaue, wo die Luft spielt mit der Beere
Würzarome
Und auf den goldnen Schwingen trägt das Festgeläut
vom nahen Dome,
Dort sinkt er schluchzend auf die Knie, so fest, so fest
die Händ' gefaltet,
O selten hat ein Seufzer so des Herzens tiefsten Grund
gespaltet!
Was dieser Seufzer trägt, es muß
Sich nahen wie ein glüher Kuß.

Und Zähren Perl' an Perle sich entlang die braunen
Wangen schmiegen,
So mochte der verlorne Sohn zu seines Vaters Füßen
liegen;
Da plötzlich zuckt der Beter — greift zum Gurte —
tastet dann aufs neue —
Mit dumpfem Laute, klirrend fährt vom Grund er wie
ein wunder Leue,
Und in den Fingern angstgekrampft
Die triefende Phiole dampft!!

V

Tief tiefe Nacht, am Schreine nur der Maus geheimes
Nagen rüttelt,
Der Horizont ein rinnend Sieb, aus dem sich Kohlen-
staub entschüttelt;
Die Träume ziehen, schwer wie Blei und leicht wie
Dunst, um Flaum und Streue,
In Gold der hagere Poet, der dürre Klepper wühlt im
Heue,
Vom Kranze träumt die Braut, vom Helm
Der Krieger, und vom Strick der Schelm.

In jener Kammer, wo sich matt der Fenster tiefes Grau
schattieret,
Hörst du ein Rieseln, wie die Luft der Steppe zarten
Staub entführet?
Und ein Gesäusel, wie im Glas gefangner Bremse Flü-
gel wispelt?
Vielleicht 'ne Sanduhr, die verrinnt? ein Mäuschen,
das im Kalke rispelt?
So scharf es geht, so bohrend ein,
Wie Sensenwetzen am Gestein.

Und dort am Hange — Phosphorlicht, wie's kranken
Gliedern sich entwickelt:
Ein grünlich Leuchten, das wie Flaum mit hundert
Fäden wirrt und prickelt,
Gestaltlos, nur ein glüher Punkt inmitten, wo die
Fasern quellen,
Mit klingendem Gesäusel sich an der Phiole Wände
schnellen,
Und drüber, wo der Schein zerfleußt,
Ein dunkler Augenspiegel gleißt.

Und immer krimmelt's, wimmelt's fort, die grüne Wand des Glases streifend
Ein glüher gieriger Polyp, vergebens nach der Beute greifend;
Und immer starrt das Auge her, als ob kein Augenlid es schatte,
Ein dunkles Haar, ein Nacken hebt sich langsam an des Tisches Platte,
Dann plötzlich schließt sich eine Hand,
Und im Moment der Schein verschwand.

Es tappt die Diel' entlang, es stampft wie Männertritt auf weichen Sohlen,
Behutsam tastend an der Wand will jemand Rates sich erholen,
Dann leise klinkt der Türe Schloß, die losgezognen Riegel pfeifen,
Durch das Gemach, verzitternd, scheu, gießt sich ein matter Dämmerstreifen,
Und in dem Rahmen, duftumweht,
Im Nachtgewand der Täuscher steht.

Wie ist die stämmige Gestalt zum sehnenharten Knorren worden!
Wie manches, manches graue Haar schattiert sich an der Schläfe Borden!
O diese Falten um den Mund, wo leise Kummerzüge lauern —
So mocht' an Babels Strömen einst der grollende Prophete trauern —
So der Verfemte sonder Rast,
Wie ihn Salvator* aufgefaßt.

Genüber, feingeschnitzelt, lehnt die Gnadenmutter mit
dem Kinde,
Das sein vergoldet Händchen streckt wie segnend aus
der Mauerspinde,
Und drunten, in Kristall gehegt, von funkelndem
Gestein umbunden,
Ein überköstlich Heiligtum, ein Nagel aus des Heilands
Wunden;
Zu seiner Ehre Nacht für Nacht
Das Lämpchen am Gestelle wacht.

Nie hat, in aller Schuld und Not, der Täuscher einen
Tag beschlossen,
Daß nicht an dieser Schwelle ihm ein glüher Seufzer
wär' entflossen,
Selbst auf der Fahrt, auf nächt'gem Ritt, dämmert sein
Auge in die Weite,
Von des Polacken Rücken hat er mühsam sich gebeugt
zur Seite
Und sein beladnes Haupt geneigt,
Woher das Kind die Händlein reicht.

Ein scheuer Bettler, Tag für Tag, so steht er an des
Himmels Pforte,
Er schlägt kein Kreuz, er beugt kein Knie, nicht kennt
sein Odem Gnadenworte,
Schlaftrunknes Murmeln nur — und glüh fühlt er's
durch die Phiole ranken,
Die seinem Leibe angetraut wie nagend Krebsgeschwür
dem Kranken;
Und von dem kargen Lebensherd
Ein Jahresscheit ist weggezehrt.

Auch jetzt, in dieser Stunde, steht er lautlos, mit
gestreckten Knieen,
Nur leises Ächzen, und voran! — schau, schau, wie
seine Muskeln ziehen!
Voran! — das Heiltum — der Kristall — er lehnt sich
an die Wand, er schwindelt,
Ein angstvoll Zupfen — ein Gestöhn — er hat den
Nagel losgewindelt
Und stößt ihn dicht am Heil'genschrein
In der Phiole Siegel ein.

Hui! knallt der Propfen, hui, fährt das Glas in Mil-
lionen Splitter!
Gewinsel hier, Gewinsel dort und spinnefüßelndes
Geflitter;
Es hackt und prickelt nach dem Mann, der unterm
Gnadenbilde wimmert,
Bis Faser sich an Faser lischt, des Zentrums letzter
Hauch verschimmert,
Und an der Gotteslampe steigt
Das Haupt des Täuschers, *schneegebleicht*.

VI.

Weh, Glockensturm! Trompetenstoß! und Spritzen
rasseln durch die Gassen,
Der aufgeschreckte Pöbel drängt und kreiselt sich in
wüsten Massen,
Hoch schlägt die Brunst am Giebel auf, Gewieher
kreischt aus Stall und Scheunen,
Der Eimer fliegt hinab, hinauf, umhergestoßne Kinder
weinen,
Und zögernd steigt das Morgenrot,
Dem dopple Glut entgegenloht.

Es war beim ersten Hahnenschrei, als alle Bürger aufgeschüttert,
Mit Schloßenpfeifen Knall auf Knall; so greulich hat es nie gewittert!
Grad' ob des reichen Böhmen Dach, des Täuschers, ballte sich das Wetter,
Wie Blitz an Blitze niederzackt, mit ohrbetäubendem Geschmetter,
Nun überall an Scheun' und Haus
Prasselt der Flammenhag hinaus.

Im Hof die Knechte hin und her mit Axt und Beilen fluchend rennen,
Wer schob die innern Riegel vor? Die Türen weichen nicht und brennen.
«Der Herr! der Herr!» ruft's hier und dort: «Wo ist der Herr?» Daß Gott ihm gnade,
An seinem Kammerfenster leckt die Loh' aus der geschloßnen Lade!
Und eben krachte ins Portal
Die Stiege zu dem obern Saal!

Entsetzt Gemurmel läuft umher und schwillt in des Gedränges Wogen,
Dann alles totenstill, sie stehn, die Brauen finster eingezogen;
So um den Scheiterhaufen einst gruppierten sich des Südens Söhne:
«Da brennt der Schächer, dessen Vieh das Land verlockt mit fremder Schöne
Und, kaum verkauft, am dritten Tag,
Ein totes Aas, im Stalle lag!

Der Gaukler brennt, aus dessen Gurt ein wunderlich
Geklingel surrte,
Daß man in rabenschwarzer Nacht ihn kennen mocht'
an seinem Gurte,
Der keine Kirche je betrat, vor keinem Gnadenbild
sich neigte;
Wenn ihm begegnet Christi Leib, von Schwindel
stammelt' und erbleichte,
Im gottgesandten Element
Der Täuscher, mit der Kuppel, brennt!»

VII.

Am Wiesenhang 'ne Linde steht, so lieblich winkend
mit den Zweigen,
Auf jedem Ast ein Vogelnest, um jede Blüt' ein Bienen-
reigen,
Sie scheint den düstern Föhrenwald aus ihren Kelchen
anzulächeln,
Des nahen Städtleins Angelus ein säuselnd Ave zuzu-
fächeln,
Und für den nahen Friedhof auch
Hat sie versüßt des Westes Hauch.

Und Blatt an Blatt vom Blütenzweig verstreut sie auf
des Greises Stirne,
Der in dem Wurzelmoose lehnt sein Haupt mit sieden-
dem Gehirne;
Zur Seite liegt der Stab, gefüllt mit Bettelbrote liegt
der Ranzen,
Und Schemen hier und Schemen dort mit Elfenschrit-
ten drüber tanzen,
Wie sie der Brust geheimster Hut
Entschlüpfen in des Fiebers Glut.

Den Anger seiner Kindheit sieht er in den Linden-
zweigen spielen,
Die süße Heimat, und das Haupt der Eltern auf den
Sterbepfühlen;
Was er verloren und erstrebt, was er gesündet und
getragen,
Wie eine Nacht sein Haar gebleicht, die eignen Knechte
ihn geschlagen.
O Nacht, die Ehre, Kräfte, Hab'
Zerbrach und ihm die Seele gab!

Er sieht sein faltiges Gesicht im Wasserspiegel wider-
scheinen,
Wie er sich selber nicht erkannt und kindisch dann
begann zu weinen;
Ach, all die Tränen, so nachher aus tiefrer Quelle sind
geflossen,
Ob sie ihn Christi Blut vereint? des Himmels Pforten
aufgeschlossen?
Wohl Schweres trug er mit Geduld,
Doch willenlos, durch eigne Schuld!

Mit vierzig Jahren siecher Greis, ist er von Land zu
Land geschlichen,
Hat seines Namens Fluch gehört und ist zur Seite
scheu gewichen,
Aus mancher Hand, die ihm gedient, hat er das Bettel-
brot gebrochen
Und ist, ein todeskranker Mann, an dieses Hügels Bug
gekrochen,
An diesen Hügel — ew'ge Macht!
Er schaudert auf — Silvesternacht!

Der Föhrenwald — das öde Haus — dort stand der Priester, dort am Hagen —
O, in der Sterbestunde hat sein irrer Fuß ihn hergetragen,
Das ist kein Schemen, dieses nicht; dort streckt Sankt Michael die Flügel,
Dort kreucht am Fußgestell der Drach' und schlägt die Kralle in den Hügel;
Des Greises Auge dunkelt, wild
Die Agonie zum Haupte quillt.

Das Buch — das Buch — er sieht das Buch — o Gottesmutter, Gnade! Gnade!
Er liebte dich, er liebte dich in Sünd' und Schmach! — gleich einem Rade
Die Zeichen kreisen — Gott, o Gott, er sieht ein Händchen niederreichen,
Mit leisem goldnem Fingerzug die blutgetränkten Lettern streichen!
Und auf des Täuschers bleichen Mund
Ein Lächeln steigt in dieser Stund'.

Um Mittag hat der Mähder ihn am Lindenstamme aufgehoben
Und in des Karrens Futtergrün dem Leichenhause zugeschoben,
Auf der Gemeinde Kosten ist ein grobes Sterbehemd bereitet,
Ein kurzer träger Glockenschlag hat zu der Grube ihn geleitet,
Wo sich der Engelsflügel neigt
Und nicht des Drachen Kralle reicht.

LEDWINA

Romanfragment

DER Strom zog still seinen Weg und konnte keine der Blumen und Zweige auf seinem Spiegel mitnehmen. Nur eine Gestalt, wie die einer jungen Silberweide, schwamm langsam seine Fluten hinauf; es war das schöne, bleiche Bild Ledwinens, die von einem weiten Spaziergange an seinen Ufern heimging. Wenn sie zuweilen halb ermüdet, halb sinnend stillstand, dann konnte er keine Strahlen stehlen, auch keine helleren oder milderen Farbenspiele von ihrer jungen Gestalt; denn sie war so farblos wie eine Schneeblume, und selbst ihre lieben Augen waren wie ein paar verblichene Vergißmeinnicht, denen nur Treue geblieben, aber kein Glanz.

«Müde, müde», sagte sie leise, indem sie sich langsam nieder in das hohe frischgrüne Ufergras auf den Rasen sinken ließ, daß die Gräser und Kräuter sie umstanden wie die grüne Einfassung ein Lilienbeet. Eine angenehme Frische zog durch alle ihre Glieder, daß sie die Augen vor Lust schloß, als ein krampfhafter Schmerz sie auftrieb. Im Nu stand sie aufrecht, die eine Hand auf die kranke Brust gepreßt, und schüttelte unwillig ob ihrer Schwäche das blonde

Haupt, wandte sich rasch wie zum Fortgehen und kehrte dann fast wie trotzend zurück, trat dicht an das Ufer und schaute anfangs hell, dann träumend in den Strom.

Ein großer, aus dem Flusse ragender Stein sprühte bunte Tropfen um sich, und die Wellchen strömten und brachen sich so zierlich, daß das Wasser hiervon mit einem Netze überzogen schien und die Blätter der am Ufer neigenden Zweige im Spiegel wie grüne Schmetterlinge davonflatterten. Ledwinens Augen aber ruhten aus auf ihrer eigenen Gestalt, wie die Locken von ihrem Haupte fielen und forttrieben, ihr Gewand zerriß und die Gliedmaßen sich ablösten und verschwammen.

Da wurde ihr, als ob sie wie tot sei und die Verwesung lösend ihre Glieder treffe und jedes Element das Seinige mit sich fortreiße.

«Dummes Zeug!» sagte sie, sich schnell besinnend, und bog, mit einem scharfen Zug in den sonst milden Mienen, auf die dicht am Flusse hinlaufende Heerstraße, indem sie das Auge durch das weite, leere Feld nach heiteren Gegenständen aussandte.

Ein wiederholtes Pfeifen vom Strome her blieb von ihr unbemerkt, und als daher bald darauf ein großer schwarzer Hund mit vorgestrecktem Kopfe quer über den Anger gerade auf sie einrannte, flüchtete sie, von großem Schrecken ergriffen, mit einem Schrei auf den Strom zu, und da das Tier ihr auf den Fersen folgte, geriet sie mit beiden Füßen hinein. «Pst, Sultan!» rief es neben ihr, und zugleich fühlte sie sich von zwei unzarten Händen gefaßt und ans Ufer gesetzt. Sie wandte sich noch ganz betäubt und erschreckt um.

Vor ihr stand ein großer vierschrötiger Mann, den sie an einem Hammel, der ihm wie ein Palatin* um den Hals hing, als einen Fleischer erkannte. Beide betrachteten sich eine Weile, indem das Gesicht des Mannes in die offenbarste, mit Verdruß gemischte Ironie überging.

«Was springt Sie denn so?» stieß er endlich heraus.

«Ach Gott», sagte Ledwina ganz beschämt, «ich dachte, das Tier wäre toll.»

«Wer? mein Hund?» sagte der Mann beleidigt; «der ist ja nicht mal bös, der hat niemals keinen gebissen.»

Ledwina sah auf den Hund, der nun ganz verständig wie eine Sphinx neben seinem Herrn saß und zuhörte.

«Ist Sie nun recht naß?» fing der Fleischer an.

«Nicht sehr», erwiderte Ledwina, indes der Mann mit seinem Stabe die Tiefe des Wassers neben dem großen Steine maß, auf den Ledwina bei ihrer Wasserreise geraten. «Aber ganz miserabel ist Ihr, das sehe ich wohl», sagte er dann; «ich will nur sehen, daß ich Sie in das Haus dort bringe.»

In der Tat hatte Ledwina seinen Beistand sehr nötig, und sie erreichte nur mühsam das etwa hundert Schritte vom Flusse entlegene Bauernhaus, indes ihr Führer sie beständig von den Kennzeichen der tollen Hunde unterhielt.

Die alte Bäuerin schob schnell ihren Rocken zurück, als Ledwina mit den Worten: «Macht Feuer, Lisbeth! ich habe mich erkältet und erschreckt», in die Türe trat. Der Fleischer hob sogleich die Geschichte des Abenteuers an.

«Macht Feuer!» wiederholte Ledwina, «ich habe mir im Sandloch nasse Füße geholt.»

Der Retter wollte die Sache mit der Mamsell gefährlicher machen.

«Es ist nichts, gnädiges Fräulein», sagte die Alte beruhigend, legte Holz ans Feuer, stellte einen Stuhl daneben, rückte ein Kissen darauf zurecht und ging, um aus dem Keller ein Glas frischer Milch zu holen.

Der Fleischer, verdrießlich über das geringe Interesse, das man seiner Rede zuwandte, rief ihr nach: «Einen Schnaps, Wirtin!»

«Wir verschenken keinen Schnaps», sagte die Frau in der Kellertür; «ein Glas Milch könnt Ihr für einmal umsonst haben.»

«Mamsell», hub der Fleischer von neuem an, «ich sage aber, Sie hätte wohl ertrinken können.» Ledwina mußte doch lächeln.

«Wenn ich mich auf den Mund gelegt hätte», antwortete sie vor sich hin und suchte in ihrem Körbchen nach der Börse.

«Sie ist auch nicht besonders bei Kräften», erwiderte er, und über Ledwinens Gesicht flog ein bitterer Zug, indem sie ihm ein Trinkgeld reichte.

«Gott bewahre», erhub er seine Stimme, «einem Menschen das Leben retten, das ist nicht zu bezahlen», wobei er beinahe tat, als wollte er das Dargebotene etwas weniges abwehren.

«Ihr habt mich ja auch hierher geleitet», sprach Ledwina fast verdrießlich.

«Ja, wenn Ihr das meint», sagte der Retter und faßte geschwind zu; denn da Ledwina sich nach ihrem Körbchen neigte, meinte er, sie gedächte, das Gebotene wieder einzustecken. Die Bäuerin brachte die Milch. Der Fleischer brummte:

«Wenn es noch ein gut Glas Bier wäre.»

Er nahm jedoch vorlieb, sprach gegen die Wirtin noch allerlei von bezahlen und gut bezahlen können und zog endlich ab.

«So ginge es oft den ganzen Tag», sprach die Bäuerin zu Ledwina, der es ganz behaglich am Feuer wurde, «wenn wir allerhand Leute im Hause leiden wollten. Der Zulauf wäre groß genug für das beste Wirtshaus. Die Leute denken: Geld regiert die Welt. Unser Klemens muß oft des Nachts aus dem Bett und die Reisenden beim Grafenloche vorbeiführen. Das ist ihm auch nicht zu gut; aber man mag die Leute doch nicht so ins Wasser stürzen lassen.»

«Jawohl», sagte Ledwina, schon halb im Schlummer.

«Die gnädige Fräulein ist schläfrig», sprach die Alte lächelnd, «ich will noch ein Kissen holen.»

«Bewahre», rief Ledwina schnell, aus ihrem Stuhle auffahrend; aber schon war die alte Lisbeth wieder da mit zwei Kissen, deren eins sie auf den Sims neben den Herd legte, das andere auf die Stuhllehne. Ledwina, die sich durch eine Art Krankenstolzes selten in dieser Art etwas zugute tat, lachte ordentlich vor Vergnügen, da es ihr so bequem wurde.

«Erzählt mir etwas von vorigen Zeiten, da Ihr auf dem Schlosse wohntet», sagte sie freundlich; und die Frau hub an zu erzählen von dem seligen Großpapa, und wie der Turm noch gestanden, der vor vielen Jahren niedergebrannt, und immer tiefer neigte sich Ledwinens Haupt und immer deutlicher gestaltete sich, was sie noch zuweilen von den Worten der Erzählenden vernahm. Sie sah den Großvater als ein kleines graues Männchen, gar freundlich; tot war er freilich, aber er schoß doch noch mit seiner Vogelflinte nach den Raben im alten Turm; es knallte gar nicht, aber sie fielen recht gut — und immer leiser und leiser wurden die Laute der Alten, die von Zeit zu Zeit ihr Fräulein hinter dem Rocken hervor betrachtete, bis sie endlich auch ganz einschlief.

Dann stand sie sachte auf, trippelte auf den Zehen zu Ledwina und beugte sich langsam über sie, ihren Schlummer zu prüfen.

Es war rührend zu sehen, wie das ernste, alte Gesicht der Bäuerin über dem jungen, bleichen der Herrin stand, das eine in stiller Traumeswehmut, das andere in den Tiefen des unabwendbaren nahen Vergehens beider, die reife, lebenssatte Ähre über der zarten, sonnenversengten Blüte.

Dann hob sie sich, holte still Flachs aus einem Wandschrank und begann ihn sehr leise zu bürsten; aber ihre Züge waren ernster als vorhin, doch sehr weich.

So dauerte es eine Weile, als die Tür ziemlich unsanft geöffnet ward und mit den Worten: «Mutter, hier bring' ich Euch einen neuen Stuhl», ihr Sohn mit einigem polternden Anstand einen im geheimen für sie verfertigten Spinnstuhl hereintrug; «der andere ist Euch ja doch zu hoch», fuhr er fort.

Die Mutter winkte unwillig mit der Hand, indem sie auf Ledwina deutete, aber diese war schon erwacht und sah ganz hell und erquickt um sich.

«Ei, so wollt' ich dich —!» fuhr die Alte heraus.

«Ich habe sehr sanft geschlafen bei Eurem Feuer», sagte das Fräulein freundlich; «es ist aber doch gut, daß ich geweckt bin, sonst hätt' ich nachtwandeln müssen. Ich meine», fuhr sie lächelnd fort, da die beiden sie fragend anblickten, «wenn ich am Tage ruhe, so habe ich in der Nacht keinen Schlaf; da stehe ich dann wohl zuweilen auf und gehe in meiner Stube umher; es ist nicht zum besten, aber was soll man mit der langen Nacht machen? Es wird bald fünf sein, nun wird's meine Zeit, zu gehen»; und wie sie durch die Türe ging: «Den Stuhl hat wohl Euer Sohn gemacht, der ist doch recht geschickt.»

«Auch bisweilen recht ungeschickt», sprach die Alte, der der Ärger noch nicht aus den Gliedern wollte; aber schon war Ledwina wie eine Gazelle den Fluß hinauf; denn sie dachte nur dann an ihre kranke Brust, wenn heftige Schmerzen sie daran erinnerten, und dann war ihr dieses traurige Hüten, dieses erbärmliche, sorgfältige Leben, wo der Körper den Geist regiert, bis er siech und armselig wird wie er selber, so verhaßt, daß sie gern diese ganze in Fäden verglimmende Lebenskraft in einem einzigen recht lohen Tage hätte ausflammen lassen. Ihr frommes Gemüt behielt auch hier die Oberhand über den sichtbar auflodernden Geist; aber noch nie hat wohl ein Martyrer Gott sein Leben reiner und schmerzlicher geopfert, wie Ledwina dem schönen Tod in der eigenen Geistesflamme.

Im hellen Wohnzimmer war alles etwas anders wie gewöhnlich, da Ledwina eintrat; denn sie ward gar nicht gescholten, die gewöhnliche bittere Frucht der ihr so süßen, aber den so zerrütteten Körper so angreifenden Streifereien.

Schwester Therese hatte freilich genug nach einer entfallenen Nähnadel zu suchen, aber auch die Mutter sagte nichts, strickte still fort und winkte stark mit den Augenlidern; das war immer ein besonderes Zeichen; dann war sie erzürnt oder gerührt oder gar verlegen; denn diese kluge Frau, der ein allgemein beachtetes und oft verwickeltes Leben eine völlige Herrschaft über alle unpassenden Ausbrüche innerer Bewegungen in Handlungen und Worten gesichert hatte, wußte selbst nicht, wie dünn der Schleier ihres Antlitzes über der Seele hing, und es bedurfte für gesunde, ob auch ungeübte

Augen nur sehr geringer Bekanntschaft, um sie oft besser zu verstehen als sie sich selbst in ihrer vielfachen Zerstreuung durch Haus und Kinder. Ledwina hätte sich gern ganz still der Gesellschaft eingeflickt, aber ihre Arbeit lag in der Schublade des Tisches, vor dem die Mutter saß; das war schlimm. Sie setzte sich indes ganz sachte in das Sofa, das auf der Schattenseite des Zimmers stand, und sagte kein Wort. Die kleine Marie lief herein und mit einem lauten, etwas albernen Gelächter auf Ledwina zu: «Ledwina, weißt du schon die ganz berühmte Neuigkeit?»

Ledwina verfärbte sich wie erschreckt in unnatürlich gespannter Erwartung, und die Mutter sagte rasch: «Marie, hole mir mein Schnupftuch; ich habe es im Garten bei den Tannen liegenlassen!»

Marie drehte sich auf dem Fuße um, sagte aber noch: «Wenn ich wiederkomme, weißt du es längst; denn Therese springt das Herz, wenn sie es nicht sagt.»

Sie lachte laut auf und rannte etwas tölpisch hinaus.

«Ihr müßt euch mit dem Kinde in acht nehmen», sagte die Mutter ernst; «Kinderohren sind bekanntlich die schärfsten und wir Erwachsenen oft wahrhaft ruchlos in dieser Hinsicht. Bei Marie ist es zum Glück nur Impertinenz, kein erwachendes vorlautes Gefühl, was im besten Falle die Seele leerbrennt.»

«Karl (sie wandte sich zu Ledwina) hat heute Briefe erhalten, aus denen unter anderm erhellt, daß einer seiner Universitätsbekannten ihn vielleicht auf der Durchreise besuchen wird. Du hast ihn wohl nennen hören, Römfeld, der sogenannte schöne Graf. Karl hat zuweilen allerhand von ihm erzählt, was ganz romantisch lautete, und ihr seid unvorsichtig genug gewesen, euch mit ihm zu necken; ich lasse so etwas passieren, obgleich es überall nicht viel heißt. Ich denke, wenn das Böse nur ausbleibt, so muß man sich zuweilen in das Unnütze in Gottes Namen schicken. Ich muß gestehn, daß ich alsdann sowenig an Marie gedacht habe wie ihr; aber vorausgesetzt, daß dergleichen dunkle Dinge in ihrem noch höchst kindlichen Gemüte keinen tieferen Eindruck hinterlassen werden, soll man ihr beibringen, daß sie derlei Gespräche nicht wiederholen dürfe, ohne eben diese Eindrücke fast gewaltsam zu befördern; denn ihr wißt, sie wäre kindisch und lebhaft genug, den Grafen mit seiner eigenen Biographie zu regalieren.»

«Man muß ihr sagen», versetzte Karl, der immer die Stube auf und ab maß, «daß sie überhaupt nichts weiterbringt; das Klatschen ist an und für sich garstig genug.»

«Weißt du das einem so lebhaften Kinde ohne Arg beizubringen?» erwiderte die Mutter scharf.

«Wir haben doch nicht geklatscht, wie wir klein waren», sagte Karl.

Die Mutter stockte einen Augenblick und sagte dann mit schonender Stimme, wie ungern: «Sie ist vielleicht auch lebhafter als ihr alle.»

Karl ward rot und sagte halb vor sich hin: «Auch ziemlich unartig bisweilen.»

«Etwas unartig sind alle Kinder in dem Alter», versetzte die Mutter streng, «und zudem gehorcht sie mir aufs Wort; ist es mit anderen nicht so, so mag die Schuld auf beiden Seiten stehen.» Beide schwiegen verstimmt, und eine drückende Pause entstand. «Von wem hast du Briefe?» hub Ledwina leise und ängstlich an.

«Es ist nur einer», sagte Karl, «von Steinheim; er hat eine gute Anstellung bekommen zu Dresden und wird bei seiner Heimreise hier vorsprechen, da er über Göttingen reist, um dem Studentenleben noch einmal ein ewiges, lustiges Valet zu bringen, und Römfeld, der aus Dresden ist, aber von dort abgeht, reist mit ihm. Steinheim scheint der ungebetene Gast schon auf dem Herzen zu liegen.»

Dies letztere sagte er, halb zu der Mutter gewandt, die mit der möglichsten und angenehmsten Gastfreiheit jedoch das Recht der Einladung sich immer völlig vorbehielt.

«Wir kennen ihn ja schon», sagte sie, und dann schnell, ehe Karl seine Antwort, daß diese Angst nicht Steinheim selbst, sondern Römfeld meine, anbringen konnte:

«Ledwina, wo bist du diesen Nachmittag gewesen?»

«Am Flusse hinunter», entgegnete Ledwina.

«Du bist lange geblieben», versetzte die Mutter.

«Ich habe lange», erwiderte Ledwina, «bei der alten Lisbeth zugebracht; ich bin sehr gern dort.»

«Es sind auch gute Leute», sagte die Mutter,

«etwas stolz, aber das schadet nicht in ihrem Stande; es erhält sie ehrlich in jeder Hinsicht.»

«Es hat mich recht geschmerzt», sprach Karl, «unser altes Domestikeninventarium fast ganz zerstört zu finden.»

«Mich auch», sagte die Mutter lebhaft, «ich wollte sie gern aus dem Grabe heben, und wenn ich statt dessen ihren Sarg mit Gold füllen müßte. Wir haben sie so oft in freilich harmlosem Spotte das Fideikommiß genannt, aber wahrlich, solche Leute sind nicht so sehr unserer Treue von Gott vertraut, wie wir der ihrigen, und nächst dem Schutzengel gibt es keinen frommeren Hüter und nächst der Elternliebe keine reinere Neigung als die stille und innige Liebe solcher alten Getreuen gegen den Stamm, auf den sie einmal geimpft, worin alle anderen Wünsche und Neigungen, selbst die für und zu den eigenen Angehörigen, haben zerschmelzen müssen.»

Frau von Brenkfeld war gegen das Ende ihrer Rede sehr gerührt. Ihre Miene war fest, aber das leise Spiel der schönsten Gefühle in ihren ernsten Zügen gab ihr eine unbeschreibliche Anmut.

Ledwina hatte währenddes ihre Mutter unablässig betrachtet und war bleich geworden, ein Zeichen, daß ein Gedanke sie ergriff.

«Ja», sagte sie nun sehr langsam, als würden ihre Gedanken erst allmählich unter dem Reden geboren, «das ist wahr, wir sind doch Geschwister, aber ich bin leider gewiß, daß wir uns nicht mit dem raschen, unerschütterlichen Entschlusse, der keine Wahl kennt, füreinander aufzuopfern vermöchten, wie das Leben getreuer Diener uns so unzählige Beispiele gibt.»

Karl sah etwas quer nach ihr hinüber, und die liebe Therese reichte ihr versichernd die Hand, und beider Augen blickten sanft ineinander. Ledwina sagte fest: «Ja, Therese, es ist doch so, aber wir sind darum nicht schlechter; die Alten sind nur besser.»

«Dafür ist es auch Dienertreue», hub Karl an, «und eine ganz besondere Sorte, ungefähr wie die Liebe gegen das Königshaus, dem sich auch jeder freudig opfert, ob auch die Äste gegen den schönen, alten Stamm zuweilen recht dürr oder siech abstechen; mir sind indes alte Leute immer merkwürdig, und ich rede vor allem gern mit ihnen; es ist mir seltsam, eine ganze, in ihren Handlungen meistens unbedeutende Generation lange nach ihrem schon vergessenen Tod in ihrer oft so bedeutenden Persönlichkeit noch in diesen paar grauen verfallenden Denkmälern fortleben zu sehen, nicht zu gedenken, wenn man so glücklich ist, das lebende Monument irgendeines großen Geistes vergangener Zeiten anzutreffen. Mir sind solche kleine Gemälde aus freier Hand immer lieber als die schönste Galerie berühmter Biographien.»

«Mir scheint auch», sagte Therese, «als ob die Lieblingsfehler der alten Leute fast wie die der Kinder zwar oft belästigend, aber doch im Grunde milder oder gleichsam oberflächlicher wären als die der Jugend. Mangel an Rücksicht auf die Bequemlichkeit anderer ist das erste, was die Alten durch die allgemeine Sorgfalt, die ihnen zugewendet wird, und durch die bittere Vergleichung eigener Schwäche mit der Jugendkraft der Umgebung verleitet, annehmen, die Wurzel alles Fatalen, eine kleine Sünde, aber ein großes Leid für andere.»

«Das letztere ist wahr», erwiderte Karl, «ohne das erstere zu begründen. Ich hingegen habe oft manche Jugendfehler im Alter in neuer Steigerung und wahrhaft unförmlicher Versteinerung wiedergefunden, die für mich bei dieser Nähe des Grabes eine der abstoßendsten Erscheinungen bleibt.»

Frau von Brenkfeld, noch aus der guten Zeit, wo man nicht nur die Eltern, sondern auch das Alter ehrte, einer Zeit, die jetzt von dieser Welt so spurlos verschwunden, wie die antediluvianische, rückte mit dem Stuhle.

Karl fuhr arglos deklamierend fort: «Bei den Vornehmen, denen man so leicht um des Großen willen das etwa nicht Gute vergibt, erweist sich der freilich zuweilen Großes schaffende Ehrgeiz als die empörendste, ruchloseste Ehrsucht, bei dem Mittelstand die halb belachte, halb belobte Sparsamkeit als der greulichste Geiz, von dem man nicht weiß, ob man über ihn mit Demokrit lachen oder mit Heraklit weinen soll, bei dem Geringen der oft angenehme Leichtsinn als die entsetzlichste Gefühllosigkeit und Nichtachtung des sonst Nächsten und Liebsten; und oft findet sich dies alles zusammen in allen Ständen.»

Er fing wieder an, heftig auf und ab zu gehen.

«Alte Leute sind gut, wenn sie auch zuweilen

kindisch reden», sagte Marie, die wieder neben der Mutter saß und ordentlich strickte.

Die Mutter mußte mitten aus ihrem gereizten Gefühle beinahe lachen, da nach der vorzeitigen Berechnungsart der Kinder diese Verteidigungsrede ihr galt.

«Ihr könnt euch freuen», sagte sie, «nicht vor dreißig Jahren jung gewesen zu sein; da wurden die Leute im Verhältnis zu ihren Eltern nie groß. Widerspruch von der einen Seite gab es in der Ordnung gar nicht, und nur selten dargelegte Gründe von der anderen.»

«Es ist schlimm genug», sagte Karl mit weicher Stimme, «daß es nun im Durchschnitt anders ist. Der Gehorsam gegen die Eltern ist ein Naturgesetz und beinahe so kostbar als das Gewissen. Ich bin überzeugt, daß die Wurzel fast aller jetzt grassierenden moralischen Übel in der Vernachlässigung desselben zu suchen ist. Der Mensch ist zu vielem fähig und geneigt, sobald er es, wenn auch noch so anständig, mit Füßen tritt. Es ist etwas Seltsames und Rührendes um ein Naturgesetz.»

«Und zudem», sagte Therese, «gehorchen muß der Mensch noch irgend jemand außer Gott, geistlich oder weltlich, das erhält ihn weich und christlich.» — «Ich glaube», fügte Ledwina hinzu, «daß, wenn das, was Karl vorhin über die Alten sagte, einigen Grund hat, er gewiß in dem gänzlichen Mangel an einem Gegenstande des Gehorsams zu suchen ist; den gegen den Regenten üben sie, aber ohne ihn zu fühlen, da man ihnen gewöhnlich alle Geschäfte abnimmt.»

«Großenteils wahr», versetzte Karl, «doch ist hier die Ehrfurcht auszunehmen» — und dann schnell: «Notabene, der alte Franz ist ja tot; wie ist der zu Tode gekommen?»

«An einem Brustfieber», entgegnete Therese, und Ledwina, deren Gesicht wieder ein weißer Flor überzog, setzte mit leiser Stimme hinzu: «Er hat sich erkältet, da er mir im vorigen Winter eine Bahn durch den Schnee fegen wollte.»

Sie stand auf und trat an eine im Schatten stehende Kommode, als ob sie etwas suche; denn sie fühlte, daß die Tropfen, die so leicht in ihre Augen traten, ihnen diesmal zu schwer würden.

«Da wolltest du hundert Jahre alt werden», lachte Marie. «Denk mal, Karl, Ledwina meinte, sie wollte hundert Jahre alt werden, wenn sie alle Tage spazierenging; das hat der alte Nobst aus dem Kinderfreunde auch getan.»

Die Mutter sagte, als habe sie Ledwinens Worte nicht bemerkt: «Er war durch den Schnee nach Ensdorf gewesen.»

«Er ist alt genug geworden», sagte Karl, «ich glaube, er war schon über achtzig, so alt werde ich nicht.»

Ledwina beugte sich indes tiefverletzt über eine geöffnete Lade. Es war, als wolle man ihr das herzzerreißende, aber teure Geschenk dieses geopferten Lebens entreißen, und sie hielt es fest an sich gepreßt. In Wahrheit ließ die tödliche Krankheit dieses treuen Mannes, des Gatten der alten Lisbeth, viele Gründe zu, wie dies bei dem Ableben sehr alter Leute fast immer der Fall, und deshalb suchte Frau von Brenkfeld mit jener beliebten, aber falschen Schonung, die das Herz verletzt, statt es zu heilen, und empört, statt es zu rühren, jenem wahrscheinlichsten Grunde seine Heiligkeit zu stehlen und ihm nur die Glorie des letzten Zeichens der Anhänglichkeit zu lassen.

Marie war indes zu Ledwinen hingelaufen und quälte sie durch die unter Lachen immer wiederholte Frage: «Ledwina, du bist wohl recht bange vor dem Tode? Wie alt möchtest du wohl werden, Ledwina?»

Ledwina, die sich in ihrer Rührung noch beobachtet glaubte — wie sie war — wollte gern antworten, aber sie fürchtete den zitternden Laut ihrer Stimme; sie beugte sich von einer Seite zur anderen, indes das unter ihren Armen durchgeschlüpfte und nun vor ihr an die Lade gepreßte Kind unter ewiger Wiederholung seines Lachens und Kicherns ihr immer in die Augen sah. Endlich sagte sie ziemlich gefaßt und in der Aufregung lauter wie gewöhnlich: «Ich fürchte mich etwas vor dem Tode, wie ich glaube, daß fast alle Menschen es tun; denn das Gegenteil ist gegen oder über die Natur. Im ersten Falle möchte ich mir es nicht wünschen, und im zweiten ist es nur in einem sehr langen oder sehr frommen Leben zu erreichen.»

Die Kleine kroch wieder durch und sprang lachend zu ihrem Stuhle.

Auch Ledwina hatte sich unter dem Reden ermutigt und kehrte ziemlich frei zu ihrem Sofa zurück. Karl, für den, sobald er seine verlangte

Auskunft hatte, das übrige Gespräch meistens tot war, indem er seine eigenen Gedanken für sich fortspann, stand nun still und sagte: «Der alte Franz war ordentlich ein Philosoph; er hätte unseren Gelehrten können zu schaffen machen. Ich habe drei Jahre studiert, und unsere Professoren laufen doch den ganzen Tag wie Diogenes mit der Laterne nach unnützen Fragen; aber so spitzfindige sind mir noch selten vorgekommen, wie das alte Genie aus den Ecken zu bringen wußte. Er hatte auch von sich selbst die Klarinette spielen gelernt.»

«Die hat er geblasen, da er noch jung war», fiel Marie ein. Karl drehte die Pfeife ungeduldig in den Händen und fuhr dann schnell fort: «Was aber lächerlich war, so wußte er auch auf alles Antworten, und die waren ihm immer gut genug, obgleich der Scharfsinn der Antwort nie im Verhältnis zu dem der Frage stand. Der Hochmut legt doch seine Eier in alle Nester.»

«Der alte Franz war deinem seligen Vater sehr lieb», sagte Frau von Brenkfeld sanft, aber ernst. Karl antwortete ganz arglos: «Er ist ja, den Unterricht abgerechnet, fast mit ihm erzogen, das hat ihm auch den Schwung gegeben.» Dann fuhr er wie selbst erwacht und mit einem selten zarten Ausdruck in den Mienen fort: «Wenn er so erzählte, wie sie zusammen heimlich das Rauchen trieben aus gehöhlten Kastanien und sich treulich beistanden in Schuld und Strafe, dann ist mir immer ganz wunderlich gewesen; wahrhaftig, es ist mir manche liebe Stunde in dem Manne gestorben.»

«Mir auch», sagte die Mutter und drängte die Tränen heftig zurück. «Die alte Lisbeth ist auch seitdem ganz kümmerlich geworden.»

«Es ist überhaupt etwas Kurioses und meist Unangenehmes um die Witwen», versetzte Karl, wieder abgeleitet, «besonders, solange die Kinder minorenn sind.»

«Was ist minorenn?» fiel Marie ein, und Karl fuhr fort: «Meistens fehlt ihnen die Kraft, und auf alle Fälle nehmen ihnen die Augen der Welt, denen sie immer ein Splitter sind, die Macht und die Herrlichkeit; man sieht sie die an Verbrechen grenzenden Härten gegen Schuldner ausüben, alles per Pflicht; das geht nun wohl nicht anders, aber es läßt gewöhnlich einige Verhärtungen im Charakter zurück. Das Regieren tut einem Weibe niemals gut.»

«Witwen sind gut», sagte Marie beleidigt, und Karl, der die Beziehung nicht faßte, fuhr auf: «Kinder auch, wenn sie das Maul halten», und fuhr dann mit einem Blick auf seine Mutter in doppeltem Schrecken zusammen.

Frau von Brenkfeld kämpfte gewaltsam gegen eine mehr wehmütige als erzürnte Empfindung, die sie für Unrecht hielt, da Karl im ganzen recht und gewiß arglos geredet hatte. Aber daß sie das Grelle jenes Verhältnisses, dem sie bei den durch die Gutmütigkeit ihres verstorbenen Gatten verwirrten Vermögensumständen, unter den härtesten äußeren und inneren Kämpfen acht Jahre ihres Lebens ihre ganze Gesundheit und oft ihre heiligste Empfindung hatte opfern müssen, eben von jenem so scharf und wie verurteilend mußte auffassen hören, für den sie vor allem freudig geopfert hatte, das warf eine Wolke von Trauer und Verlassenheit in ihre Seele, die sie durch alle Strahlen des Gehorsams und der Liebe ihrer Kinder nicht zu zerstreuen vermochte. Eben ihr war der Witwenschleier aus einem Trauerflor zu einem Bleimantel geworden, der fast sogar die Ehre niedergebeugt hätte, da ihr Gatte durch unverhältnismäßige Schuldbeträge die Leute nach seinem Tode zugrunde richtete, denen er bei seinem Leben gern helfen wollte. Er hatte den Segen mit sich genommen und ließ der Vormundschaft und seiner bedrängten Witwe den Fluch. Zudem hing ihr sonst starkes Herz seit einiger Zeit mit großer Schwäche an Marie, dem einzigen ihrer Kinder, dem sie alles in allem war, indes die Herzen der übrigen sich stark an die fremden Götzen zu hängen begannen. Im Verhältnis zu ihren Töchtern war dies Gefühl minder stechend gewesen, da eine vielseitige und gewandte Weltkenntnis von seiten der Mütter und ein unbedingter Gehorsam von seiten der Kinder ausglichen, was Ledwina an Tiefe und Innigkeit und Therese an klarer und besonnener Auffassung voraushaben mochten. Aber die Zurückkunft Karls, den ihr die Universität nach seiner persönlichen Empfänglichkeit völlig ausgebildet, aber außerdem oder vielleicht deshalb etwas überreif oder gar vorlaut wiedergab, war ihr aus einem Jubiläum der Witwenherrschaft zu der beklemmten Leichenfeier derselben geworden, obschon nur in der inneren Überzeugung, da Karl jetzt aus Pflicht und Vorsatz das zu sein strebte, wozu ihn früher die scheueste Ehrfurcht gemacht hatte; aber eben dies immer durchscheinende Streben, dies öftere Mißlingen durch Mißverstehen, weil die scharfe angstvolle Beachtung des Kindes fehlte, dies seitdem offenbare Zusammenhalten und Einanderaushelfen der Geschwister sagte ihr deutlich, wie locker die Krone auf ihrem Haupte stehe, nur gehalten durch ein einsichtiges, aber pflichtvolles Ministerium. Karl hatte sie als eine üppige, aber zarte Treibhauspflanze unter Tränen, Sorgen und Segen in die freie Luft gesendet, und sie konnte sich nicht verbergen, daß, wenn sie ihn jetzt ohne eins von allen entließ, er nun den letzteren vermissen würde, und auch dies nur in Überlegung und Religiosität, nicht in jenem scheuen frommen Gefühle, was sich in der Welt ohne den mütterlichen Segen wie zwischen reißenden Tieren dünkt. Marie duldete er offenbar nur in Rücksicht ihrer, und sein gereiztes Gemüt mußte gerade bei einer Veranlassung hervorbrechen, wo sie ihr fast wie ihr einziges Kind erschien, und doch konnte sie eben hier ohne die äußerste Taktlosigkeit nichts sagen.

Karl begriff ihre Gefühle auch jetzt nur so im groben, in der ersten Entstehung, und folgte ihnen gar nicht. Er ging auf und ab, rauchte und war noch etwas verdutzt, aber völlig ruhig.

Ledwina hätte wohl alles dieses am empfindlichsten aufgefaßt; aber eine früherhin schmerzlich berührte Saite klang so hell nach, daß sie noch jeden anderen Laut übertönte. Sie konnte überhaupt sehr lange an einem Gedanken zehren und nahm noch oft das Frühstück ein, wenn die anderen schon ein richtiges Mittagsmahl, einen unbedeutenden Tee nebst einer Menge amüsanter Konditorwaren verzehrt hatten und sich nun zur Abendtafel setzten.

Nur Therese, die immer wie der Engel mit dem flammenden Schwerte vor und mit dem Palmzweige über den Ihrigen stand, mußte die ganze Last dieses Augenblicks tragen und suchte angstvoll nach einer klug beschwichtigenden Rede.

«Warum wählst du immer den verdrießlichen Weg am Flusse, Ledwina?» begann Frau von Brenkfeld gesammelt, da die Stille kein Ende nahm.

«Ich habe den Weg einmal sehr lieb», versetzte Ledwina. «Ich glaube, das Wasser tut viel dazu.»

«Den Fluß hast du ja auch unter deinem Fenster», sagte die Mutter, «aber es ist so ein bequemer Gedankenschlender; deshalb geht man auch leicht weiter, wie man sollte.»

«Ich muß gestehen», sprach Karl, daß mir die Gegend hier, besonders jetzt, recht erbärmlich vorkommt. Man spaziert wie auf dem Tische, die Gegend vor uns wie hinter uns, oder vielmehr gar keine. Der Himmel über uns und der Sand unter uns.»

«Die Gegend könnte malerisch noch viel schlechter sein, wie sie ist», sagte Ledwina, «und mir bliebe sie doch lieb; von den Erinnerungen, die in jedem Baume wohnen, will ich gar nicht reden; denn so kann nichts mit ihr verglichen werden; aber so wie sie dasteht, und überall, wäre sie mir höchst ansprechend und wert.»

«Chacun à son goût», versetzte Karl. «Nach deinen eben gemachten Ausnahmen weiß ich nicht, was dich reizt: das stachlichte Heidekraut oder die langweiligen Weidenbäume oder die goldenen Berge, die uns in einer Stunde ein zauberischer Wind schenkt.»

«Die Weiden zum Beispiel», versetzte Ledwina, und in ihr Gesicht goß sich ein trübes, aber bewegliches Leben, «haben für mich etwas Rührendes; sie zeigen eine sonderbare Verwechslung in der Natur: die Zweige farbig, die Blätter grau; sie kommen mir vor wie schöne, aber schwächliche Kinder, denen der Schrecken in einer Nacht das Haar gebleicht. Und überhaupt tiefe Ruhe auf manchen Flächen dieser Landschaft; keine Arbeit, kein Hirt, nur allerhand große Vögel und einsam weidendes Vieh, so daß man nicht weiß, ist man in einer Wildnis oder in einem Lande ohne Trug, wo die Güter keine Hüter kennen als Gott und die allgemeinen Gewissen.»

«Es ist nicht schwer», versetzte Karl lächelnd, «einer Sache, die so viele liebe Seiten hat, auch eine schöne abzugewinnen; aber ich versichere dich, man darf keine zwanzig Meilen reisen, sonst fallen die schönen romantischen Läppchen ab, und was nackt übrigbleibt, ist eine halbe Wüste.»

«Die Wüste», versetzte Ledwina gleichfalls lächelnd und wie träumend, «die Wüste mag vielleicht große und furchtbare Reize haben.»

«Kind, du plapperst», sagte Karl und lachte laut auf. Ledwina fuhr langsam fort:

«So plötzlich hineinversetzt, ohne ähnliche und doch völlig ungleiche Umgebungen zu kennen und hauptsächlich ohne früher von ihnen gelitten zu haben, und nun weithin nichts als die gelbe glimmernde Sandfläche, keine Begrenzung als den Himmel, der niedersteigen muß, um die Unendlichkeit zu hemmen, und nun flammend über ihr steht; statt der Wolken die himmelhohen, wandelnden Glutsäulen, statt der Blumen die farbig brennenden Schlangen, statt der grünen Bäume die furchtbaren Naturkräfte der Löwen und Tiger, die durch die rauschenden Sandwogen schießen, wie die Delphine durch die schäumenden Fluten — überhaupt muß es dem Ozean gleichen.»

Karl war vor Verwunderung stillgestanden, und dann sagte er mit einem närrischen Gesichte: «Und wenn die wandelnden Glutsäulen uns Visite machen oder die Blumen der Wüste uns umkränzen oder die furchtbaren Naturkräfte sich an uns probieren wollen?»

Ledwina fühlte sich widrig erkältet. Sie beugte sich, ohne zu antworten, nieder, um ein Garnknäuel vom Boden aufzuheben.

«Aber, mein Gott», rief Frau von Brenkfeld, der durch diese rasche Bewegung ihre noch nicht völlig getrockneten Schuhe sichtbar geworden waren, «du bist ja ganz naß!»

«Ich bin etwas naß», versetzte Ledwina, ganz herunter von widrigen Empfindungen.

«Und das schon die ganze Zeit», versetzte

die Mutter verweisend. «Leg dich augenblicklich nieder, du weißt es ja in Gottes Namen auch selbst wohl, wie wenig du vertragen kannst!»

«Ja», sagte Ledwina kurz und stand auf, um in ihrer Empfindlichkeit allen weiteren Reden zu entgehen.

«Daß du dich aber ja niederlegst, und trinke Tee!» rief ihr die Mutter nach.

Sie wendete sich in der Tür um und sagte mit gewaltsamer Freundlichkeit: «Ja, gewiß.» Therese folgte ihr.

«Du hast noch nicht getrunken», sprach Therese sanft verweisend, da sie nach einer Viertelstunde mit einem Glase Wasser von neuem in die Kammer trat und die weislich vor dem Fortgehen eingeschenkte Tasse noch unberührt sah.

«Wenn nun die Mutter käme», fuhr sie fort; «du weißt, wie sie auf ihr Wort hält.»

«Ach Gott, ich habe noch nicht getrunken? Wenn nun die Mutter käme!» wiederholte Ledwina, aus tiefem Sinnen auffahrend, und im Nu reichte sie Theresen die geleerte Tasse.

«Mir ist so heiß», sagte sie dann, warf unruhig die weißen Gardinen weit zurück und legte die brennenden Hände in der Schwester Schoß.

«Du trinkst zu schnell», sagte diese. — «Ich wollte, ich dürfte das Glas Wasser trinken», versetzte Ledwina.

«Trink du den Tee, der bekommt dir viel besser», antwortete Therese mitleidig, «das kannst du deiner Gesundheit wohl opfern; es ist ja nur ein kleiner Wunsch.»

«Oh, er kommt auch nur oben vom Herzen», lächelte Ledwina, «und dann setze dich doch recht zu mir und sprich mir etwas vor. Das Bettliegen ist so fatal; es ist noch lange nicht dunkel, und dann die lange Nacht!»

Therese setzte sich auf den Rand des Bettes und seufzte unwillkürlich recht tief. Ledwina lächelte von neuem und sehr freundlich, fast freudig.

«Der heutige Tag», sagte Therese dann tiefsinnig, «ist äußerlich so unbedeutend gewesen und doch innerlich so reich; es ist so viel durchgedacht und auch wohl ausgesprochen worden, was in Jahren hat nicht zur Klarheit kommen können, wie der Brennpunkt einer langen Zeit.»

«Jawohl, allerhand», versetzte erwartungsvoll Ledwina, der in diesem Augenblicke nur eins still bewegend im Sinne lag.

«Ich wollte», sprach Therese weiter, «der Karl sähe etwas weniger imposant aus, damit er etwas minder geehrt würde. Alles wendet sich an ihn, und die Mutter wird jedesmal rot, wenn er mit der gefälligen Miene sagt: ‚Tragt das meiner Mutter vor!'»

Ledwina hatte, wie vorhin gesagt, den Teil des vorigen Gespräches, auf den sich dies bezog, völlig überhört, und auch jetzt hielt ihr Geist eine andere Richtung fest. So empfand sie augenblicklich nicht das Schmerzliche der eben berührten Verhältnisse.

«Ja», sagte sie, noch immer still träumend,

«es wurde so vielerlei gesprochen, daß man das erste über dem letzten vergaß. Mich soll wundern, ob Steinheim sich auch verändert hat.» Therese ward feuerrot: «Ich möchte es gar nicht», fuhr sie fort, «mir scheint immer, er könnte nur dabei verlieren.»

Therese schenkte etwas mühsam eine neue Tasse ein. «Mich dünkt, ich sehe ihn», hub Ledwina an, «wie er gefragt wird und wie sofort aus dem lieben, frommen Antlitz eine freundliche Antwort spricht; es wird einem ganz ruhig, wenn man eine Zeitlang darauf weilt.» — «Das geht wohl», sagte Therese in der Angst. Ledwina sah hoch auf.

«Meinst du nicht?» fragte sie ernst.

«O nein», sagte Therese verwirrter und brach sehr unpassend ab. Aber Ledwina hatte sich aufgerichtet und ihre Hände krampfhaft gefaßt.

«Bitte, bitte», sagte sie in strenger Angst, «schweig, aber lüg nicht!», und mit einem Seufzer der tiefsten Wehmut lag Therese an ihrer Brust und weinte und zitterte, daß die Gardine bebte. Ledwina hielt sie fest an sich, und ihr Gesicht war aufgegangen wie ein Mond, der leuchtend über die Schwester wachte. Beide ließen sich nach einer langen, lebensreichen Pause, die eine Welt von Gefühlen in sich schloß, und suchten ihre verlorene Fassung wiederzugewinnen, die eine auf der seidenen Bettdecke, die andere an dem Bande des Teetopfes, das sie losknüpfte, statt es fester zu heften; denn es ist eben den besten und herrlichsten Menschen eigen, daß sie sich schämen, wenn ein unbewachter Augenblick verraten hat, wie weich sie sind, indes die Armen im Geiste von jener Art, der nicht der Himmel verheißen ist, es in Ewigkeit nicht vergessen können, wenn sie einmal einen rührenden Gedanken gefunden haben, wie das blinde Huhn die Erbse.

«Ich bin mir oft recht lächerlich und eitel vorgekommen», hub Therese endlich an, «dir auch?» — Ledwina mußte lachen und sah sie fragend an. Therese fuhr fort: «Allen dunkel und mir allein hell; es ist betrübt, Ledwina, so etwas ganz allein zu merken. Man wird ganz irre. Ich habe immer innerlich glühen müssen, wenn ich diese oder jene unserer Bekannten mit einer geträumten Eroberung prunken sah. Es ist so häßlich und so allgemein. Die Bescheidenheit schützt heutzutage gar nicht mehr. Und für mich wär' es so traurig. Ledwina, sollte ich es mir wohl nur einbilden? Ich kann ja auf nichts bauen als auf meinen innigsten Glauben.»

«Baue du dein Haus nur», sagte Ledwina bewegt, «du hast einen guten Grund, einen verborgenen, aber festen, der nicht unter dir einsinken wird!» — «Er hat mir nie etwas Derartiges gesagt», versetzte Therese, indes ihre Augen in den Boden zu brennen schienen. — Ledwina sagte nachsinnend und lieblich: «Für einen anderen nichts, für ihn alles. Wär's ein anderer, so hättest du auch den Glauben nicht. Ach, Therese, du wirst sehr glücklich sein, das sage ich frei und schäme mich nicht. Wir suchen doch einmal alle, wenn schon meistens inkognito, aber ich habe aufgehört; denn ich weiß, daß ich nicht finde.» — Therese entgegnete demütig: «Ich darf auch nicht so viel verlangen wie du.» — «Das heißt nun nichts», versetzte Ledwina sanft verweisend, «das kannst du selbst nicht glauben; du bist Gott und Menschen angenehmer, das weiß ich wohl.» Therese erschrak ordentlich und wollte einfallen, aber Ledwina winkte ernst mit der schmalen weißen Hand und fuhr fort: «Doch mein ruheloses, törichtes Gemüt hat so viele scharfe Spitzen und dunkle Winkel, das müßte eine wunderlich gestaltete Seele sein, die da so ganz hineinpaßte.» — Therese faßte erschüttert ihre beiden Hände und sagte, indem sie das Gesicht wie scheu umherwandte, um die Zeichen der höchsten Bewegung zu verbergen: «Ach Ledwina, ich mag jetzt gar nicht davon reden, wie lieb dich viele Menschen haben; aber auch du wirst finden, was dir einzig lieb bleibt. Gott wird ein so reines und heißes Flehen nicht überhören.»

Ledwina, der das Gespräch zu angreifend wurde, sagte wie leichtsinnig: «Jawohl, man sagt ja, es gibt keinen so schlechten Topf, daß sich nicht ein Deckel dazu fände; aber Gott weiß, wo mein Erwählter lebt, vielleicht ist er in diesem Augenblick auf der Tigerjagd, es ist doch gerade die Zeit; und dann, du meinst, Steinheims Liebe sei unbemerkt geblieben. Glaub das ja nicht! Hab' ich dir je früherhin ein Wort gesagt? Und doch ist mir alles seit einem Jahr die höchste Gewißheit, und ich kann euch gar nicht mehr in Gedanken trennen. Aber wie kannst du glauben, daß unsere Mutter auf einen bloßen, auch noch so getreuen Schein, sich über eine so zarte Sache äußern sollte, oder Karl, dem die Ehre und der Anstand fast zu viel sind. Ich habe oft und heimlich lachend den Kampf beider gesehen, wenn sie weder absichtlich störend noch nachlässig erscheinen wollten. Glaub mir, könnte Steinheim dich vergessen oder übergehen, so würden beide schweigen und sich fassen; aber ihr Glaube an die Menschen wäre dahin, so gut wie der deinige.»

«Aber auch heute, wo die Entscheidung so gar nahe gestellt ist», versetzte Therese beklommen, «nicht das kleinste Zeichen in Miene oder Worten.»

«O Therese», sagte Ledwina lächelnd, «ich sehe wohl, die Liebe macht die Leute dumm. Ist dir dies Vermeiden seines Namens, dies behutsame, verräterische Umgehen des ganzen Besuches, der doch bei weitem das Hauptsächlichste im Briefe war, nichts? Ich sage dir, Therese, ich wußte von allem nichts, da ich in die Stube trat; aber ich bin zusammengefahren und habe in der höchsten Spannung geschwebt und geglaubt, jeder Laut werde das Geheimnis gebären; besonders auf dem Gesichte unserer Mutter wogte ja die ganz offene See der Empfindungen.»

Therese hatte nach und nach das Haupt erhoben und sah nun peinlich hoffend nach Ledwina, wie ein Kind auf den Vater, wenn es merkt, daß er ihm etwas schenken will.

«Nun, ich will es so denken, und ich kann ja nicht gut anders», sagte sie verschämt, «aber bitte, bitte, nun nicht mehr davon reden.»

Nach einigen Augenblicken fuhr sie trübe fort: «Man muß sich nicht so in eine Hoffnung eingraben, das Glück ist gar zu kugelrund.» Dann schwieg sie, faßte die Schale und den Teetopf, als wolle sie einschenken, und sagte dann: «Ich komme gleich wieder», und ging hinaus; denn sie zitterte so sehr, daß sie den Topf nicht hätte heben können. Nach einer langen Weile trat sie wieder mit leisen Schritten herein und blickte weit vorgebeugt mit angestrengter Sehkraft nach der Schwester hinüber, weil sie dachte, sie möchte schlummern, und es nicht wagte, ihr zu nahen, um der frischen Abendluft willen, die aus ihren Kleidern duftete; denn sie war im Freien gewesen, tief, tief im Gebüsche und hatte sich einmal recht satt geweint und gestöhnt, und nun war sie wieder still und sorgsam wie vorher; denn diese süße, überteure Seele lebte ein doppeltes Leben, eines für sich, eines für andere, wovon das erstere nur zum Kampf für das letztere vortrat, nur daß es statt des Schwertes die Leidenspalme führte. So stand sie eine Weile. Kein Vorhang rauschte, aber ein tiefer, schwerer Atem zog hinüber und gab ihr mit der Gewißheit des Schlummers zugleich eine wehmütige Sorge. Sie setzte sich ganz still in ein Fenster. Die Sonne ging unter, und ihre letzten Strahlen standen auf einem Weidenbaum am jenseitigen Ufer. Der Abendwind regte seine Zweige, und so traten sie aus dem Glanz und erschienen in ihrer natürlichen Farbe, dann bogen sie sich wieder in die Goldglut zurück. Für Ledwinens krankes, überreiztes Gemüt hätte dies flimmernde

Naturspiel leicht zu einem süßen oder finstern Bilde des Gefesseltseins in der sengenden Flamme, der man immer vergeblich zu entrinnen strebt, da der Fuß in dem qualvollen Boden wurzelt, ausarten können; aber Therese war es unbeschreiblich wohl geworden in Betrachtung des reinen wallenden Himmelsgoldes und überhaupt der lieblichen gefärbten Landschaft; ihre Gedanken waren ein leises und brünstiges Gebet geworden, und ihre Augen waren scharf auf den Abendglanz gerichtet, als sei hier die Scheidewand zwischen Himmel und Erde dünner; es war ihr auch, als zögen die Strahlen ihrer Seufzer mit hinauf, und sie legte das glühende Antlitz dicht an die Scheibe; aber wie die Sonne nun ganz dahin war, und auch der Abendhimmel begann, ihre Farbe zu verleugnen, da sanken auch ihre Flügel, und sie ward wieder trüber und wußte nicht, warum.

Das Vieh zog langsam und brummend in den Hofraum, und zugleich stieg das Abendrot höher, und ein frischer Wind trieb die rosafarbene Herde nach dem Schlosse hinüber. «Nun wird es gut», sagte sie ziemlich laut, das Wetter meinend, und erschrak, daß sie der Schlummernden vergessen hatte. Aber eine unbeschreibliche Zuversicht kam in ihr Herz; diese unwillkürlich ausgesprochenen Worte waren ihr wie ein Geschenk Gottes. Sie war von nun an völlig ruhig und blieb es bis zu der Stunde, die ihr Schicksal entschied. So haben auch die klarsten, sichersten Seelen ihre Augenblicke, wo der Glaube an eine verborgene geistige Abspiegelung aller Dinge ineinander, an das vielgeleugnete Orakel der Natur sie mächtig berührt, und wer dem widerspricht, dessen Stunde ist noch nicht gekommen; aber sie wird nicht ausbleiben, und wäre es die letzte.

Therese stand wie aus einem schweren Traum auf und schlich zum Lager Ledwinens. Unbeweglich, ja fast starr lag die Schlafende, und ihr Antlitz war weiß wie Marmor, aber in ihrer Brust arbeitete ein schweres, unruhiges Leben in tiefen Zügen. Therese sah sorgsam auf die Gegend des Herzens und legte dann sachte die Hand darauf, die sich von den heftigen Schlägen hob. Hätte sie nicht gewußt, daß plötzliches Erwecken bei der Schwester immer mit einem erschütternden Schrecken verbunden sei, sie hätte sie nicht dieser angstvollen, betäubenden Ruhe überlassen; aber nun blickte sie noch einmal sorgenvoll auf die Schlafende, segnete sie zum erstenmal in ihrem Leben, zog die Vorhänge des Bettes weit los, schloß die der Fenster und ging dann sachte und wehmütig zurückblickend hinaus mit dem Vorsatz, späterhin noch einmal nachzusehn.

Es war tief in der Nacht, als Ledwina aus ihrem langen Schlummer erwachte. Sie hatte äußerlich tief geruht, und Therese war unbemerkt vor einigen Stunden noch einmal an ihrem Lager gewesen, wo sie die Schwester, die ihr nun erleichtert schien, beruhigt verlassen hatte. In Ledwinens Innerem hatte sich eine grauenvolle Traumwelt aufgeschlossen, und es war ihr, als gehe sie zu Fuße mit einer großen Gesellschaft, worunter alle die Ihrigen und eine Menge Bekannte waren, um einer theatralischen Vorstellung beizuwohnen. Es war sehr finster, und die ganze Gesellschaft trug Fackeln, was einen gelben Brandschein auf alles warf, besonders erschienen die Gesichter übel verändert. Ledwinens Führer, ein alter, aber unbedeutender Bekannter, war sehr sorgsam und warnte sie vor jedem Stein. «Jetzt sind wir auf dem Kirchhof», sagte er. «Nehmen Sie sich in acht, es sind einige frische Gräber.» Zugleich flammten alle Fackeln hoch auf, und Ledwinen wurde ein großer Kirchhof mit einer zahllosen Menge weißer Leichensteine und schwarzer Grabhügel sichtbar, die nun regelmäßig eins ums andere wechselten, daß ihr das Ganze wie ein Schachbrett vorkam und sie laut lachte, als ihr plötzlich einfiel, daß hier ja ihr Liebstes auf der Welt begraben liege. Sie wußte keinen Namen und hatte keine genauere Form dafür als überhaupt die menschliche, aber es war gewiß ihr Liebstes, und sie riß sich mit einem furchtbar zerrissenen Angstgewimmer los und begann zwischen den Gräbern zu suchen und mit einem kleinen Spaten die Erde hier und dort aufzugraben. Nun war sie plötzlich die Zuschauende und sah ihre eigene Gestalt totenbleich, mit wild im Winde flatternden Haaren an den Gräbern wühlen, mit einem Ausdruck in den verstörten Zügen, der sie mit Entsetzen erfüllte. Nun war sie wieder die Suchende selber. Sie legte sich über die Leichensteine, um die Inschriften zu lesen, und konnte keine herausbringen; aber das sah sie, keiner war der rechte. Vor den Erdhügeln fing sie an, sich zu hüten; denn der Gedanke des Einsinkens begann sich zu erzeugen; dennoch war sie im Zwange des Traumes zu einem wie hingestoßen, und kaum betrat sie ihn, so stürzte er zusammen. Sie fühlte ordentlich den Schwung im Fallen und hörte die Bretter des Sarges krachend brechen, in welchem sie jetzt neben einem Gerippe lag; ach, es war ja ihr Liebstes, das wußte sie sogleich. Sie umfaßte es fester, als wir Gedanken fassen können; dann richtete sie sich auf und suchte in dem grinsenden Totenkopf nach Zügen, für die sie selbst keine Norm hatte. Es war aber nichts, und zudem konnte sie nicht recht sehen; denn es fiel ein starker Schnee, obschon die Luft schwül war. Übrigens war es jetzt am Tage. Sie faßte eine der noch frischen Totenhände, die vom Gerippe losließen. Das schreckte sie gar nicht. Sie preßte die Hand glühend an ihre Lippen und legte sie dann an die vorige Stelle und drückte das Gesicht fest ein in den moderigen Staub. Nach einer Weile sah sie auf; es war wieder Nacht, und ihr voriger Begleiter stand sehr hoch am Grabe mit einer Laterne und bat sie, mitzugehen. Sie antwortete, sie werde ein paar Tage bleiben, bis sie tot sei; er möge gehen und die Laterne da lassen, was er auch sogleich tat, und sie sah wieder eine Weile nichts als das Gerippe, das sie mit einer herzzerreißenden Zärtlichkeit liebkoste. Plötzlich stand ein Kind neben dem Grabe mit einem Korbe voll Blumen und Früchten, und sie besann sich, daß es eins von denen sei, die im Theater Erfrischungen anbieten. Sie kaufte ihm seine Blumen ab, um den Toten damit zu schmücken, wobei sie ganz ordentlich und ruhig die Früchte auslas und zurückgab. Da sie den Korb ausschüttete, wurden der Blumen so viele, daß sie das ganze Grab füllten. Des freute sie sich sehr, und wie ihr Blut milder floß, formte sich die Idee, als könne sie den verwesten Leib wieder aus Blumen zusammensetzen, daß er lebe und mit ihr gehe. Über dem Aussuchen und Ordnen der Blumen erwachte sie und, wie bei Träumen immer nur der allerletzte Eindruck in das Leben übergeht, ziemlich frei, aber ihr war unerträglich heiß.

Sie richtete sich auf und sah noch etwas verstört im Zimmer umher.

Das Mondlicht stand auf dem Vorhange eines der Fenster, und da die leichten Wolken zogen, schienen sie zu wallen wie das Gewässer. Der Schatten fiel auf ihr Bett und teilte der weißen Decke dieselbe Eigenschaft mit, daß sie sich wie unter Wasser vorkam.

Sie betrachtete dies eine Weile, und es wurde ihr je länger, je grauenhafter; die Idee einer Undine ward zu der einer im Fluß versunkenen Leiche, die das Wasser langsam ruhig zerfrißt, während die trostlosen Eltern vergebens ihre Netze in das unzugängliche Reich des Elements senken. Ihr ward so schauerlich, daß sie sich nach einigen Skrupeln wegen der Glut in ihrem Körper entschloß, aufzustehen und die Vorhänge wegzuziehen. Die Nacht war überaus schön. Der Mond stand klar im tiefen Blau. Die

Wolken lagerten dunkel am Horizont in einer schweren getürmten Masse, und der Donner hallte leise, doch mächtig herüber, wie das Gebrüll des Löwen.

Ledwina blickte lüstern durch die Scheiben; das graue Silberlicht lag wie ein feenhaftes Geheimnis auf der Landschaft, und dünne, matte Schimmer wogten über die Ginster und Kräuter wie feine Fäden, als bleichten die Elfen ihre duftigen Schleier. Am Flusse war die Luft ganz still; denn die Weiden standen wie versteint, und kein Hauch bog die gesträubten Haare, aber in der Ferne schüttelten sich die Pappeln und hielten dem Mondlicht die weißen Flächen entgegen, daß sie schimmerten wie die silbernen Alleen in Träumen und Märchen. Ledwina sah und sah, und ihr Fuß wurzelte immer fester an der lockenden Stelle, und bald stand sie, halb unwillkürlich, halb mit leisen Vorwürfen, in ein dichtes Tuch gehüllt, am offenen Fenster. Sie schauderte linde zusammen vor der frischen Luft und der geisterhaften Szene. Ihre Blicke fielen auf das klare Licht über sich und das trübe Licht unter sich im Strome, dann auf den finsteren dämmernden Hintergrund, und das Ganze kam ihr vor wie der stolze und milde Seegruß zweier erleuchteter Fürstengondeln, indes das Volk gepreßt und wogend in der Ferne steht und sein dumpfes Gemurmel über das Wasser hallt.

Da erschien fern am Strome noch ein drittes Licht, aber ein hüpfendes, trübes Flämmchen, wie ein dunstiges Meteor, und sie wußte nicht, war es wirklich ein Irrlicht oder ward es von

Menschenhänden getragen, mehr zur Gesellschaft als zum Führer in der täuschenden Nachthelle. Sie richtete die Blicke fest darauf, wie es langsam herantanzte, und sein unausgesetztes Nähern bürgte für die letztere Meinung. Sie war so verloren in fremde Reiche, daß sie sich den Wanderer als einen grauen Zaubermeister bildete, der in der Mondnacht die geheimnisvollen Kräuter in den feuchten Heidgründen sucht. Wirklich gab es viele Beschwörer oder sogenannte Besprecher in jener Gegend, wie überhaupt in allen flachen Ländern, wo die Menschen mit der nebeligen Luft Schwermut und einen gewissen krankhaften Geisterglauben einatmen. Diese Zauberer, meistens angesessene, geachtete alte Leute, sind mit seltenen Ausnahmen so truglos wie ihre Kinder, so wie sie auch das unheimliche Werk fast nie als Erwerb, sondern meistens als ein zufällig erobertes, aber teures Arkanum in nachbarlichen Liebesdiensten ausüben. Sie halten sonach auch vor sich selber streng auf all die kleinen Umstände, die dergleichen Dingen selbst bei völlig Ungläubigen etwas Schauderhaftes leihen, als das starre Stillschweigen, das Pflücken der Kräuter oder Zweige im Vollmond oder in einer bestimmten Nacht des Jahres und so weiter.

Und so wäre es nichts so Unmögliches gewesen, auf einer nächtlichen Wanderung dergleichen unheimliche Gefährten zu finden. Aber das Flämmchen hüpfte näher, und bald war es Ledwina kenntlich als der brennende Docht einer Laterne, die ein Mann trug, indes eine Gestalt zu Pferde ihm folgte. Sie besann sich, daß es wohl ein nächtlicher Reisender sei, den ein Wegeskundiger an den trügerischen Buchten des Stromes vorüberleite. Das Feenreich war zerstört, aber ein menschliches Gefühl der tiefsten Wehmut ergriff sie um den Unbekannten, mit dem sie einen schönen Nachmittag in ihren Träumen verlebte und der doch achtlos an ihr vorüberzog wie an den Steinen des Weges, und der nichts von ihr wüßte, wenn er einst ihren Tod in den Zeitungen lese. Jetzt war er dem Schlosse gegenüber, wo der Fußsteig mit Steinen gepflastert war; ein langsamer Hufschlag schallte zu ihr hinauf, und sie strengte ihre Sehkraft an, um den letzten Umriß seiner Gestalt festzuhalten.

Plötzlich zog eine Wolke, die der Westhauch am Horizont als Herold aussandte, über den Mond; es ward ganz finster, und zugleich schlug ein schwerer, klatschender Fall an ihr Ohr, ihm folgte ein heftiges Plätschern und der laute Angstruf einer männlichen Stimme. Ledwina sprang verwirrt in fürchterlichem Schrecken vom Fenster zurück und wollte nach Hilfe eilen, aber ihre Knie trugen sie nur bis in die Mitte des Zimmers, wo sie zusammenbrach, doch ohne die Besinnung zu verlieren. Sie schrie nun im höchsten Entsetzen anhaltend und fast über ihre Stimme, und nach einer Minute war ihre Mutter, ihre Schwester und fast das ganze weibliche Personal um sie versammelt. Man hob sie auf und trug sie ins Bett und meinte, sie rede irre, da sie beständig und angstvoll rief: «Macht das

Fenster auf! — im Flusse — er liegt im Flusse», und sich loszureißen strebte. Marie, die vor Schrecken laut weinte, war jedoch die erste, die den Ruf vom Flusse her durch das laute Gewirr unterschied. Man riß das Fenster auf, und bald zogen die Domestiken des Schlosses, mit Stangen und Haken versehen, an das Ufer. Den Reisenden hatte sein rasches Pferd aus den Wellen getragen, in die er dem Irrlichte in der Hand seines Führers gefolgt war, da er sehr dicht hinter ihm trabte. Er stand triefend neben seinem schnaubenden Tiere und wollte eben in der Angst von neuem in den Strom, das fortschwimmende Menschenleben zu retten, da ihm das fremde Land keine andere Hilfe zu bieten schien.

Therese stand händeringend am Fenster und horchte auf Laute der Suchenden durch den Sturm, der nun mit einer fürchterlichen Heftigkeit losgebrochen war. Der Donner rollte sonder Aufhören. Das Wasser tanzte in greulicher Lust über der gefallenen Beute und warf sprühenden Schaum in die Augen derer, die sie ihm zu entreißen suchten. Der Fremde stand am Ufer, bebend vor Frost. Er wollte nicht ins Schloß, aber mit einem Kahn in die empörten Wogen. «Wollen Sie sich selbst ums Leben helfen?» sagte der alte Verwalter. «Ich denke, an einem ist es genug.» — «O Gott!» — rief der Fremde schmerzlich, «ich habe ihn so beredet; er wollte nicht von seiner alten Mutter, die sich vor dem Gewitter fürchtet. Um Gottes willen, einen Kahn, einen Kahn!» — «Einen Kahn können Sie nicht kriegen, wir haben keinen», sagte der

Verwalter. Der Fremde hielt ihm eine Laterne hoch vors Gesicht, und wie er ihm in dem falschen Schein zu lachen schien, faßte er ihn wütend an der Brust und rief: «Einen Kahn, oder ich werfe dich auch ins Wasser.» Der Verwalter blickte ihn fest an und sagte: «Wir haben keinen.» Der Fremde sprach ernsthaft verwirrt: «Wie seid Ihr denn hierhergekommen?» — «Über die Brücke dort», versetzte der Verwalter. «Eine Brücke», sagte der Fremde wie gelähmt, ließ ihn los und gesellte sich in höchster Angst zu den Suchenden. «Hier habe ich etwas», rief einer und warf ein weißes Ding ans Ufer, was man als die Mütze des Verlorenen erkannte. Man suchte hier emsiger, aber die Haken fuhren vergebens durch das schäumende Wasser. «Wir finden ihn nicht», rief ein anderer, ermattet in der frucht- und fast zwecklosen Arbeit, «das Wetter ist zu toll.» — «Das Wasser gibt ihn auch nicht her», rief wieder einer, «es hat in diesem Jahre noch kein Menschenfleisch gehabt.» — «Nicht?» versetzte ein anderer, und der Fremde sah mit Schrecken, wie nach dieser Bemerkung aller Eifer sichtbar erlosch. Er bot Geld über Geld, und man fuhr ihm zu Gefallen fort zu suchen, aber so mutlos, daß man bald nur noch zum Anschein mit den Stangen und Haken ins Wasser klatschte. Therese hatte indes das Fenster nicht verlassen.

«Ich höre nichts», sagte sie jammernd zu Ledwina gewandt, die sie zum Schrecken halb angekleidet und im Begriffe aus dem Bette zu steigen sah. Sie schloß das Fenster schnell und drängte die zitternde Schwester in das Bett zurück, worin sich diese jedoch bald ergab mit dem Beding der schnellsten Mitteilung aller Nachrichten. Therese versprach alles und meinte, mit ihrem Gewissen wohl auszukommen. Sie hatte sich mit großer Kraft gefaßt und redete jetzt viel Tröstliches, geistlich und irdisch, zu Ledwina, daß diese endlich ganz still wurde und in der höchsten Ermattung wieder einschlief. Dann ging sie, um ein warmes Zimmer und Bett für den Fremden zu besorgen, der endlich nach mehreren Stunden durch und durch erfroren und innerlich bebend einzog. Dann legte sie sich selbst nieder, ob der Morgen ihr vielleicht noch einige Erholung schenken wolle, da der Tag sie wieder in ihrer ganzen Kraft forderte, nachdem sie eine Zofe neben Ledwinens Gemach gebettet hatte.

Es hatte sieben geschlagen, als Minchen auf den Zehen in die Kammer schlich und das Fräulein ihr schon völlig gekleidet entgegentrat.

«Was gibt's, Minchen?» sagte sie bewegt und heftete die letzte Nadel.

«Der fremde Herr ist ganz munter», antwortete das Mädchen.

«Aber der Bote?» fragte Ledwina.

«Das weiß Gott», versetzte Minchen, und beide schwiegen. «Man braucht sich nicht viel Gutes zu denken», sagte Minchen und fing bitterlich an zu weinen. Ledwina sah starr vor sich nieder und fragte: «Weiß man nicht, wer es gewesen ist?»

«Freilich wohl», versetzte das schluchzende Mädchen, «es ist ja der Klemens von der alten Lisbeth; o mein Gott, was soll sich das arme alte Mensch haben!» und weinte ganz laut.

Ledwina setzte sich auf das Bett und legte das Gesicht in die weißen Kissen, dann erhob sie sich schneeweiß und sagte: «Ja, Gott muß es wissen», nahm ihr Schnupftuch vom Tische und ging langsam hinaus. Im Wohnzimmer war alles um das Frühstück versammelt, als Ledwina hereintrat. Der fast zu blendend schöne Fremde stand auf und verbeugte sich. Karl sagte vornehm und höflich: «Das ist meine älteste Schwester», und zu Ledwinen: «Der Graf Hollberg.» Man saß wieder um den spendenden Tisch, und das Gespräch ging etwas gedrückt fort über allerhand Göttinger Vorfälle, als einzig bekannte Berührungspunkte beider.

«Fräulein Marie, nehmen Sie sich in acht», sagte der Fremde aus dem Gespräch zu Marie gewandt, die ein geöffnetes Federmesser wiederholt an den Mund hielt, um den Stahl zu prüfen. Marie ward rot und legte das Messer hin.

«Ganz recht, Marie heißt sie», sagte Frau von Brenkfeld höflich lächelnd.

«Ich glaube, ich werde sie alle zu nennen wissen», versetzte der Graf lebhaft und sandte die leuchtenden Augen durch den Kreis. «Steinheim ist ein getreuer Maler; glauben Sie wohl, daß ich Sie sämtlich sogleich wiedererkannte?»

«Sie haben Steinheim viel gesehen?» sagte Karl.

«Oh, sehr viel», versetzte Hollberg rasch, «in

dem letzten Jahre täglich oder vielmehr den ganzen Tag. Ich habe sogar ihm zu Gefallen ein mir sonst ganz unnötiges Kollegium mitgehört.» Karl lachte ganz trocken.

«Solange wie Sie dort waren», fuhr der Graf fort, «konnte man freilich nicht so recht an ihn kommen, denn sein Herz ist wohl für mehrere Abwesende, aber immer nur für einen Gegenwärtigen offen. Ich hatte keinen Vorwand, ihn zu besuchen, und auf unsern Kommersen erschien er gar nicht. Aber jetzt», fuhr er mit einem blitzenden raschen Blicke fort, «jetzt glaube ich, weder mich noch andere zu täuschen, wenn ich sage, wir haben uns beide sehr lieb.» — «Wissen Sie auch, wie ich heiße», sagte die Frau von Brenkfeld in Verlegenheit, das Ungehörige ihrer Lage nicht bedenkend. Der Fremde wurde rot und sagte: «Sie meinen, gnädige Frau?» Dann sah er nieder und sagte mit bescheidener Stimme: «Feiern Sie nicht Ihr Namensfest am neunzehnten November?» — «Ganz recht», versetzte Frau von Brenkfeld, «ich heiße Elisabeth.» — «Die drei Fräulein», fuhr der Graf fort, «werden sich Fräulein Therese und Marie nennen. Der Name der dritten ist nur schwer zu behalten, und ich fürchte, ihn zu verfehlen; er muß beinahe wie Lidwina oder Ledwina klingen.»

«Völlig wie das letztere», sagte die Mutter und blickte auf Ledwina, und der Graf neigte sich lächelnd freundlich gegen sie, die es jedoch nicht bemerkte, da sie eben an die Freude Theresens dachte, der sie so gern dieses milde Öl in die, wie sie meinte, noch wogende See gegönnt hatte.

«Können Sie mir nicht sagen», fragte Karl, «wann Steinheim hierherkommen wird?»

«Gewiß sobald wie möglich», versetzte der Graf mit einem langen, sprechenden Blick.

Karl zog die Lippen und sagte: «Ich habe eine kleine Reise vor, so möchten wir uns verfehlen, aber ich schiebe oder gebe sie auf, je nachdem es fällt.»

«Eine Reise, wohin?» fragte Ledwina verwundert. Karl versetzte kurz und verdrießlich: «Auf den Harz vielleicht», und dann zum Grafen: «Wir hoffen Sie zugleich hier zu sehen.»

Der Graf sagte freundlich, indem er die schwarzen Locken aus der breiten Stirn schüttelte: «Sehen Sie, wie gut Steinheim es mit mir meint; aber ich muß selbst wissen, was ich wagen darf. Wenn Sie mir nun den Stuhl vor die Türe gesetzt hätten —» Die Frau von Brenkfeld wollte höflich einfallen, aber der Graf fuhr fort: «Mir ist eine liebe Freude verdorben: ich wollte meine Schwester zu ihrem Geburtstage überraschen, daher der unglückliche Gedanke, die schöne Nacht zu Hilfe zu nehmen.» Dann wurde er plötzlich finster und ging hinaus. «Wie gefällt dir der?» sagte Frau von Brenkfeld, wie aus tiefer Beklemmung aufschauend, zu Ledwina. Diese schüttelte seltsam lächelnd das Haupt und sagte: «Ich weiß noch nicht.»

«Er hat etwas Kindisches», fiel Karl ein, «das bringt seine Krankheit mit sich.»

«Ist er krank?» sprach Ledwina gespannt; «er sieht ja ganz frisch aus, beinahe zu frisch.»

«Ach Gott, was wollte er frisch aussehen», versetzte Karl, «er hat mich recht erschreckt, wie ich ihn sah. Bei seinem Aufenthalt in Göttingen war er immer leichenblaß; er hat deshalb lange Pallidus geheißen, bis die Sache sich endlich nicht mehr für den Scherz eignete, aber jetzt —» Karl schwieg ernst und fuhr dann fort: «Ich denke immer noch daran, wie wir einmal einen guten Kommers in Ulrichs Garten hatten und, da mehrere aus uns Sträuße wilder Blumen im Gehen pflückten, einer endlich die Frage aufwarf, was eigentlich die sogenannte Totenblume sei, da viele die dunkelrote Klatschrose, andere den hellroten Widerstorz und noch andere eine gelbe hohe Blume so nennen, wie er da so wehmütig sagte: ‚Ich glaubte, die Botanik hätte keine unter dergleichen Namen; es sind alles nur verschiedene Provinzialausdrücke; da nun keine weiße darunter ist, scheint mir, die hellrote verdient diesen Namen vor allen. Das Hellrot ist doch die rechte Totenfarbe. Lieber Gott, wie schön können die Totenblumen blühen, so vor dem Abfallen!‘

Dann blieb er zurück und war den ganzen Abend still; denn sein Vater hatte mit der schönen, geistreichen Mutter, gegen den Willen aller Verwandten, die Auszehrung in die Familie geschleppt.»

«Das finde ich wahrhaft schlecht; du wählst harte Ausdrücke, Karl», sagte Therese, die seit den letzten Minuten wieder gegenwärtig war; «es ist wahrhaftig genug Schlechtes in der Welt; man braucht mit dem Worte nicht so zu wuchern.»

Karl sagte beleidigt und deshalb kalt: «Vielleicht kann ich es nach seiner Persönlichkeit auch verrückt nennen; ich müßte dann annehmen, daß er in einer fixen Idee sie für gesund hielt. Mich wenigstens würde die heftigste Leidenschaft nicht verleiten, mein ganzes Geschlecht wissentlich zu vergiften.»

Therese, die Hollberg aus begreiflichen Gründen sehr wohlwollte, sagte wohl rasch und ganz unüberlegt: «Wenn er aber nun außerdem gar nicht lieben und deshalb auch nicht heiraten kann?» Karl blieb stehen, sah sie spöttisch an, klopfte dann mit dem Finger sacht an ihre Stirn und sagte mit Nachdruck: «Oh, du blinde Welt, wie stolperst du im Dunkeln!» Therese bog die Stirn unwillig zurück, aber sie sagte nichts; denn es ärgerte sie unglaublich, gerade jetzt etwas Albernes gesagt zu haben; noch mehr Ledwina, die im Grunde die Schwester nicht allein für an Herz und Gemüt reicher, sondern auch in ihrer klaren Umsicht im ganzen für klüger hielt als den kenntnisreichen, kräftigen, aber in seinem oft übertriebenen Selbstgefühl beschränkten Bruder.

«Dem sei, wie ihm wolle», fuhr Karl ernst fort, «genug, die ganze Familie ist vor lauter Geist und Schwächlichkeit ausgebrannt wie ein Meteor, bis auf ihn und eine Schwester, denen die Totenblumen auch bereits auf den Wangen stehen. Der arme Junge hat feine Bemerkungen genug machen können. Ihm ist der Tod schon oft recht nahe ans Herz gedrungen, und jetzt sitzt er ihm gar mitten drin.»

Es pochte an die Tür, und ein Ackerknecht trat auf den Socken herein.

«Ihre Gnaden», hub er an, «der fremde Herr fragt nach Leuten im Dorfe, die ihm für Geld und gute Worte den Klemens suchen sollen. Wenn das so sein soll, dann muß das geschehn, aber finden tun sie ihn nicht; das Wasser ist zu lang; der mag wohl schon zehn Stunden weit sein.»

«Ich will mit dem fremden Herrn sprechen», sagte Frau von Brenkfeld, «geht nur.»

Wie der Knecht hinaus war, sah sie ihre Kinder schweigend an und sagte dann in entsetzlicher Unruhe: «Ich glaube, wir vertragen uns nicht lange.»

Dann ging sie hinaus, dem Grafen Vorstellungen zu machen. Karl sah ihr nach und sagte peinlich lachend: «Es freut mich nur, daß dieser Aufenthalt nicht mir gilt; ich habe das alles gefürchtet. Hollberg ist doch sein ganzes Leben verwöhnt worden. Es waren wohl unser vier, denen er gefiel. Wir hatten uns vorgenommen, einen ordentlichen flotten Suitier aus ihm zu machen. Er gab sich auch recht gut zu allem; aber mitten im besten Kommers konnte ihn plötzlich etwas meistens ganz Unbedeutendes so tief und seltsam ergreifen, daß er uns die ganze Lust verdarb mit seiner wunderlichen Stimmung; das ist zuweilen recht interessant, aber immer ungeheuer unbequem, zudem konnte er nie einen rechten Begriff vom Studentenleben fassen und bei Zusammenkünften sein wie unter Philistern und bei Ehrenpunkten arglos und zutraulich wie unter Brüdern; er hätte die ärgsten Händel haben können; aber jeder kannte und schonte ihn.»

«So war er wohl sehr geliebt?» fragte Therese.

«O doch», versetzte Karl, indem er nach einem verlegten Tabaksbeutel in der Stube suchte, «zudem ist zugleich arglos und nobel sein wohl der sicherste Weg zu allgemeiner Berücksichtigung; es gibt so etwas Prinzenhaftes.»

Therese wandte sich zu Ledwina: «Es ist doch etwas Eigenes um das angeborene Vornehme.»

«Es ist daran viel Wahres», versetzte Ledwina, «solange es nur äußere Formen, die das innere Ehrgefühl gar nicht nennt, und auch die nur arglos verletzt.»

«Jawohl», sagte Therese, «dann ist es mir aber auch lieber als Schönheit; — nicht allein beim Mann», fuhr sie freundlich sinnend fort, «auch für mich selber würde es meine Wahl treffen.»

«O freilich», versetzte Ledwina, und Karl, der wieder zu ihnen trat, sagte: «Ich möchte mich indessen nicht so berücksichtigt sehen; es erinnert doch immer etwas an die Achtung für die Frauen.»

Therese sah unwillig auf; dann begann sie erst leise, dann immer herzlicher zu lachen.

«Es ist doch häßlich», sagte sie, sich vergebens zu bezwingen suchend, «daß man so albern lachen muß.»

Die Mutter trat mit dem Grafen herein. «Sie sehen das wohl ein», sagte sie eben. — «Ganz gewiß», versetzte derselbe und sah glühend und verwirrt um sich. «Die gnädige Frau haben zu befehlen; es ist mir nur um der Mutter willen.»

«Die Mutter», sagte Frau von Brenkfeld, «wird den Anblick der Leiche nach einigen Tagen vielleicht besser ertragen als jetzt; wenigstens hoffe ich es.»

«Ich glaube es nicht», erwiderte der Graf bewegt. «Sie kann sich nicht trösten. Sie hat ja nichts gehabt wie den Sohn.» Frau von Brenkfeld sprach ernst: «Sie irren; wir alle dürfen nicht bestimmen, wieviel ein wahrhaft christliches und starkes Gemüt aus den niederen Ständen, vor allem eine Frau, zu tragen vermag, so wenig wir die ununterbrochene Kette von Sorgen und Entsagungen ahnen, aus denen ihr Leben fast immer besteht; glauben Sie mir, was man so sieht, ist nichts.»

Der Graf erhob das brennende Antlitz und sagte: «Wie meinen gnädige Frau? Ach, verzeihen Sie!»

Er schwieg einige Sekunden wie betäubt; dann fuhr er fort: «Denken Sie, wie ihn das Wasser zurichten wird. Die alte Frau geht gewiß immer an den Strom, bis er ihn ausgespieen hat, und dann kennt sie ihn nicht.» Er stand hastig auf, sagte nochmals: «Verzeihen Sie», und ging hinaus.

Die Frau von Brenkfeld sah ihm verwundert nach und sagte dann: «Ist das Krankheit oder Eigensinn?»

«Beides», entgegnete Karl phlegmatisch, und so ging das Gespräch fort zwischen Menschen, die man gut nennen mußte, in scharfen Strichen, oft ungerecht, immer verfehlt, über ein Gemüt, das man nicht leise genug hätte berühren können und das bei der durchsichtigsten Klarheit dennoch an ewig mißverstandenen Gefühlen verglühen mußte.

Frau von Brenkfeld sagte eben: «Ich sehe täglich mehr ein, wie dankbar ich Gott dafür sein muß, daß ich zwischen sieben Schwestern geboren bin, und zwar so recht mitten in, weder die älteste noch die jüngste», als Marie angstvoll herbeieilend rief: «O Mutter, der Graf sitzt auf der Altane und ist schneeweiß.»

«Mein Gott», sagte Frau von Brenkfeld, «sollte ihm unwohl werden?»

«Jawohl», versetzte Marie, «er hat den Kopf auf den steinernen Tisch gelegt und sah mich gar nicht.»

Man eilte hinaus; der Graf wollte noch mit einigen mühsamen, verwirrten Worten seine offenbare Schwäche verleugnen, aber die Sinne schienen ihn immer mehr zu verlassen. Bald ließ er sich geduldig und unter Anstrengung seiner letzten Besinnung, noch etwas Beruhigendes zu sagen, zu seiner Stube mehr tragen als führen. Nach einer halben Stunde zeigte sich entschieden ein heftiges Fieber, und der Vormittag verging unter angstvoller Erwartung des Hausarztes, nach dem man sofort geschickt hatte.

«Was sagen Sie zu dem Kranken?» fragte Frau von Brenkfeld den wieder Hereintretenden. Der Doktor Toppmann langte langsam seinen Hut vom Spiegeltisch, und bedächtig: «Ein wenig Bluthusten mit dem hergebrachten Fieber dazu», sagte er; «nicht viel; ich kenne seine Konstitution zu wenig, und mit ihm reden kann man nicht, da er ganz irre ist.»

«Mein Gott, seit wann?» rief Frau von Brenkfeld; «davon weiß ich ja nichts.»

«Es soll auch früher nicht gewesen sein», entgegnete der Doktor, «erst seit er jetzt erwacht ist.»

«Das ist ja höchst traurig», versetzte Frau von Brenkfeld hastig. «Er wird doch, um Gottes willen, nicht gar sterben können?»

Doktor Toppmann schnitt seine seltsamsten Gesichter und sagte: «Wir können alle sterben; übrigens, so etwas muß man nicht eher denken, als bis das Gegenteil unmöglich ist.»

«Keineswegs», fiel Therese ein, «ich bitte sehr, täuschen Sie uns hierin nicht.»

Toppmann kniff das linke Auge zu und fragte: «Warum denn das?»

«Man ist doch sorgsamer», versetzte Therese; «man weiß doch auf jeden Fall, was man zu tun hat.»

«Was hat man denn zu tun?» fragte Toppmann.

«Ach Gott», entgegnete Therese, «wir haben noch tausend andere Gründe, bleiben Sie doch bei der Sache!» Toppmann schwieg ein Weilchen, dann sagte er ernst und zu allen Anwesenden gewandt: «Ich weiß, Sie werden nichts versäumen, was in Ihren Kräften und in Ihrem Wissen steht; deshalb halten Sie die Stube kühl, aber vor allem ohne Zugwind, und sorgen Sie, daß die Arznei ordentlich genommen wird; auch darf der Patient vorerst nicht allein gelassen werden. Morgen früh komme ich wieder, wenn nichts Besonderes früherhin vorfällt.»

Er machte eine Verbeugung und wollte fortgehen, dann wandte er sich aber um und sagte: «Notabene, nähern Sie sich ihm nicht mehr als unumgänglich nötig; die Sache könnte leicht nervös sein.»

Er verbeugte sich nochmals und ging hinaus.

Karl sagte: «Ich glaube, ich kann mich gelegentlich noch jedes Wortes erinnern, das ich den Toppmann mein Leben lang habe reden hören; das macht das unvergeßliche Mienenspiel, dem die Worte wie angegossen sind, oder vielmehr umgekehrt.»

«Er redet wohl auch überall sehr wenig», versetzte die Mutter; «heute war er nach seiner Art recht los.»

«Therese hat ihn auch ehrlich geschraubt», entgegnete Karl und sah nach Therese, die eben mit den Zeichen der äußersten Unruhe das Zimmer verließ. Karl fuhr fort: «Ich habe mir einmal eine Sammlung von den verschiedenen Abarten seines Grundgesichtes machen wollen, vorzeiten, ehe ich nach Göttingen ging, und machte deshalb einen Strich auf ein dazu bestimmtes Papier, sooft ich etwas Neues zu entdecken glaubte, verwirrte mich jedoch dermaßen, daß ich es nur bis auf etwa vierzehn bringen konnte, und ich muß gestehen, daß dies scharfe Merken auf allerhand Verzerrungen in Phantasie und Wirklichkeit, dem ich mich hierdurch nach und nach mit wahrer Leidenschaft ergab, mir endlich anfing, eine Schwäche und solche dumpfe Zerstreutheit zuzuziehen, daß ich dies für eine der gefährlichsten Beschäftigungen halte. Ich begreife nur nicht, wie die Karikaturenmaler vor dem Tollhause vorbeikommen.»

«Es ist eine alte Erfahrung», versetzte Frau von Brenkfeld, «daß dergleichen Künstler, die Satiriker in Literatur und Leben und die berühmtesten Buffonen der Theater mit eingerechnet, gewöhnlich wenigstens sehr hypochondrisch sind.»

Ledwina hatte sich unter diesen Gesprächen leise hinaus und ins Freie geschlichen, um einen sie überwältigenden, ebenso körperlichen als geistigen Druck zu verhehlen, vielleicht auch zu lindern. Es zog sie gewaltsam zu den Ufern des Flusses, als sei noch etwas zu retten, und tausend wunderbare Möglichkeiten, die nur für sie so heißen konnten, tanzten in greulichen Bildern um ihr brennendes Haupt. Bald sah sie den Verlorenen, wie ein Dornstrauch das blasse Gesicht noch an einem Teile seines Haares über dem Wasser erhielt, während der andere, vom Haupte gerissen, an den schwankenden Zweigen des Strauches wehte; seine blutenden Glieder wurden im grausamen Takte von den Wellen an das steinichte Ufer geschleudert. Er lebte noch, aber seine Kräfte waren hin, und er grüßte heran in gräßlicher Todesangst, bis der Wellenstoß das letzte Haar zerriß. Sie schmiegte sich leise an die Mauer hin unter dem Fenster, wo ihre Mutter saß; aber die sah weder auf noch um sich, sondern redete rasch und angelegentlich mit Karl über allerhand Dinge, die ihr durchaus gleichgültig waren, um die Verstimmung zu verbergen, die sich ihrer seit der Ankunft des Grafen unwiderstehlich bemächtigt hatte und durch den Bericht des Arztes auf einen Grad gestiegen war, den sie selber als Unrecht fühlen mußte. Der arme Klemens war gewiß der Grund dessen, was in dieser Stimmung von wahrem Kummer lag; außerdem gehörte zu der sogenannten Ordnung ihres Hauses eine übertriebene Angst, ein fast kindisches Hüten vor aller Ansteckung.

In Frau von Brenkfeld nahm demnach eine leise Abneigung und feststehende Ungerechtigkeit gegen den Grafen Platz, der ihr zu aller Sorge und Not ihr reines Haus zu verpesten drohte und auf den sein freilich schuldloser Anteil am Tode des guten Burschen schon gleich einen bösen Schatten geworfen hatte, den sie damals nicht in seinem Grunde oder überhaupt nicht genug fühlte, um ihn zu verwischen.

Sie war jedoch auch jetzt billig genug, etwas Ungerechtes in sich zu beobachten, und hätte nach ihrer tiefen, verborgenen Güte jetzt um keinen Preis über ihn richten oder auch nur von ihm reden mögen.

Mit Karl stand es ebenso, nur aus anderen Gründen, und es hätte für einen Beobachter höchst unterhaltend sein müssen, ein beiden Teilen so völlig langweiliges Zwiegespräch dennoch mit so großer Lebhaftigkeit und oft so anziehenden Bemerkungen sich bewegen zu hören.

Eine Kutsche rasselte über die Zugbrücke, und sechs langgespannte Goldfüchse trabten auf den Vorhof.

«Bendraets!» sagte Karl. «Ich desertiere», versetzte seine Mutter, über und über rot vor Unmut, und ging, diese jederzeit unwillkommenen Gäste zu empfangen. Die beiden kleinen geschminkten Fräulein waren schon am Arme des langen Referendarius, wie der junge semper freundliche Herr von Türk überall in der Gegend genannt wurde, ins Haus gestrichen, um, wie sie sich ausdrückten, Ledwinchen und Thereschen ein bißchen mobil zu machen, als ihre Mutter, langsam aus dem Wagen steigend, den Gruß der Frau von Brenkfeld erwiderte.

Die Frauen nahmen den Sofa ein, und das Auge der Hausfrau ruhte immer gemilderter auf den welken und wehmütigen Zügen der Nachbarin, die auf ihre Nachfrage mit verlegener Leichtigkeit erzählte, daß ihr Mann und ihre Söhne zu einer kleinen Landpartie nebst dem jungen Warneck ausgezogen, jedoch gegen Mittag in diese Gegend kommen und alsdann vorsprechen würden. Mitleiden mit der immer Gedrückten ließ die Frau von Brenkfeld sehr gütig antworten, und ein sanftes, leises Gespräch begann zwischen den beiden Frauen, die sich so gern gegenseitig getraut hätten und es doch nie konnten, da vielfach drükkende Familienverhältnisse eine gute, arglose Seele zwingen, ihr Heil in der Intrige zu suchen. Die Rede fiel auf den Baron Warneck, den seit einigen Monden von mehrjährigen Reisen zurückgekehrten Besitzer der benachbarten Güter.

«Es ist ein Mann von vielem Verstande», sagte Frau von Brenkfeld.

«Gewiß, von ganz vorzüglichen Gaben», versetzte die Bendraet, «und sehr brav.»

«Meinst du damit mutig oder rechtlich?»

«Eigentlich das letztere», lächelte die Bendraet, «doch glaube ich es in beidem Sinne.»

«Wir kennen ihn wenig», versetzte die Brenkfeld, «doch denke ich gern alles Gute von ihm. Mein Karl ist neulich herübergeritten wegen kleiner Jagdverstöße und rühmt seine Billigkeit und seinen nachbarlichen Sinn. Die Besitzer von Schnellenfort sind immer sehr interessant für uns; unsere beiderseitigen Besitzungen und Rechte durchkreuzen sich auf eine unangenehme Weise. Gott gebe ihm eine gute friedliche Frau», fügte sie bedeutend hinzu.

«Was meinst du», sagte die Bendraet fixierend, «man spricht von der Claudine Triest.»

«So?» versetzte Frau von Brenkfeld lächelnd. «Ich denke, man spricht von der Julie Bendraet.»

«Er hat uns doch keinen Grund gegeben, das zu glauben», versetzte die Bendraet errötend, «im Gegenteil scheint er eher eine kleine Vorliebe für Elise zu verraten, aber auf jeden Fall» — sie stockte und faßte die Hand der Freundin — «ist es eigentlich lächerlich, in solchen Dingen abzusprechen, ehe man um seine Meinung gefragt wird; aber in jedem Falle würde sich Elise auch schwerlich für Warneck bestimmen. Der Baron hat sich zu gern und viel herumgetrieben, um je ruhig zu werden. Er muß eine lebhafte und lebenslustige Frau haben, welche die Mühe und die Begeisterung seiner Liebhabereien mit ihm teilt. Das wäre nichts für mein Hausmütterchen. Der gebe Gott», fügte sie weich hinzu, «ein stilles, häusliches Los, wo sie es nicht empfindet, daß sie weniger hübsch und lebhaft ist als Julie.»

Frau von Brenkfeld drückte sanft die Hand der Redenden, und sie fuhr lebhafter fort: «Aber daß ich dir mit gleicher Münze bezahle, den guten Türk habe ich wohl recht, recht glücklich mit der kleinen Tour hierher gemacht. Sein volles Herz ergießt sich täglich in den schönsten Gedichten zu Ehren Ledwinens.»

«So, dichtet der?» lachte die Brenkfeld.

«O doch», versetzte Frau von Bendraet, «sehr artig, und ich glaube wirklich, er zieht jetzt auf der Freite umher.»

«Aber für Ledwina», erwiderte Frau von Brenkfeld, «paßt er nicht; die ist zu sanft für ihn. Solange Türk nicht besser zu leben hat, paßt er für keine seinesgleichen.»

«Er hat doch ein Gut», sagte Frau von Bendraet.

«Ach, liebes Kind, nenne es doch lieber einen Bauernhof. Die kleinen ritterlichen Freiheiten werden seine Lage nicht sehr verbessern.»

«Er wird gut angestellt werden», sagte die Nachbarin.

«Wir wollen es hoffen, aber er hat noch Zeit bis dahin; der Referendariusposten ist noch nicht bedeutend.»

Die Bendraet errötete sehr und sprach: «Er

ist munter und artig, er kann gefallen. Soll denn eine Mutter ihrer Kinder Glück und Fortkommen verhindern und der Familie ein Haus voll unversorgter Töchter hinterlassen? — zwar», unterbrach sie sich, «deine Töchter sind präbendiert; allein, den Vorteil hat nicht jede Familie.»

«Auch in dem entgegengesetzten Falle», versetzte die Brenkfeld, «ist der Entschluß, eine Tochter zu unterhalten, besser als die Wahrscheinlichkeit, dereinst auf mehrere Generationen an den trostlosen Umständen ihrer Nachkommen vergebens zu flicken. Sie ist ja auch nicht gesund», fügte sie mit kämpfendem Tone hinzu.

«O doch», versetzte die Bendraet rasch und ängstlich; «ich denke, sie bessert sich sehr und sieht viel wohler aus.»

Beide schwiegen eine kleine Weile, dann sagte die Frau von Brenkfeld: «Du hast sie ja kürzlich nicht gesehen.»

«Ich habe es aber gehört», versetzte die Bendraet, «von dem schwarzen Musikmeister zu Erlenburg; der sagte neulich, sie sähe schöner und wohler aus als je.»

«So, der Wildmeister?» sagte die Frau von Brenkfeld und ward noch trüber.

Der lange Referendarius und Julie unterbrachen dies Gespräch. Der Lange erzählte, Fräulein Therese sei so eifrig am Kochen und Braten für den glücklich Unglücklichen, daß ihr keine Rede abzugewinnen gewesen sei, und Fräulein Elise habe der Freundin ihre schönen Pflichten erleichtern wollen und sei deshalb bei ihr zurückgeblieben.

Die Frau von Brenkfeld erzählte jetzt die Geschichte der vorigen Nacht. Die Bendraet wunderte sich, daß sie ihrer noch nicht erwähnt.

«Ich unterhalte meine Gäste nicht gern mit unangenehmen Dingen», versetzte die Hausfrau.

«Herr von Türk», rief Julie von Theresens Stickrahmen, bei dem sie sich gesetzt, «Sie müssen der Frau von Brenkfeld Fehde ankündigen, sie nennt einen jungen schönen Mann ein unangenehmes Ding.»

Frau von Brenkfeld sah ernst aus, und Türk wußte sich nicht zu nehmen.

«Verdirb nur nichts, liebes Kind», rief die Mutter.

«Gott bewahre!» versetzte Julie, «ich werde mich nicht daran wagen.»

Nun stand sie auf und begann den armen Türk mit oft faden, oft treffenden Witzen aufs unbarmherzigste zu schrauben, wobei sie öfters auf leichtsinnig unehrerbietige Art die beiden Frauen hineinzog und dadurch den Langen, der es gern mit der ganzen Welt gut stehen hatte, sehr ängstigte.

Therese stand indes wie auf Kohlen vor der Tür des Kranken, dem sie eben ein Glas Limonade hineingesandt, und suchte leise mit den besten Worten Elise fortzubringen, die von einer Türritze zur andern trat, um eine Ansicht des Fremden zu erlauschen.

«Elise», sagte Therese, «der Bediente wird heraustreten und dir die Tür vor die Stirn stoßen.»

«Ich bitte dich», flüsterte Elise, «suche einen Vorwand, mich hineinzubringen.»

«Mein Gott, wie kann es dergleichen Vorwand geben», versetzte Therese und vertröstete sie auf Karl, der drinnen sei und ihr alles erzählen solle.

Nun wollte Elise aufpassen, wenn Karl herauskomme. Therese ward ungeduldig und ließ Karl durch einen Bedienten herausrufen. Er erschien verstimmt und eilig, grüßte Elise flüchtig, gab schnellen, kurzen Bericht und trat in das Krankenzimmer zurück. Elise schien beleidigt oder verlegen, verließ die Tür mit Theresen, und sie gingen zur Gesellschaft.

Elise setzte sich sogleich an Theresens Stickrahmen und arbeitete eifrig. Türk machte ihr die schuldigen Komplimente über ihren Fleiß und mußte für jedes eine Spötterei von Julien einstecken. So verging der Morgen. Man vermißte plötzlich Ledwinen und tröstete sich, da man wußte, sie sei spazieren. «Unsere Herren bleiben aus», sagte die Frau von Bendraet eben, da rief Marie: «Sieh, Mutter, ein Reiter!» — «Das ist mein Mann», sagte die Bendraet.

«Und noch einer», rief Marie, «und noch einer», rief sie mit Nachdruck.

«Es wird noch einer kommen, liebes Kind», sagte die Bendraet und wandte sich entschuldigend zur Hausfrau.

Die Ankommenden stiegen von den Pferden. Herr von Bendraet küßte der Hausdame mit vielen höflichen Reden die Hand. Baron Warneck brachte noch auf dem Hofe etwas an seinen Stiefeln in Ordnung, wobei Junker Klemens Bendraet nicht unterließ, ihm die Sporen unter die Sohle zu drehen.

«Mach kein dummes Zeug!» sagte sein Bruder; aber Warneck lachte, brachte alles in Ordnung, und man trat ein. Jagdgeschichten und Politik kamen zur Sprache, und der Mittag war da, ersehnt und doch unerwartet.

Therese hatte schon die Tür des Speisesaales, in dem die Gesellschaft bereits die englischen Kupferstiche an den Wänden musterte, geöffnet, als sie umschaute, weil sie Ledwinens Tritte auf der Treppe vernahm. Sie wollte hastig umkehren; denn glühend und erschöpft ließ sich soeben die Schwester auf eine der Stufen nieder; aber jene winkte rasch bittend mit der Hand, und Therese trat in die geöffnete Tür. Nicht lange, so erschien auch Ledwina, und man setzte sich zu Tisch. Elise wollte sich durchaus neben Ledwinchen setzen, aber Therese zog sie zu sich hinüber.

«Du sollst mir vorlegen helfen», sagte sie, und dies war Elise auch sehr recht.

Tischgespräche begannen und stockten wieder. Herr von Bendraet sprach von einer Reise, die er vorhabe.

«Wenn ich einmal das große Los gewinne», rief Julie, «so will ich immer reisen; ich kann mir kein größeres Glück denken.»

«Ich glaube», versetzte Elise, «daß das gar zu viele Reisen Frauenzimmern nicht guttut und sie unstet und unzufrieden im Hause macht; ich will lieber zu Hause bleiben und lasse mir anderer Leute Reisen erzählen. Ach, wie schön hat uns Baron Warneck nicht gestern unterhalten! Sie müssen auch vieles erzählen können, Herr von Brenkfeld.»

«Hat Ihnen Warneck öfters erzählt?» fragte Karl.

«Ich mag nicht daran denken, wie oft wir oder eigentlich ich den Herrn von Warneck schon belästigt haben. Wirklich, je weniger ich selbst zu sehen hoffe und wünsche, je weniger kann ich mir den Ersatz einer lebhaften Beschreibung versagen.»

«Der Warneck ist ein gequälter Mann», lachte Julie; «ich fürchte immer, er bleibt noch ganz fort; denn was der für Anfechtungen von Elise zu erleiden hat!»

Elise sah scharf aus, und Karl sagte: «Wenn Ihnen Warneck viel erzählt hat, so sind meine kleinen Erfahrungen brotlos; denn er hat dieselben Gegenden beobachtet und durchsucht, die nur an mir vorübergeflogen sind, wie in der Laterna magica.»

Er neigte sich zu Warneck, der aus dem Gespräch mit Louis Bendraet auflauschte, da er seinen Namen nennen hörte.

«Ich sage, Sie haben nicht nur viel mehreres, sondern auch alles jene gesehen, wovon ich erzählen könnte.»

«Auf die Weise», versetzte Warneck, «würden uns die vielen Reisebeschreibungen eben von jenen Gegenden gewiß nichts übriggelassen haben. Es sind die verschiedenartigen Ansichten und Empfindungen, die kleinen Unfälle und Begebenheiten der Reise, die eine Reiseerzählung aus dem hundertsten Munde so merkwürdig machen wie aus dem zweiten, und zudem in der Schweiz, wo die ergreifendsten Naturbilder so häufig wie das tägliche Brot sind; wer kann da glauben, alles gesehen zu haben? Gesetzt, ich habe den Wasserfall von Schaffhausen in der Sonne schimmern gesehen, Sie aber sahen ihn beim Sturm oder im Nebel, welches verschiedenartige und doch gleich wunderbare Schauspiel! Und von allen den herrlichen Schluchten und Höhlen habe ich nur wenig gesehen, da ich sehr zum Schwindel geneigt bin.»

«In den Höhlen bin ich tüchtig umhergestiegen», sagte Karl.

«Es muß ein seltsam angenehmes Gefühl sein», fiel Louis Bendraet ein, «so in voller Lebenskraft unter der Erde zu wandeln, wie begraben, in dem feuchten, modrichten Gesteine. Ich möchte es mitmachen.»

«Du bist mir der rechte Held», rief sein Bruder, «du willst halsbrechende Klettereien mitmachen und bist so schwindlicht wie eine Eule; man muß dich wie eine Kuh am Stricke führen und nötigenfalls über die Schulter hängen.»

«Was meinst du, Louis», lachte Warneck, «das würde doch unpoetisch aussehen, und zudem bedenke einmal die Höhlenfrauen und Bergmännchen und Erdmännchen und die Gnomen, die den Leuten einen Buckel anzaubern. Ich fürchte, das würde keinen guten Effekt in deiner Figur machen.»

Man lachte, Türk und Louis mit.

«Einmal», sagte Karl, «hätte ich doch beinahe geglaubt, ein Höhlengespenst zu sehen. Wir waren zu sechsen in eine Kluft am *** gestiegen. Die beiden Riehls, die beiden Herdrings, Rolling und ich. Die übrigen hatten sich müde gelaufen und lagen in einer schäbichten Bergkneipe. Der Eingang war niedrig und schmal, und sehr hoher Schwarzwald machte ihn noch dunkler. Wir waren kaum einige Schritte gegangen, als wir in dichter Finsternis standen. Unser Führer wollte also die mitgebrachten Fackeln anzünden. Das zögerte etwas.»

«Das war unpraktisch von dem guten Mann», rief Klemens Bendraet dazwischen, «das hätte er vor der Höhle tun sollen.»

Seine Mutter winkte ihm unwillig, und Karl fuhr fort: «Ich habe vergessen zu sagen, daß es etwas regnete; also, indem der Mann sich mit Feuerschlagen quält, höre ich durch das Rufen meiner Begleiter, die den Schall versuchten, hindurch etwas über den Boden rutschen, und plötzlich schleicht es sich heran bis an meine Knie und grunzt und zupft mir an den Kleidern und sucht mich niederzureißen. Ich gestehe, daß ich zusammenschauderte. ‚Guter Freund', rief ich, ‚macht, daß Ihr Licht bekommt! Hier ist etwas, aber ich will es halten.' Dabei griff ich nach nieder in einen struppichten Haarbusch oder Pelz, ich wußte nicht, was. Da fing es an zu grunzen und um sich zu schlagen und brummte: ‚Ich rufe den Apostel Petrus', — ‚Wie, bist du da?' rief unser Führer; ‚seien Sie nicht furchtsam, meine Herren, das ist nur so ein armes Blut, der tut Ihnen nichts.'

Indem brannte die Fackel an, und ich erblickte einen zerlumpten, abgezerrten Kerl von etwa vierzig Jahren, der vor mir auf den Knien lag und mich fest umklammert hatte. Ich hielt sein Haupt am Haar zurückgebogen, und das ockergelbe, entstellte Gesicht starrte mich grunzend an. Der Führer sagte: ‚Sei doch ruhig, Seppi, das sind ja die lieben Apostel'; und hier zeigte er auf den jüngsten Herdring mit den langen Locken und sagte: ‚Sieh, das ist Maria Magdalena.'

Der arme Kerl ließ mich gleich los und kroch bis in einen Winkel der Höhle, wo, wie wir nun sahen, etwas Stroh lag. Der Führer entschuldigte sich nachher, daß er uns nicht von diesem Wahnsinnigen gesagt. Er hielt sich für den Engel Gabriel und diese Höhle für das Grab Christi, das er bewache; er lasse niemanden hinein als die Apostel und heiligen Frauen; dafür könnte sich aber jeder ausgeben. Er war krank gewesen, und unser Wirt hatte ihn noch nicht wieder in der Höhle geglaubt.»

«Der arme Kerl hatte eine höllisch langweilige Arbeit», sagte Klemens.

«Dabei», sagte Karl, «glaubte er, als Engel nichts genießen zu dürfen als Kräuter und Früchte — anfangs roh — und was er im Gebirge fand. Nachher hatte man ihn unter dieser Rubrik an alle Arten von Gemüse und Obst gewöhnt, außer an Äpfel, die er für die Frucht vom Baume der Erkenntnis hielt, und Erbsen, warum diese nicht, kann ich nicht sagen.»

«Wahrscheinlich», rief Klemens, «um der

unschuldigen Erbsenläuse willen, die sich zuweilen drin finden.»

«Gingen Sie auch noch weiter in die Höhle?» sagte Julie.

«Ja, Fräulein», versetzte Karl, «wir schämten uns, umzukehren, was im Grunde wohl jeder von uns lieber getan hätte; denn wir waren alle erschüttert von dem Anblick des Schrecklichsten, was die Natur hat. Aber wie denn — ich weiß nicht, soll ich gottlob oder leider sagen —, wie sich denn solche traurige Eindrücke, die unser eigenes Schicksal nicht berühren, so leicht verwischen, so dachten wir in ein paar Tagen nicht ferner daran, als um den Fritz Herdring ‚Maria Magdalena' zu nennen, und so blieb von der ganzen greulichen Geschichte nichts übrig als ein fader Scherz.» Eine kurze Stille entstand.

Dann begann Warneck: «Der Wahnsinn ist eine Sache, worüber geistliche und weltliche Gesetze verbieten sollten, nicht gar zu scharf zu grübeln und untersuchen. Ich glaube, daß nichts leichter zur Freigeisterei führt.»

«Ich sollte eher meinen», fiel Türk ein, «ins Tollhaus.»

Warneck versetzte: «Eins von beiden, und sehr leicht beides zugleich.»

Wieder eine Stille, dann sagte Warneck: «Ich habe in dieser Art auch manche greuliche Erfahrung gemacht; aber nichts ist mir lebhafter als das Bild einer alten Frau in Westfalen, die ich in Begleitung eines düstern, grämlichen, nicht mehr jungen Mädchens an der Tür eines

Gasthofes fand, in welchem ich wohnte. Ihre Physiognomie, die von Irrsinn, aber ohne eine Spur von Wildheit, zeugte, machte mein Mitleid rege, und ich hielt mich einen Augenblick bei ihr auf. Sie benagte langsam eine harte, trokkene Brotkruste, dann hielt sie wie erschrocken inne, steckte die Finger in den Mund und hielt die Trümmer eines ihr eben ausgefallenen Zahnes in ihrer Hand. Nun zog sie ein schmutziges Papier aus der Tasche, wickelte es los und legte den Zahn zu einigen anderen alten Stücken von Zähnen. Das Mädchen sagte auf meine Nachfrage, die Base hebe alle ihre Zähne auf, wie sie ihr nach und nach ausfielen, um — hier zog die Kreatur das Gesicht zum Lachen; mir wurde ganz schlimm dabei — nun also — um, wenn sie dereinst hinkäme, wo Heulen und Zähneklappern sei, sie doch auch nicht immer zu heulen brauche, sondern zuweilen zähneklappern könne. Mein Wirt sagte mir später, sie sei immer eine sehr brave Frau gewesen, aber da ihr Mann, ein kleiner Krämer, einen einigermaßen verschuldeten Bankerott gemacht und da einige dabei zu Schaden gekommene Familien sie in der ersten Wut mit Verwünschungen überhäuft, sei sie wahnsinnig geworden und meine nun, für den Bankerott verdammt zu sein. Nur im Frühling, wenn die Himmelsschlüssel blühen, sei sie fröhlich und trage Tag und Nacht große Sträuße davon bei sich, weil sie meint, wenn sie in dieser Zeit stürbe, könne sie damit den Himmel aufschließen. Wenn die Blumen anfangen abzunehmen, werde sie immer ängstlicher und suche zuletzt mit der größten Anstrengung nach den letzten Blumen, auch zuletzt, wo die Blütenzeit schon vorüber. Nachher müsse sie immer lange liegen, so habe sie sich abgequält.»

Warneck schwieg, und ein allgemeines Gespräch über Wahnsinn, menschliche Geisteskräfte und so weiter entstand und verlor sich bald in andere Gegenstände.

Der Nachmittag verging unter Spaziergängen, Ballschlagen, Schaukeln und überhaupt dem unruhigsten Umhertreiben. Herr von Bendraet spielte Pikett mit Warneck. Julie hetzte sich mit Türk, der bald verliebt, bald gänzlich ermattet schien und in den kurzen Zwischenpausen vergebens mit Ledwinen anzuknüpfen suchte.

Elise saß am Rahmen und zeigte ihr einen neuen Stich, den Ledwina sogleich versuchte.

«Fräulein Ledwina», sagte Türk, «können doch alles nachmachen.»

«Und Herr von Türk», versetzte Julie, «über alles etwas sagen; aber es steht ihm nicht so gut.»

Karl und Louis traten herein und fragten nach Klemens.

«Ich dachte, er sei bei Ihnen», sagte Elise.

«Nicht doch», entgegnete Karl, «wir sprachen von den Kunstwerken Italiens. Da sagte er, wenn wir die schönen Künste vorreiten wollten, so gehe er zum Henker. Nachher kam er noch einmal wieder und brachte ein paar ausgefallene Gänsefedern und etwas Birkenrinde und bat, unseren schönen Gedanken die Ewigkeit zu schenken. Gleich werde eine Hirtin vorbeiwandeln, noch obendrein mit den Attributen der Künste und der Weisheit, wir möchten nur gut aufpassen, er wolle indessen mit den Schnitterinnen dort auf dem Felde idyllisieren. Darauf lief er fort.»

«Und ein altes schmutziges Bauernweib schleppte ihren Milcheimer vorüber», sagte Louis lachend; «der Henker weiß, wie sie aussah. Sie hatte ihren Rock wohl mit zwanzig Lappen von verschiedenen Farben dekoriert. Unter den Attributen verstand er wahrscheinlich einen alten verdorrten Gänseflügel, den sie draußen irgendwo aufgelesen hatte.»

«So ist er wohl jetzt auf dem Felde», sagte Therese.

«Ich habe von der Mauer das ganze Feld übersehen und kann ihn nicht bemerken.»

Das Pikettspiel war geendigt; Bendraet hatte verloren und stand mißmutig auf. Da trat Klemens herein, die blonden Locken verwirrt um das glühende Gesicht.

«Maria Magdalena, wo bist du so lange gewesen?» rief Julie.

«In meinem Rock», antwortete er.

«Aber, mein Gott, wie ist dir, hast du Lust zu lachen oder zu weinen?»

«Ich habe Lust, dir die Haut über die Ohren zu ziehen», versetzte er noch halb unwirsch und brach nun je mehr und mehr in ein unaufhaltsames Gelächter aus. Er rettete sich in das Fenster zu den übrigen jungen Leuten und redete leise und lebhaft zu ihnen. Die lustige Stimmung nahm auch dort überhand, und man sah, daß er geneckt wurde. Die Schloßuhr schlug fünf. Warneck wollte Abschied nehmen und nach Schnellenfort zurückkehren, aber Frau von Bendraet bat ihn, zuvor mit ihnen zu Abend zu essen.

«Wenn Sie nicht zu lange sitzenbleiben», versetzte er.

«Es ist doch», erwiderte sie, «nur ein halbes Stündchen von Lünden bis Schnellenfort, und der Mond scheint ja hell.»

«Sie müssen uns noch allerlei erzählen von Ihrer Reise», fiel Elise ein.

«Ach, das meiste wissen Sie», versetzte Warneck. «Doch», setzte er lachend hinzu, «die merkwürdigste Erscheinung, die mir auf meinen Reisen vorgekommen, habe ich noch nicht erwähnt. Ich habe sie in den südlichsten Gegenden Frankreichs beobachtet, wo sie sich noch seltsamer ausnahm, als wenn es sich hier fände.»

«Nun?» sagte Julie.

Warneck stockte lächelnd ein Weilchen, dann sagte er: «Eine Frau, die ihrem Manne nie widersprochen hat.»

«Führen Sie die Leute nicht an», sagte Julie getäuscht lachend, und Türk rief: «Hören Sie wohl, Warneck? Fräulein Julie hält Ihre Seltenheit für erdichtet.»

«Ich glaube es auch nicht», sagte Klemens, «oder hatte ihr der Mann einen Maulkorb angehängt?»

«Nicht viel besser», sagte Warneck; «sie war taubstumm, und zwar von ihrer Geburt an.»

«Und doch verheiratet!» sprach Therese.

«Das, mein Fräulein», versetzte Warneck, «ist eigentlich das Merkwürdige und zugleich Abscheuliche an der Sache. Sie war nicht viel besser als ein Tier, aber sie hatte ein paar hundert Gulden.»

«Das ist ganz recht», rief Klemens; «es ist unmöglich, sich eine bequemere Frau zu denken.»

«Klemens, Klemens», sagte Frau von Bendraet, «wie redest du wieder in den Tag hinein!»

«Er hat sich nur verredet, gnädige Frau», entgegnete Warneck, «sehen Sie nur, wie rot er wird!»

Dabei legte er seine Hand an die Wange des jungen Bendraet. Klemens schlug ihm halb verlegen, halb scherzend auf die Finger.

«Übrigens», hub Karl an, «gibt es in hiesiger Gegend in allem Ernste eine Bäuerin, die aus Vorsatz, um mit ihrem Manne in Frieden zu leben, vierzehn Jahre lang keine Silbe geredet hat.»

«Das ist richtig», sprach Frau von Brenkfeld; «wir kennen diese Frau sehr wohl. Sie hatte lange und viel durch den zänkischen Geist ihres Mannes gelitten. Auf einmal hört sie auf zu reden; man hält sie erst für aufgebracht, dann für wahnsinnig, dann für stumm. So währt es vierzehn Jahre. Der Mann stirbt. Auf seinen Begräbnistag fängt sie wieder an zu reden und versichert, es werde sie noch in ihrer Todesstunde trösten, ihren Vorsatz gehalten zu haben. Sie könne nun ohne Unruhe und Reue an ihren seligen Mann denken; denn seit vierzehn Jahren sei keine Uneinigkeit zwischen ihnen gewesen.»

«Das ist viel», sagte Warneck.

«Lebt die Frau noch?» fragte Louis.

«Jawohl», entgegnete Frau von Brenkfeld, «nahe bei Endorf in dem kleinen roten Häuschen an der Heerstraße.»

«Die Frau kenne ich wohl», sagte Klemens.

«Ich nicht», versetzte Louis, «aber ich möchte sie wohl kennen.»

Klemens beugte sich zu ihm und sagte halb leise: «Strapazier dich nicht, mein Söhnchen, es ist eine alte Hexe, und an eine hübsche Tochter ist auch gar nicht zu denken.»

«Geh!» erwiderte Louis.

Warneck lachte und drohte mit dem Finger.

«Nun, was ist es denn weiter», sagte Klemens laut, «ich sagte eben, die Frau hat keine Kinder; aber so ein Dutzend Schreihälse würden ihr die Worte schon von der Zunge gebracht haben.»

Warneck versetzte neckend: «Es kam mir beinahe vor, als hätte das, was du sagtest, anders geklungen; aber ich will dich nicht noch röter machen; du blühst doch schon wie eine Rose.»

«Beinahe, als wenn man ihn zu Klaudinens Füßen ertappte», rief Julie.

«Hm», brummte Klemens halb leise vor sich hin, «die Blankenau gefällt mir in kurzem vielleicht besser als die Triest. Man wird des ewigen Silbenstechens doch endlich hundmüde.»

«Vorzüglich», versetzte Julie, «wenn ein bißchen Handwerksneid dazu kommt.»

«Ich merke wohl», rief Klemens, «du arbeitest darauf hin, daß ich wieder necken soll; aber ich wüßte wahrhaftig nicht, womit, ich müßte denn deine unglückliche Liebe zu dem Wohlgeflickten ans Licht ziehen.»

«Darüber brauchst du nichts zu sagen», entgegnete Julie lachend; «hätte der arme Schelm besser zu leben, so würde er gewiß die alten Röcke nicht so lange flicken lassen.»

«Es ist Schande genug, daß die Kunst so nach Brot gehen muß», rief Louis dazwischen.

«Und eigentlich», sagte Julie, «ist er Louis' Ideal und nicht das meinige.»

«Ideal will viel sagen», antwortete Louis, «ich kann, gottlob, noch höher hinauf denken; aber daß ich Anteil an dem Wengenberg nehme, das finde ich sehr natürlich und nur wunderbar, daß ich der einzige in unserem Hause bin; die Musik ist doch sonst eine Sprache, die sogar Kinder und Wilde verstehen.»

«Für welches von beiden hältst du mich denn?» fragte Julie. Louis neigte sich zu ihr und sagte leise: «Für ein Kind und wild dazu.»

Julie sprang rasch auf und griff ihn mit großer Schnelligkeit an. Louis wollte sich verteidigen, aber die Schläge fielen wie Schneeflocken auf Wangen und Schultern und Rücken, daß Louis, den Kopf zwischen die Schultern gedrückt, bald diesen, bald jenen der Gesellschaft vergebens vorschob und nur endlich am Sofa neben den Frauen Ruhe fand. Dabei rief sie: «Nach Erlenburg solltest du ziehen, dahin gehörst du, du Troubador, du Mondhase!» Der kleine Krieg war geendigt. Louis schöpfte Atem. Julie sah auf ihre rotgewordenen Händchen und trat vor den Baron Warneck.

«Seien Sie nicht böse; ich habe Sie tüchtig gestoßen. Warum machen Sie sich zur Mauer? Die muß nieder, wenn der Feind dahinter steckt.»

Warneck sah in das zarte, glühende Antlitz, und eine leise Bewegung zuckte über sein Gesicht. Er senkte seine scharfen Blicke in ihre Augen und sagte: «Sollte Fräulein Julie sich selbst so wenig kennen?»

Dann wandte er sich rasch zu den übrigen.

Der Wagen fuhr vor, und die schönen, reichgezäumten Reitpferde scharrten ungeduldig auf dem Pflaster. Die Reiter ließen sie die schönste Fensterparade machen, und der Besuch war zu Ende.

«Der Klemens kann doch seine eigene Schande nicht verschweigen», hub Karl an zu seinen Schwestern, indem sie dem Zuge durch die Scheiben nachblickten. «Wißt ihr, was das Necken mit seiner Röte bedeutet? Er hat sich auf dem Felde von einem hübschen Bauernmädchen eine tüchtige Maulschelle geholt, und wie er es recht betrachtet, da wird es ihm so lächerlich, daß er es nicht verschweigen kann. So macht er es immer. Er ist eigentlich nicht schlimmer als andere Leute, aber er sagt immer alles Üble, was er von sich selber weiß, und noch einiges andere dazu, woran er nicht denkt.»

«Mir ist er sehr fatal», versetzte Therese.

Die Mutter saß währenddessen am andern Fenster und dachte an die arme, gedrückte Nachbarin, Mutter und Gattin und doch verwaist, und sah sie im Geiste schleichen, alt und verkümmert, in dem dürren, rasselnden Laube ihrer liebsten, letzten Hoffnungen. Sie dachte an ihre eigenen Kinder, an ihre Zucht, ihren Gehorsam, ihre kindliche Sorgfalt, und ihr Herz ward vor Rührung durch und durch weich in Wehmut und Reue. Sie nahm ein Gebetbuch aus der Lade des Tisches und ging hinaus in ihre Kammer.

Karl unterhielt indessen Therese von dem Zustande des Patienten, der ihm sehr beruhigend schien. Der Kranke war völlig bei Sinnen und hatte mehrere Stunden sehr fest geschlummert. «Ich bitte dich», sagte Therese, «nimm dich seiner doch recht an; wir können es nicht!»

Karl entgegnete noch manches, und Therese wurde zerstreut; denn sie hatte Ledwina soeben über den Vorhof in den Garten wandeln sehen, und ihr langsamer und matter Gang, die feine, sanft gebeugte Gestalt, der wie dem blühenden Schneeballe das farblose, reich umflochtene Haupt zu schwer zu werden schien, hatte sich mit wehmütiger Angst auf ihr Herz gelegt. Karl sagte eben: «Ich will wieder hinauf zu dem Kranken gehen.»

«Das tu», versetzte sie rasch und schritt dann gedankenvoll und unruhig hinaus in den weiten, schön angelegten Garten des Schlosses. Sie sah Ledwina von ferne, wie sie am Rande des Parkes unter der alten Linde saß, die Arme übereinander auf den steinernen Tisch gelegt und das Gesicht fest darauf gedrückt. Da fiel ihr ein, wie sie den Grafen Hollberg am Morgen in ähnlicher Lage gesehen, bleich in der Ohnmacht, und alles, was Karl über seine Krankheit gesagt, und sie erschrak vor der Ähnlichkeit; denn wie hätte sie sich je bei Ledwina das eingestehen sollen, was sie bei dem Grafen sogleich als unleugbar anerkannte. Es ist ja ein schönes Wahrzeichen liebender Herzen, so, wie ohne Not für das Geliebte zu sorgen, so auch mit glühender, herzzerreißender Blindheit die Hoffnung zu umklammern, wenn sie für einen jeden anderen längst dahin ist. Eine Stimmung der Angst überfiel sie, in der sie nicht vor Ledwina treten mochte. Sie wollte sich eben umwenden, als die Schwester aufsah und nach ihr hinüberwinkte. Sie suchte sich nun zu ermannen, nahte sich der Leidenden und saß nieder neben ihr. Ledwina sah auf und sagte ganz matt: «Mein Gott, wenn Lünden so nahe wäre wie Erlenburg!»

«Es ist aber, gottlob!» versetzte Therese, «mehr als noch einmal so weit bis dahin; wir haben doch jetzt gewiß für ein paar Monate Ruhe.» — «Zum Beispiel der Klemens», sagte Ledwina, «und ich glaube wahrlich, die Adolfine Dobronn könnte ihn nehmen.» — «O unzweifelhaft», entgegnete Therese. Ledwina sagte: «Und die Linchen Blankenau vielleicht auch.»

«Mein Gott, wenn ich jemals des Menschen Frau werden müßte, ich könnte unmöglich lange leben!»

Sie lehnte das Haupt, wie ermüdet von dem Gedanken, an Theresens Schulter und fuhr fort: «Nein, sterben würde ich wohl vielleicht nicht, aber verkrüppeln an jeder Kraft des Geistes, alle Gedanken verlieren, die mir lieb sind; halb wahnsinnig, eigentlich stumpfsinnig würde ich werden.» Sie sann ein Weilchen, dann sagte sie: «Überhaupt, Therese, ich bin so ungenügsam und habe so wenig Sinn für fremde Ansichten; das ist einer meiner größten Fehler. Gott weiß, welche Schule mir hierin vielleicht noch vorbehalten ist! Ich gestehe, daß ich mich sehr vor einer Schwägerin fürchte. Vielleicht wird sie kein Herz für mich haben.»

Dann sagte sie mit einem raschen Blitze in den matten Augen: «Nein, so ist es nicht; aber ich fürchte, ich habe keines für sie. Es wird wie eine Mauer zwischen uns stehen, daß sie mir die Mutter und dich ersetzen soll und nicht kann; denn du bist dann längst fort und glücklich.»

Therese legte sanft ihren Arm um die seltsam Bewegte und ward selbst trüber.

«Liebe Ledwina, verkümmere dir doch dein Leben nicht mit der Zukunft; sie kommt von selbst, ohne daß wir sie in Angst und Sorgen herbeischleppen.»

«Eben darum», antwortete Ledwina lebhaft, «müssen wir uns im voraus mit dem Gedanken vertraut machen, damit es nachher nicht zu schwer fällt. Weißt du wohl, daß es sündlich ist, aus eigener Schuld einem Geschicke unterliegen, das so allgemein getragen wird? Aber», fuhr sie dann langsamer fort, «wenn ich mir das so denke, daß eine andere hier regiert an der Mutter Stelle und in dem Bette schläft, vor dem wir so oft gestanden und ihr eine gute Nacht gewünscht . . .»

Sie wandte sich unruhig nach allen Seiten umher.

«So wird es aber gar nicht kommen», sagte Therese, «die Mutter wird wahrscheinlich hierbleiben. Karl ist ja so vernünftig; seine Wahl wird nicht leicht so schlimm ausfallen, daß die Mutter fortziehen müßte.»

«Aber wenn die Mutter nun tot ist?» versetzte Ledwina.

«Die Mutter», sagte Therese wehmütig, «kann, gottlob, wohl länger leben als wir.»

«Aber die Zeit kommt doch endlich», unterbrach sie Ledwina. Dann legte sie sanft ihren Arm um Theresens Nacken und fuhr, an ihre Schulter gelehnt, leise und bekümmert fort: «Therese, auf unserem Boden stehen so viele alte Bilder aus der Familie; aber wir wissen doch fast von keinem recht, wen es vorstellt, und es sind doch alle unsere Voreltern und haben hier gewohnt, Gott weiß, in welchen Zimmern, und haben Geschwister und Kinder gehabt, die diese Bilder mit Freude und Verehrung betrachtet und bewahrt und vielleicht späterhin mit der teuersten, rührendsten Erinnerung, und nun? Wie sehen sie aus! Der alten Frau, du weißt wohl, mit der schwarzen Kappe, sind neulich die Nase und die Augen ausgestoßen worden. Das ist gewiß absichtlich geschehen, weil sie entsetzlich häßlich aussieht.» Sie fuhr tief aufatmend fort: «Die Vergangenheit, die liebsten, teuersten Überbleibsel werden endlich mit Füßen getreten. Denk, wenn Mutter ihr Bild —»

Sie fing heftig an zu weinen und klammerte

sich fest um ihre Schwester. Therese mußte sich gewaltsam innehalten; denn alle Fasern ihres Herzens schmerzten sie, aber sie hielt sich fest und sagte: «Ledwina, sei ruhig, schade dir nicht selber! Warum suchst du gewaltsam Gegenstände auf, die dich erschüttern und krank machen müssen? Nun bitte ich dich, wenn du mich lieb hast, so nimm dich zusammen und sprich etwas anderes!»

Beide schwiegen. Ledwina stand auf und wandelte ein paarmal den Garten auf und nieder. Dann setzte sie sich wieder zu Therese, die über allerlei Dinge zu reden begann. Sie antwortete so, daß Therese sowohl ihren guten Willen als ihre gänzliche Schwäche sehen mußte. Die Sonne begann sich zu neigen, und ihre milden Lichter tanzten durch die Zweige der Linde auf den Gewändern der Mädchen und auf Ledwinens leise bebendem Antlitz.

«Wie schön der Abend wird!» sagte Therese.

«Gestern um diese Stunde lebte der arme Klemens noch», seufzte Ledwina.

«Suchst du wieder das Trübe?» sagte Therese sanft.

«Ist denn», versetzte Ledwina beklemmt, «ein Tag Andenken zuviel für seiner Mutter einzigsten Trost? Hör mich an!»

Nun erzählte sie, wie sie an dem Flusse gewandelt, immer hinauf, kämpfend mit greulichen, sinnlosen Bildern, wie sie sich fast besiegt und umkehren wollen, nur noch diese eine Bucht vorüber — und ein matter, flimmernder Schein sah durch dichte Brombeerranken aus dem Gewässer zu ihr herüber. Heimlich schaudernd, nannte sie es den Widerschein der Sonne. Da wehten leichte Wolken herauf, das Sonnengold schwand vom Strome, und heller flammte das heimliche Licht durch die dunklen Blätter.

«Begreifst du wohl, Therese», sagte sie, «daß ich an die Sagen dachte von Lichtern, die über den Versunkenen wachen? Indes ergab ich mich nicht und schritt rasch darauf zu; da flammte es hoch auf und schwand, und wie ich an das Gestrüppe trat, da war es die Laterne des armen Klemens, die, ausgebrannt und in die Ranken verschlungen, auf dem Wasser schwankte. Ich kniete an das Ufer und löste sie aus den Dornen; aber wie ich sie so kalt und naß und erloschen in der Hand hielt, da war es mir, als sei sie ein toter, erstarrter Teil des Verlorenen. Ich habe sie am Ufer stehen lassen.»

Sie drückte sich leise schaudernd an Therese.

«Aber was ist denn das?» sagte sie und deutete auf den Boden.

«Was meinst du?» versetzte Therese.

«Mich dünkt, ich sehe mehr als die Schatten der Bäume.»

«Auch die unsrigen», sagte Therese. — «Es wird nichts sein; hör zu, und wie ich zurückgehe und an das Sandloch komme, da sehe ich von weitem die alte Lisbeth aus ihrem Hause gehen. O, Therese, sie ist so klein geworden; ich hätte sie fast nicht erkannt. Sie ging lange vor mir, ohne mich zu sehen, sondern immer starr in das Wasser. Du weißt, sie ist immer so ordentlich. O Gott, sie sah so verstört aus. Die Hälfte ihrer grauen Haare hing unter der Mütze hervor. Ich konnte es nicht mehr aushalten und ging vorüber. Da schlug es Mittag im Dorfe, und die Betglocke begann zu läuten. Ich sagte im Vorübergehen: ‚Gelobt sei Jesus Christus!' Sie sah nicht auf, sondern schloß die Hände zusammen und sagte: ‚In alle Ewigkeit, alle Ewigkeit, Amen', laut und oft nacheinander. Ich hörte es noch, wie ich schon eine Strecke von ihr war.»

«Gott wird sie trösten», sagte Therese und sah bewegt vor sich nieder. Da war es ihr selber, als sähe sie durch den Schlagschatten der Bäume noch eine andere Gestalt lauschen. Sie sah rasch um sich, aber es war nichts.

«Es wird zu kühl für dich, Ledwina», sagte sie aufstehend, und die von heimlichen Fieberschauern Durchbebte folgte ihr willig. Auf dem Hofe begegnete ihnen Karl. Therese ließ die Schwester vorangehen und teilte ihm ihre Bemerkung mit. Er schritt sogleich in den Garten, dann eilte sie der trauernd Wandelnden nach.

BILDER AUS WESTFALEN

1

Die Physiognomie des Landes Paderborn, Münster, der Grafschaft Mark und des Herzogtums Westfalen

Wenn wir von Westfalen reden, so begreifen wir darunter einen großen, sehr verschiedenen Landstrich, verschieden nicht nur den weit auseinanderliegenden Stammwurzeln seiner Bevölkerung nach, sondern auch in allem, was die Physiognomie des Landes bildet oder wesentlich darauf zurückwirkt, in Klima, Naturform, Erwerbsquellen und, als Folge dessen, in Kultur, Sitten, Charakter und selbst Körperbildung seiner Bewohner: daher möchten wohl wenige Teile unseres Deutschlands einer so vielseitigen Beleuchtung bedürfen.

Zwar gibt es ein Element, das dem Ganzen, mit Ausnahme einiger kleinen Grenzprovinzen, für den oberflächlichen Beobachter einen Anhauch von Gleichförmigkeit verleiht, ich meine das des gleichen (katholischen) Religionskultus und des gleichen früheren Lebens unter den Krummstäben, was in seiner festen Form und gänzlicher Beschränkung auf die nächsten Zustände immer dem Volkscharakter und selbst der Natur einen Charakter von bald beschaulicher, bald in sich selbst arbeitender Abgeschlossenheit gibt, den wohl erst eine lange Reihe von Jahren und die Folge mehrerer, unter fremden Einflüssen herangebildeter Generationen völlig verwischen dürften. Das schärfere Auge wird indessen sehr bald von Abstufungen angezogen, die in ihren Endpunkten sich fast zum Kontraste steigern, und bei der noch großenteils erhaltenen Volkstümlichkeit dem Lande ein Interesse zuwenden, was ein vielleicht besserer, aber zerflossener Zustand nicht erregen könnte. — Gebirg und Fläche scheinen auch hier, wie überall, die schärferen Grenzlinien bezeichnen zu wollen; doch haben, was das Volk betrifft, Umstände die gewöhnliche Folgenreihe gestört, und statt aus dem flachen, heidigen Münsterlande, durch die hügelige Grafschaft Mark und das Bistum Paderborn, bis in die dem Hochgebirge nahestehenden Bergkegel des Sauerlandes (Herzogtum Westfalen) sich der Natur nachzumetamorphosieren, bildet hier vielmehr der Sauerländer den Übergang vom friedlichen Heidebewohner zum wilden, fast südlich durchglühten Insassen des Teutoburger Waldes. — Doch lassen wir dieses beiläufig beiseite und fassen die Landschaft ins Auge, unabhängig von ihren Bewohnern, insofern die Einwirkung derselben (durch Kultur usw.) auf deren äußere Form dieses erlaubt.

Wir haben bei Wesel die Ufer des Niederrheins verlassen und nähern uns durch das, auf der Karte mit Unrecht Westfalen zugezählte, noch echt rheinische Herzogtum Kleve, den

Grenzen jenes Landes. Das allmähliche Verlöschen des Grüns und der Betriebsamkeit, das Zunehmen der glänzenden Sanddünen und einer gewissen lauen, träumerischen Atmosphäre, sowie die aus den seltenen Hütten immer blonder und weicher hervorschauenden Kindergesichter sagen uns, daß wir sie überschritten haben — wir sind in den Grenzstrichen des Bistums Münster. — Eine trostlose Gegend! unabsehbare Sandflächen, nur am Horizonte hier und dort von kleinen Waldungen und einzelnen Baumgruppen unterbrochen. — Die von Seewinden geschwängerte Luft scheint nur im Schlafe aufzuzucken. — Bei jedem Hauche geht ein zartes, dem Rauschen der Fichten ähnliches Geriesel über die Fläche und sät den Sandkies in glühenden Streifen bis an die nächste Düne, wo der Hirt in halb somnambüler Beschaulichkeit seine Socken strickt und sich so wenig um uns kümmert als sein gleichfalls somnambüler Hund und seine Heidschnucken*. Schwärme badender Krähen liegen quer über den Pfad und flattern erst auf, wenn wir sie fast greifen könnten, um einige Schritte seitwärts wieder niederzufallen und uns im Vorübergehen mit einem weissagenden Auge, «oculo torvo sinistroque» zu betrachten. Aus den einzelnen Wacholderbüschen dringt das klagende, möwenartige Geschrill der jungen Kiebitze, die wie Tauchervögel im Schilf in ihrem stachlichten Asyle umschlüpfen und bald hier bald drüben ihre Federbüschel hervorstrecken. Dann noch etwa jede Meile eine Hütte, vor deren Tür ein paar Kinder sich im Sande wälzen und Käfer fangen, und allenfalls ein wandernder Naturforscher, der neben seinem überfüllten Tornister kniet und fächelnd die zierlich versteinerten Muscheln und Seeigel betrachtet, die wie Modelle einer früheren Schöpfung hier überall verstreut liegen — und wir haben alles genannt, was eine lange Tagereise hindurch eine Gegend belebt, die keine andere Poesie aufzuweisen hat als die einer fast jungfräulichen Einsamkeit und einer weichen, traumhaften Beleuchtung, in der sich die Flügel der Phantasie unwillkürlich entfalten. Allmählich bereiten sich indessen freundlichere Bilder vor, zerstreute Grasflächen in den Niederungen, häufigere und frischere Baumgruppen begrüßen uns als Vorposten nahender Fruchtbarkeit, und bald befinden wir uns in dem Herzen des Münsterlandes, in einer Gegend, die so anmutig ist, wie der gänzliche Mangel an Gebirgen, Felsen und belebten Strömen dieses nur immer gestattet, und die wie eine große Oase in dem sie von allen Seiten, nach Holland, Oldenburg, Kleve zu, umstäubenden Sandmeer liegt. In hohem Grade friedlich, hat sie doch nichts von dem Charakter der Einöde; vielmehr mögen wenige Landschaften so voll Grün, Nachtigallenschlag und Blumenflor angetroffen werden, und der aus minder feuchten Gegenden Einwandernde wird fast betäubt vom Geschmetter der zahllosen Singvögel, die ihre Nahrung in dem weichen Kleiboden finden. Die wüsten Steppen haben sich in mäßige, mit einer Heideblumendecke farbig überhauchte Weidestrecken zusammengezogen, aus denen jeder Schritt Schwärme blauer, gelber und milchweißer Schmetterlinge aufstäuben läßt. Fast jeder dieser Weidegründe enthält einen Wasserspiegel, von Schwertlilien umkränzt, an denen Tausende kleiner Libellen wie bunte Stäbchen hängen, während die der größeren Art bis auf die Mitte des Weihers schnurren, wo sie in die Blätter der gelben Nymphäen wie goldene Schmucknadeln in emaillierte Schalen niederfallen und dort auf die Wasserinsekten lauern, von denen sie sich nähren. Das Ganze umgrenzen kleine, aber zahlreiche Waldungen, alles Laubholz, und namentlich ein Eichenbestand von tadelloser Schönheit, der die holländische Marine mit Masten versieht — in jedem Baume ein Nest, auf jedem Aste ein lustiger Vogel und überall eine Frische des Grüns und ein Blätterduft, wie dieses anderwärts nur nach einem Frühlingsregen der Fall ist. Unter den Zweigen lauschen die Wohnungen hervor, die, langgestreckt, mit tief niederragendem Dache, im Schatten Mittagsruhe zu halten und mit halbgeschlossenem Auge nach den Rindern zu schauen scheinen, welche, hellfarbig und gescheckt, wie eine Damwildherde sich gegen das Grün des Waldbodens oder den blassen Horizont abzeichnen und in wechselnden Gruppen durcheinanderschieben, da diese Heiden immer Allmenden sind und jede wenigstens sechzig Stück Hornvieh und darüber enthält. — Was nicht Wald und Heide ist, ist Kamp, das heißt Privateigentum, zu Acker und Wiesengrund benützt und, um die Beschwerde des Hütens zu vermeiden, je nach dem Umfange des Besitzes oder der Bestimmung, mit einem hohen, von Laubholz überflatterten Erdwalle umhegt. — Dieses begreift die fruchtbarsten Grundstrecken der Gemeinde, und man trifft gewöhnlich lange Reihen solcher Kämpe nach- und nebeneinander, durch Stege und Pförtchen verbunden, die man mit jener angenehmen Neugier betritt, mit der man die Zimmer eines dachlosen Hauses durchwandelt. Wirklich geben auch vorzüglich die Wiesen einen äußerst heiteren Anblick durch die Fülle und Mannigfaltigkeit der Blumen und Kräuter, in denen die Elite der Viehzucht, schwerer ostfriesischer Rasse, übersättigt wiederkaut und den Vorübergehenden so träge und hochmütig anschnaubt, wie es nur der Wohlhäbigkeit auf vier Beinen erlaubt ist. Gräben und Teiche durchschneiden auch hier, wie überall, das Terrain und würden, wie alles stehende Gewässer, widrig sein, wenn nicht eine weiße, von Vergißmeinnicht umwucherte Blütendecke und der aromatische Duft des Minzkrautes dem überwiegend entgegenwirkten; auch die Ufer der träg schleichenden Flüsse sind mit dieser Zierde versehen und mildern so das Unbehagen, das ein schläfriger Fluß immer erzeugt. — Kurz, diese Gegend bietet eine lebhafte Einsamkeit, ein fröhliches Alleinsein mit der Natur, wie wir es anderwärts noch nicht angetroffen. — Dörfer trifft man alle Stunde Weges höchstens eines, und die zerstreuten Pachthöfe liegen so versteckt hinter Wallhecken und Bäumen, daß nur ein ferner Hahnenschrei oder ein aus seiner Laubperücke winkender Heiligenschein sie dir andeutet und du dich allein glaubst mit Gras und Vögeln, wie am vierten Tage der Schöpfung, bis ein langsames «Hott» oder «Haar» hinter der nächsten Hecke dich aus dem Traume weckt oder ein grell anschlagender Hofhund dich auf den Dachstreifen aufmerksam macht, der sich gerade neben dir wie ein liegender Balken durch das Gestripp des Erdwalles zeichnet. — So war die Physiognomie des Landes bis heute, und so wird es nach vierzig Jahren nimmer sein. Bevölkerung und Luxus wachsen sichtlich, mit ihnen Bedürfnisse und Industrie. Die kleinern malerischen Heiden werden geteilt, die Kultur des langsam wachsenden Laubwaldes wird vernachlässigt, um sich im Nadelholze einen schnelleren Ertrag zu sichern, und bald werden auch hier Fichtenwälder und endlose Getreideseen den Charakter der Landschaft teilweise umgestaltet haben, wie auch ihre Bewohner von den uralten Sitten und Gebräuchen mehr und mehr ablassen; fassen wir deshalb das Vorhandene noch zuletzt in seiner Eigentümlichkeit auf, ehe die schlüpfrige Decke, die allmählich Europa überfließt, auch diesen stillen Erdwinkel überleimt hat!

Wir haben diesen Raum des Münsterlandes eine Oase genannt; so sind es auch wieder Steppen, Sand- und Fichtenöden, die uns durch Paderborn, die ehemalige Residenz und Grenzstadt, in das Bistum gleichen Namens führen, wo die Ebene allmählich zu Hügeln anschwillt, von denen jedoch die höchsten — der jenseitigen Grenze zu — die Höhe eines mäßigen Berges nicht übersteigen. — Hier ist die Physiognomie des Landes bei weitem nicht so anziehend wie die seiner Bewohner, sondern ein ziemlich reizloser Übergang von der Fläche zum Gebirge, ohne die Milde der ersten oder die Großartigkeit des letzteren; unabsehbare Getreidefelder, sich über Tal und Höhe ziehend, welche die Fruchtbarkeit des Bodens bezeugen, aber das Auge ermüden — Quellen und kleine Flüsse, die recht munter laufen, aber gänzlich ohne Geräusch und die phantastischen Sprünge der Bergwässer — steinichter Grund, der, wo man nur den Spaten einstößt, treffliches Baumaterial liefert, aber nirgends eine Klippenwand vorstreckt, außer der künstlichen des Steinbruchs — niedere Berge von gewöhnlicher Form, unter denen nur die bewaldeten auf einige Anmut Anspruch machen können, bilden zusammen ein wenig hervorstechendes Ganze. Selbst der klassische Teutoburger Wald, das einzige, zwar nicht durch Höhe, aber durch seine Ausdehnung und mitunter malerischen Formen imposante Waldgebirge, ist in neueren Zeiten so durchlichtet und nach der Schnur beforstet worden, daß wir nur mit Hülfe der roten (eisenhaltigen) Erde, die fortwährend unter unseren Tritten knistert, sowie der unzähligen fliegenden Leuchtwürmchen, die hier in Sommernächten an jeden Zweig ihr Laternchen hängen, und einer regen Phantasie von «Stein, Gras und Grein*» träumen können. Doch fehlt es dem

Lande nicht an einzelnen Punkten, wo das Zusammentreffen vieler kleinen Schönheiten wirklich reizende Partien hervorbringt, an hübschen grünen Talschluchten zum Beispiel, von Quellen durchrieselt, wo es sich recht anmutig und sogar ein wenig schwindelnd durch die schlanken Stämme bergauf schauen läßt; liegt nun etwa noch ein Schlößchen droben und gegenüber ein Steinbruch, der fürs Auge so ziemlich die Klippen ersetzt, so wird der wandernde Maler gewiß sein Album hervorlangen, und der benachbarte Flachländer kehrt von seiner Ferienreise mit Stoff zu langen Erzählungen und Nachentzückungen heim; ein Dorf am Fuße des Berges kann übrigens das Bild nur verderben, da das Bistum Paderborn hiervon ausgemacht die elendesten und rauchigsten Exemplare Westfalens aufzuweisen hat, ein Umstand, zu dem Übervölkerung und Leichtsinn der Einwohner zu gleichen Teilen beitragen.

Haben wir die paderbornsche Grenze — gleichviel ob zur Rechten oder zur Linken — überschritten, so beginnt der hochromantische Teil Westfalens, rechts das geistliche Fürstentum Corvey, links die Grafschaft Mark; ersteres die mit Recht berühmten Weserlandschaften, das andere die gleich schönen Ruhr- und Lenne-Ufer umschließend. Diese beiden Provinzen zeigen, obwohl der Lage nach getrennt, eine große Verwandtschaft der Natur, nur daß die eine durch segelnde Fahrzeuge, die andere durch das Pochen der Hämmer und Gewerke belebt wird; beide sind gleich lachend und fruchtbar, mit gleich wellenförmigen, üppig belaubten Bergrücken geschmückt, in die sich nach und nach kühnere Formen und Klippenwände drängen, bis die Weserlandschaft, wie eine Schönheit, die ihren Scheitelpunkt erreicht hat, allmählich wieder einsinkt und gleichsam abwelkt, während von der Ruhr aus immer kühnere Gebirgsformen in das Herz des Sauerlandes dringen und sich durch die höchste romantische Wildheit bis zur Öde steigern. Daß die vielbesprochene Porta Westphalica nur einen geringen Beitrag zu jener Bilderreihe steuert und nur den letzten zweifelhaften «beau jour» der bereits verblichenen Weserschönheit ausmacht, ist schon öfters gesagt worden; desto reizender ist der Strombord in seinem Knospen, Erblühen und Reifen, das Corveyer Ländchen und die anschließenden Striche entlang bis zur kurhessischen Grenze: so sanfte Berghänge und verschwimmende Gründe, wo Wasser und Land sich zu haschen und einander mit ihrer Frische anzuhauchen scheinen; so angenehme Kornfluren im Wechsel mit Wiese und Wald, so kokette Windungen des Stroms, daß wir in einem Garten zu wandeln glauben. — Immer mannigfaltiger wird die Landschaft, immer reicher schattiert von Laub- und Nadelholz, scharfen und wellenschlagenden Linien. — Hinter dem alten Schlosse Wehern und der Türkenruine hebt der Wildberg aus luftigen Hügeln, die ihn wie vom Spiel ermüdete Kinder umlagern, seinen stachlichten Sargrücken und scheint nur den Katthagenberg gegenüber, der ihn wie das Knochengebäude eines vorweltlichen Ungeheuers aus roten Augenhöhlen anstarrt, seiner Beachtung wert zu halten. Von hier an beginnen die Ufer steil zu werden, mit jeder Viertelstunde steiler, hohler und felsiger, und bald sehen wir von einer stundenlangen, mit Mauern und Geländern eingehegten Klippe die Schiffe unter uns gleiten, klein wie Kinderspielzeuge, und hören den Ruf der Schiffer, dünn wie Möwenschrei, während hoch über uns von der Felsterrasse junge Laubzweige niederwinken, wie die Hände schöner Frauen von Burgzinnen. — Bei dem neuantiken Schlosse Herstelle hat die Landschaft ihren Höhepunkt erreicht und geht, nach einer reichen Aussicht die Weser entlang und einem schwindelnden Niederblicke auf das hessische Grenzstädtchen Karlshafen, der Verflachung und überall dem Verfall entgegen.

Diesen ähnliche Bilder bietet die Grafschaft Mark, von gleicher teils sanfter, teils kräftiger auftretender Romantik, und durch die gleichen Mittel. Doch ist die Landschaft hier belebter, reicher an Quellengeräusch und Echo, die Flüsse kleiner und rascher, und statt Segel bei uns vorbeigleiten zu lassen, schreiten wir selbst an schäumenden Wehren und Mühlrädern vorüber und hören schon weither das Pochen der Gewerke; denn wir sind in einem Fabriklande. — Auch ist die Gegend anfangs, von der Nähe des Münsterlandes angehaucht, noch milder, die Täler träumerischer und tritt dagegen, wo sie sich dem eigentlichen Sauerlande nähert, schon kühner auf als die der Weser. Das «Felsenmeer» unweit Menden zum Beispiel, ein Tal, wo Riesen mit wüsten Felswürfeln gespielt zu haben scheinen — und die Bergschlucht unter der Schloßruine und der bekannten Tropfsteinhöhle Klusenstein dürfen ungezweifelt einen ehrenvollen Platz im Gebiete des Wildromantischen ansprechen; sonderlich das letzte und ebendiese starr gegeneinander rückenden Felswände, an denen sich der kaum fußbreite Ziegenpfad windet — oben das alte Gemäuer, in der Mitte der schwarze Höllenschlund, unten im Kessel das Getöse und Geschäum der Mühle, zu der man nur vermittelst Planken und Stege gelangt, und wo es immer dämmert — sollen dem weiland vielgelesenen Spies den Rahmen zu einem seiner schlimmsten Schauerromane (ich glaube «Die Teufelsmühle im Höllental») geliefert haben. — Doch sind dieses Ausnahmen, die Landschaften durchgängig sanft, und sie würden, ohne die industrielle Regsamkeit ihrer Bewohner, entschieden träumerisch sein. Sobald wir die Fläche überschritten, verliert sich indessen das Milde mehr und mehr, und bald begegnet es uns nur noch in einzelnen, gleichsam verirrten Partien, die uns jetzt durch ihre Seltenheit so überraschend anregen wie früher die kühneren Formen, von denen wir fortan durch tagelange Wanderungen fast übersättigt werden. Der Sauerländer rühmt sich eines glorreichen Ursprungs seiner Benennung — «Dieses ist mir ein saures Land geworden», soll Karl der Große gesagt haben — und wirklich, wenn wir uns durch die mit Felsblöcken halb verrammelten Schluchten des Binnenlandes winden, unter Wänden her, deren Unersteiglichkeit wir mit schwindelndem Auge messen und aus denen sich kolossale Balkone strecken, breit und fest genug, eine wilde Berghorde zu tragen, so zweifeln wir nicht an der Wahrheit dieses Worts, mag es nun gesagt sein oder nicht. Das Gebirge ist wasserreich und in den Talschlünden das Getöse der niederrauschenden und brodelnden Quellen fast betäubend, wogegen der Vogelgesang in den überhandnehmenden Fichtenwaldungen mehr und mehr erstirbt, bis wir zuletzt nur Geier und Habichte die Felszacken umkreisen sehen und ihre grellen Diebspfeifen sich hoch in der Luft antworten hören. Überall starren uns die schwarzen Eingänge der Stollen, Spalten und Stalaktitenhöhlen entgegen, deren Senkungen noch zum Teil nicht ergründet sind und an die sich Sagen von Wegelagerern, Berggeistern und verhungerten Verirrten knüpfen. Das Ganze steht den wildesten Gegenden des Schwarzwaldes nicht nach; sonderlich, wenn es zu dunkeln beginnt, gehört viel kaltes Blut dazu, um sich eines mindestens poetischen Schauers zu erwehren, wenn das Volk der Eulen und Schuhue in den Spalten lebendig wird und das Echo ihr Gewimmer von Wand zu Wand laufen läßt und wenn die hohen Öfen wie glühende Rachen aus den Schluchten gähnen, wirre Funkensäulen über sich aufblasen und Baum und Gestein umher mit rotem Brandscheine überzittern. In diesem Stile nimmt die Landschaft immer an Wildheit zu, zuletzt Klippen bietend — auf denen man schon verirrte Ziegen hat tagelang umherschwanken sehen — bis die Zackenform der

Berge allmählich kahlen Kegeln weicht, an denen noch wohl im hohen Mai Schneeflecke lagern, der Baumwuchs fast gänzlich eingeht und endlich bei «Winterberg» die Gegend nur noch das Bild trostloser Öde beut — kahle Zukkerhutformen, an denen hier und dort ein Fleckchen magerer Hafersaat mehr gilbt als grünt.

2

Handelsgeist im Sauerland — Wilde Poesie in Paderborn — Die Barackenbewohner — Ihre Ehen — Die Branntweinpest — Sittenverderbnis — Alte Gebräuche — Aberglauben — Besprechungen — Rauflust — Eine Gerichtsszene

Wir haben im vorhergehenden den Charakter der Eingeborenen bereits flüchtig angedeutet und gesagt, daß, dem gewöhnlichen Einflusse der Natur auf ihre Zöglinge entgegen, am verhältnismäßig in einem zahmen Lande aufgenährten Paderbörner der Stempel des Bergbewohners, sowohl moralisch als körperlich, weit entschiedener hervortritt als an dem durch seine Umgebungen weit mehr dazu berechtigten Sauerländer. Der Grund liegt nahe: in den Handelsverhältnissen des letzteren, die seine Heimat dem Fremden öffnen und ihn selbst der Fremde zutreiben, wo unter kaufmännischer Kultur die Sitten, durch auswärtige Heiraten das Blut seines Stammes sich täglich mehr verdünnen, und wir müssen uns eher über die Kraft einer Ader wundern, die, von so vielen Quellen verwässert, doch noch durchgängig einen scharfen, festen Strich zeichnet, wie der Rhein durch den Bodensee. Der Sauerländer ist ungemein groß und wohlgebaut, vielleicht der größte Menschenschlag in Deutschland, aber von wenig geschmeidigen Formen; kolossale Körperkraft ist bei ihm gewöhnlicher als Behendigkeit anzutreffen. Seine Züge, obwohl etwas breit und verflacht, sind sehr angenehm, und bei vorherrschend lichtbraunem oder blondem Haare haben doch seine langbewimperten blauen Augen alle den Glanz und den dunkeln Blick der schwarzen. Seine Physiognomie ist kühn und offen, sein Anstand ungezwungen, so daß man geneigt ist, ihn für ein argloseres Naturkind zu halten als irgendeinen seiner Mitwestfalen; dennoch ist nicht leicht ein Sauerländer ohne einen starken Zusatz von Schlauheit, Verschlossenheit und praktischer Verstandesschärfe, und selbst der sonst Beschränkteste unter ihnen wird gegen den gescheitesten Münsterländer fast immer praktisch im Vorteil stehen. — Er ist sehr entschlossen, stößt sich dann nicht an Kleinigkeiten und scheint eher zum Handel und guten Fortkommen geboren, als dadurch und dazu herangebildet. Seine Neigungen sind heftig, aber wechselnd, und so wenig er sie jemands Wunsch zuliebe aufgibt, so leicht entschließt er sich aus eigener Einsicht oder Grille hierzu. — Er ist ein rastloser und zumeist glücklicher Spekulant, vom reichen Fabrikherrn, der mit vieren fährt, bis zum abgerissenen Herumstreicher, der «Kirschen für Lumpen» ausbietet; und hier findet sich der einzige Adel Westfalens, der sich durch Eisenhämmer, Papiermühlen und Salzwerke dem Kaufmannsstande anschließt. — Obwohl der Konfession nach katholisch, ist das Fabrikvolk doch an vielen Orten bis zur Gleichgültigkeit lau und lacht nur zu oft über die Scharen frommer Wallfahrter, die vor seinen Gnadenbildern bestäubt und keuchend ihre Litaneien absingen und an denen ihm der Klang des Geldes, das sie einführen, bei weitem die verdienstvollste Musik scheint. — Übrigens besitzt der Sauerländer manche anziehende Seite; er ist mutig, besonnen, von scharfem, aber kühlem Verstande; obwohl im allgemeinen berechnend, doch aus Ehrgefühl bedeutender Aufopferung fähig; und selbst der Geringste besitzt einen Anflug ritterlicher Galanterie und einen naiven Humor, der seine Unterhaltung äußerst angenehm für denjenigen macht, dessen Ohren nicht allzu zart sind. — Daß in einem Lande, wo drei Viertel der Bevölkerung, Mann, Weib und Kind, ihren Tag unter fremdem Dache (in den Fabrikstuben) zubringen oder auf Handelsfüßen das Land durchziehen, die häuslichen Verhältnisse sehr locker, gewissermaßen unbedeutend sind, begreift sich wohl, so wie aus dem Gesagten hervorgeht, daß nicht hier der Hort der Träume und Märchen, der charakteristischen Sitten und Gebräuche zu suchen ist; denn obwohl die Sage manche Kluft und unheimliche Höhle mit Berggeistern und den Gespenstern Ermordeter oder in den Irrgängen Verschmachteter bevölkert hat, so lacht doch jedes Kind darüber, und nur der minder beherzte oder phantasiereichere Reisende fährt zusammen, wenn ihm in dem schwarzen Schlunde etwa eine Eule entgegenwimmert oder ein kalter Tropfen von den Steinzapfen in seinen Nacken rieselt. Kurz, der Sohn der Industrie besitzt vom Bergbewohner nur die eiserne Gesundheit, Körperkraft und Entschlossenheit, aber ohne den romantischen Anflug und die Phantasie, welche sich an großartigen Umgebungen zu entwickeln pflegen — er liebt sein Land, ohne dessen Charakter herauszufühlen; er liebt seine Berge, weil sie Eisen und freien Atemzug, seine Felsen, weil sie vortreffliches Material und Fernsichten, seine rauschenden Wasserfälle, weil sie den Fabrikrädern rascheren Umschwung geben, und das Ganze endlich, weil es eben seine Heimat und in dessen Luft ihm am wohlsten ist. — Seine Festlichkeiten sind nach den Umständen des Gastgebers den städtischen möglichst nachgebildet, seine Trachten desgleichen. — Alles wie anderwärts, staubende Chausseen mit Frachtwagen und Einspännern bedeckt — Wirtshäuser mit Kellnern und gedruckten Speisezetteln; einzelne Dörfer im tiefsten Gebirge sind noch strohdachig und verfallen genug, die meisten jedoch, nett wie alle Fabrikorte, erhalten allein durch die schwarze Schieferbekleidung und die mit Steinplatten beschwerten Dächer, die man hier der Rauhigkeit des Klimas entgegensetzen muß, einen schwachen Anstrich von Ländlichkeit, und nur die Kohlenbrenner in den Waldungen, die bleichen Hammerschmiede vor ihren Höllenfeuern und die an den Stollen mit Lederschurz und blitzendem Bleierz auf ihrem Kärrchen aus- und einfahrenden Bergknappen geben der Landschaft hier und dort eine passende Staffage.

Anders ist es im Hochstifte Paderborn, wo der Mensch eine Art wilder Poesie in die sonst ziemlich nüchterne Umgebung bringt und uns in die Abruzzen versetzen würde, wenn wir Phantasie genug hätten, jene Gewitterwolke für ein mächtiges Gebirge, jenen Steinbruch für eine Klippe zu halten. — Nicht groß von Gestalt, hager und sehnig, mit scharfen, schlauen, tiefgebräunten und vor der Zeit von Mühsal und Leidenschaft durchfurchten Zügen, fehlt dem Paderbörner nur das brandschwarze Haar zu einem entschieden südlichen Aussehen. — Die Männer sind oft hübsch und immer malerisch, die Frauen haben das Schicksal der Südländerinnen, eine frühe üppige Blüte und ein frühes, zigeunerhaftes Alter. Nirgends gibt es so rauchige Dörfer, so dachlückige Hüttchen als hier, wo ein ungestümes Temperament einen starken Teil der Bevölkerung übereilten Heiraten zuführt, ohne ein anderes Kapital als vier Arme und ein Dutzend zusammengebettelter und zusammengesuchter Balken, aus denen dann eine Art von Koben zusammengesetzt wird, eben groß genug für die Herdstelle, das Ehebett und allenfalls einen Verschlag, der den stolzen Namen Stube führt, in der Tat aber nur ein ungewöhnlich breiter und hoher Kasten mit einem oder zwei Fensterlöchern ist. — Besitzt das junge Paar Fleiß und Ausdauer, so mögen nach und nach einige Verschläge angezimmert werden; hat es ungewöhnlichen Fleiß und Glück zugleich, so dürfte endlich eine bescheidene Menschenwohnung entstehen, häufig aber lassen Armut und Nachlässigkeit es nicht hierzu kommen, und wir selbst sahen einen bejahrten Mann, dessen Gelaß zu kurz war, um ausgestreckt darin zu schlafen, seine Beine ein gutes Ende weit in die Straße recken. — Selbst der Roheste ist schlau und zu allen Dingen geschickt, weiß jedoch selten nachhaltigen Vorteil daraus zu ziehen, da er sein Talent zumeist in kleinen Pfiffigkeiten, deren Ertrag er sofort vergeudet, erschöpft und sich dem Einflusse von Winkeladvokaten hingibt, die ihm über jeden Zaunpfahl einen Prozeß einfädeln, der ihn völlig aussaugt, fast immer zur Auspfändung und häufig von Haus und Hof bringt. — Große Not treibt ihn zu großen Anstrengungen, aber nur bis das dringendste Bedürfnis gestillt ist — jeder erübrigte Groschen, den der Münsterländer sorglich zurücklegen, der Sauerländer in irgendein Geschäft stecken würde, wird hier am liebsten von dem Kind der Armut sofort dem Wirte und Kleinhändler zugetragen, und die Schenken sind meist gefüllt mit Glückseligen, die sich einen oder ein paar blaue Montage machen, um nachher wieder auf die alte Weise fortzuhungern und zu taglöhnern. — So verleben leider viele, obwohl in einem fruchtbaren Lande und mit allen Naturgaben ausgerüstet, die sonst in der Welt voranbringen, ihre Jugend in Armut und gehen einem elenden Alter am Bettelstabe entgegen. — In seiner Verwahrlosung dem Aberglauben zugeneigt, glaubt der Unglückliche sehr fromm zu sein, während er seinem Gewissen die ungebührlichsten Ausdehnungen zumutet. Wirklich stehen auch manche Pflichten seinen mit der Muttermilch eingesogenen Ansichten vom eigenen Rechte zu sehr entgegen, als daß er sie je begreifen sollte — jene gegen den Gutsherrn zum Beispiel, den er nach seinem Naturrecht gern als einen Erbfeind oder Usurpator des eigentlich ihm zuständigen Bodens betrachtet, dem ein echtes Landeskind nur aus List, um der guten Sache willen, schmeichle und übrigens Abbruch tun müsse, wo es immer könne. — Noch empörender scheinen ihm die Forst- und Jagdgesetze, da ja «unser Herrgott das Holz von selbst wachsen läßt und das Wild aus einem Lande in das andere wechselt». Mit diesem Spruche im Munde glaubt der Frevelnde sich völlig berechtigt, jeden Förster, der ihn in flagranti überrascht, mit Schnupftabak zu blenden und, wie er kann, mit ihm fertig zu werden. — Die Gutsbesitzer sind deshalb zu einem erschöpfenden Aufwande an Forstbeamten gezwungen, die den ganzen Tag und manche Nacht durchpatrouillieren und doch die massivsten Forstfrevel, zum Beispiel das Niederschlagen ganzer Waldstrecken in einer Nacht, nicht immer verhindern können. — Hier scheitern alle Anstrengungen der sehr ehrenwerten Geistlichkeit, und selbst die Versagung der Absolution im Beichtstuhle verliert ihre Kraft, wie bei dem Korsen, wenn es eine Vendetta gilt. — Noch vor dreißig Jahren war es etwas sehr Gewöhnliches, beim Mondscheine langen Wagenreihen zu begegnen, neben denen dreißig bis vierzig Männer hertrabten, das Beil auf der Schulter, den Ausdruck lauernder Entschlossenheit in den gebräunten Zügen, und der nächste Morgen brachte dann gewiß — je nachdem sie mit den Förstern zusammengetroffen oder ihnen glücklich ausgewichen waren — die Geschichte eines blutigen Kampfes oder eines grandiosen Waldfrevels. — Die Überwachung der preußischen Regierung hat allerdings dieser Öffentlichkeit ein Ziel gesetzt, jedoch ohne bedeutende Resultate in der Sache selbst, da die Frevler jetzt durch List ersetzen, was sie an Macht einbüßen, und es ist leider eine Tatsache, daß die Holzbedürftigen, sogar Beamte, von Leuten, denen doch, wie sie ganz wohl wissen, kein rechtlicher Splitter eigen ist, ihren Bedarf so ruhig nehmen, wie allerorts Strandbewohner ihren Kaffee und Zucker von den Schmugglern zu nehmen pflegen. Daß auch dieser letztere Erwerbszweig hier dem Charakter des Besitzlosen zu sehr zusagt, als daß er ihn vernachlässigen sollte, selbst wenn die mehrstündige Entfernung der Grenze ihn mühsam, gefahrvoll und wenig einträglich zugleich macht, läßt sich wohl voraussetzen, und fast bis im Herzen des Landes sehen wir bei abendlichen Spaziergängen kleine Truppen von fünfen oder sechsen hastig und ohne Gruß an uns vorüber der Wesergegend zustapfen und können sie in der Morgendämmerung mit kleinen Bündeln, schweißtriefend und nicht selten mit verbundenem Kopfe oder Arme, wieder in ihre Baracken schlüpfen sehen. Zuweilen folgen die Zollbeamten ihnen stundenweit; die Dörfer des Binnenlandes werden durch nächtliche Schüsse und wüstes Geschrei aufgeschreckt — am nächsten Morgen zeigen Gänge durchs Kornfeld, in welcher Richtung die Schmuggler geflohen, zerstampfte Flächen, wo sie sich mit den Zöllnern gepackt haben, und ein halbes Dutzend Taglöhner läßt sich bei seinem Dienstherrn krank melden. — Die Ehen, meist aus Leidenschaft und mit gänzlicher Rücksichtslosigkeit auf äußere Vorteile geschlossen, würden anderwärts für höchst unglücklich gelten, da kaum eine Barackenbewohnerin ihr Leben beschließt, ohne Bekanntschaft mit dem sogenannten «braunen Heinrich» oder ungebrannter Asche gemacht zu haben. Sie aber finden es «ländlich, sittlich» und leben der Überzeugung, daß eine gute Ehe wie ein gutes Gewebe zuerst des Einschlags bedarf, um nachher ein tüchtiges Hausleinen zu liefern. Wollten wir eine Zusammenstellung der unteren Volksklassen nach den drei Hauptrassen Westfalens machen, so würden wir sagen: der Sauerländer freit wie ein Kaufmann, nämlich nach Geld oder Geschicklichkeit, und führt auch seine Ehe so — kühl und auf gemeinschaftlichen Erwerb gerichtet. — Der Münsterländer freit wie ein Herrnhuter, gutem Rufe und dem Willen seiner Eltern gemäß, und liebt und trägt seine Ehe, wie ein aus Gottes Hand gefallenes Los, in friedlicher Pflichterfüllung. — Der Paderbörner Wildling aber, hat Erziehung und Zucht nichts an ihm getan, wirbt wie ein derbes Naturkind mit allem Ungestüm seines heftigen Blutes. Mit seinen und den Eltern seiner Frau muß es daher auch oft zu heftigen Auftritten kommen. Er geht unter die Soldaten, oder er läuft Gefahr, zu verkommen, wenn seine Neigung unerwidert bleibt. Die Ehe wird in diesen dürftigen Hütten den Frauen zum wahren Fegfeuer, bis sie sich zurechtgefunden; Fluch- und Schimpfreden haben, wie bei den Matrosen, einen großen Teil ihrer Bedeutung verloren und lassen eine rohe Art aufopfernder Liebe wohl neben sich bestehen. Über das Verderbnis der dienenden Klassen wird sehr geklagt: jedes noch so flüchtige Verhältnis zwischen den zwei Geschlechtern müsse streng überwacht werden von denen, die ihr Haus rein von Skandal und ihre weiblichen Dienstboten in dienstfähigem Zustande zu erhalten wünschen; selbst die Unteraufseher, Leute von gesetzten Jahren und sonst streng genug, schienen taub und blind, sobald — nicht ein Verlöbnis, sondern nur der Glaube an eine ernstliche Absicht vorhanden sei: «die beiden freien sich» — und damit seien alle Schranken gefallen, obwohl aus zwanzig solcher Freiereien kaum eine Ehe hervorgehe und die Folgen davon den Gemeinden zur Last fielen. Auch die Branntweinpest fordert hier nicht wenige Opfer, und bei diesem heftigen Blut wirkt das Übermaß um so wilder und gefährlicher. Diese Verwahrlosung ist um so mehr zu beklagen, da es auch dem letzten nicht leicht an Talenten und geistigen Mitteln gebricht und seine schlaue Gewandtheit, sein Mut, seine tiefen unbändigen Leidenschaften und vor allem seine reine Nationalität, verbunden mit dem markierten Äußern, ihn zu einem allerdings würdigen Gegenstande der Aufmerksamkeit machen. — Alter Gebräuche bei Festlichkeiten gibt es wenige und in seltner Anwendung, da der Paderbörner jedem Zwange zu abgeneigt ist, als daß er sich eine Lust durch etwas, das nach Zeremoniell schmeckt, verderben sollte. — Bei den Hochzeiten zum Beispiel fällt wenig Besonderes vor; das allerwärts bekannte Schlüssel- und Brotüberreichen findet auch hier statt, das heißt, wo es, außer einer alten Truhe, etwas gibt, was des Schlüssels bedürfte; nachher geht jeder seinem Jubel bei Tanz und Flasche nach, bis sich alles zum «Papen von Istrup» stellt, einem beliebten Nationaltanz, einem Durcheinanderwirbeln und Verschlingen, was erst nach dem Lichtanzünden beginnt und dem «Reisenden für Völker- und Länderkunde» den Zeitpunkt angibt, wo es für ihn geratener sein möchte, sich zu entfernen, da fortan die Aufregung der Gäste bis zu einer Höhe steigt, deren Kulminationspunkt nicht vorauszuberechnen ist. — Ist die Braut eine echte «Flüggebraut», eine Braut in Kranz und fliegenden Haaren, so tritt sie gewiß stolz wie eine Fürstin auf, und dieses glorreiche Familienereignis wird noch der Stolz ihrer Nachkommen, die sich dessen wohl zu rühmen wissen, wie stattlich sie mit Spiegeln und Flittergold in den Haaren einhergestrahlt sei. Lieber als eine Hochzeit ist dem Paderbörner noch die Fastnacht, an derem ersten Tage (Sonntag Estomihi) der Bursche dahersteigt, in der Hand, auf goldenem Apfel, einen befiederten Hahn aus Brotteig, den er seiner Liebsten verehrt oder auch der Edelfrau, nämlich wenn es ihm an Geld für die kommenden nassen Tage fehlt. — Am Montag ist der Jubel im tollsten Gange; selbst Bettler, die nichts anderes haben, hängen ihr geflicktes Bettuch über den Kopf und binden einen durchlöcherten Papierbogen vors Gesicht, und diese machen, wie sie mit ihren, aus der weißen Umrandung blitzenden Augen und langen Nasenschnäbeln die Mauern entlang taumeln, einen noch grausigeren Eindruck wie die eigentlichen Maskenzüge, die in scheußlichen Verkleidungen mit Geheul und Hurra auf Ackergäulen durch die Felder galoppieren, alle hundert Schritte einen Sandreiter zurücklassend, der ihnen wüst nachjohlt oder als ein hinkendes Ungetüm ins Dorf zurückächzt. Sehr beliebt ist auch das Schützenfest, zum Teil der Ironie wegen, da an diesem Tage der «Wildschütz» vor dem Auge der sein Gewerb ignorierenden Herrschaft mit seinem sicheren Blicke und seiner festen Hand paradieren darf und oft der schlimmste Schelm, dem die Förster schon wochenlang nachstellten, dem gnädigen Fräulein Strauß und Ehrenschärpe als seiner Königin überreicht und mit ihr die Zeremonie des ersten Tanzes durchmacht. — Ihm folgt am nächsten Tage das Frauenschießen, eine galante Sitte, die man hier am wenigsten suchen sollte und die sich anmutig genug ausnimmt. Morgens in aller Frühe ziehen alle Ehefrauen der Gemeinde, unter ihnen manche blutjunge und hübsche, vor dem Edelhofe auf, in ihren goldenen Häubchen und Stirnbinden, bebändert und bestraußt, jede mit dem Gewehr ihres Mannes über der Schulter. Voran die Frau des Schützenkönigs, mit den Abzeichen ihrer Würde, den Säbel an der Seite, wie weiland Maria Theresia auf den Kremnitzer Dukaten; ihr zunächst die Fähnderichin mit der weißen Schützenfahne; auf dem Hofe wird haltgemacht, die Königin zieht den Säbel, kommandiert — rechts — links — kurz alle militärischen Evolutionen; dann wird die Fahne geschwenkt, und das blanke Regiment zieht mit einem hellen Hurra dem Schießplatze zu, wo jede — manche mit der zierlichsten Koketterie — ihr Gewehr ein paarmal abfeuert und unter klingendem Spiele der Schenke zumarschiert, wo es heute keinen König gibt, sondern nur eine Königin und ihren Hof, die alles anordnen und von denen sich die Männer heute alles gefallen lassen. Einen gleich starken Gegensatz zu den derben Sitten des Landes gibt der Beginn des Erntefestes. Dieses wird nur auf Edelhöfen und großen Pachtungen im altherkömmlichen Stile gefeiert. Der voranschreitenden Musik folgt der Erntewagen mit dem letzten Fuder, auf dessen Garben die Großmagd thront, über sich auf einer Stange den funkelnden Erntekranz; dann folgen sämtliche Dienstleute, paarweise mit gefalteten Händen, die Männer barhaupt, so ziehen sie langsam über das Feld dem Edelhofe zu, das Tedeum nach der schönen alten Melodie des katholischen Ritus absingend, ohne Begleitung, aber bei jedem dritten Verse von den Blasinstrumenten abgelöst, was sich überaus feierlich macht und gerade bei diesen Menschen und unter freiem Himmel etwas wahrhaft Ergreifendes hat. Im Hofe angelangt, steigt die Großmagd ab und trägt ihren Kranz mit einem artigen Spruche zu jedem Mitgliede der Familie, vom Hausherrn an bis zum kleinsten Junkerchen auf dem Schaukelpferde, dann wird er über das Scheuertor an die Stelle des vorjährigen gehängt, und die Lustbarkeit beginnt. — Obwohl sich keiner ausgezeichneten Singorgane erfreuend, sind die Paderbörner doch überaus gesangliebend; überall — in den Spinnstuben — auf dem Felde — hört man sie quinkelieren und pfeifen — sie haben ihre eigenen Spinn-, ihre Acker-, Flachsbrech- und Raufliedер, das letzte ist ein schlimmes Spottlied, was sie nach dem Takte des Raufens jedem Vorübergehenden aus dem Stegreif zusingen. — Sonderlich junge Herren, die sich, den Verhältnissen nach, zu Freiern ihrer Fräulein qualifizieren, können darauf rechnen, nicht ungeneckt vorbeizukommen und sich von zwanzig bis dreißig Stimmen nachkrähen zu hören: «He! he! he! er ist ihr zu dick, er hat kein Geschick» — oder: «Er ist ihr zu arm, daß Gott erbarm! Den Kuinkel den Kuank, der Vogel, der sang, das Jahr ist lang, oh! oh! oh! laßt ihn gehn!» Überhaupt rühmen sie sich gern, wo es ihnen Anlaß zum Streit verspricht, ihrer Herrschaft, als ob sie aus Gold wäre; stehen auch in ernsteren Fällen aus demselben Grunde bisweilen zu ihr gleich dem Besten, und es ist hier, wie bei der Pariser Polizei, nichts Ungewöhnliches, die schlimmsten «Wildschützen» nach einigen Jahren als Forstgehilfen wiederzufinden, denen es alsdann ein Herzensgaudium ist, sich mit ihren alten Kameraden zu raufen und den bekannten Listen neue entgegenzusetzen; und noch vor kurzem packten ein Dutzend solcher Praktiker ihren Herzensfreund, den Dorfschulmeister, der sie früher in der Taktik des «Holzsuchens» unterrichtet hatte, wie er eben daran war, die dritte oder vierte Auflage der Rekruten einzuüben, etwa achtzig barfüßige Schlingel nämlich, die, wie junge Wölfe zuerst mit dem Blutaussaugen anfangen, mit ihren krummen Messern kunstfertig in dem jungen Schlag wüteten, während der Pädagog von einer breiten Buche herab das Kommando führte.

Wir haben bereits den Volksaberglauben erwähnt; dieser äußert sich, neben der Gespensterfurcht und dem Hexenglauben, vorzugsweise in sympathetischen Mitteln und dem sogenannten Besprechen, einem Akt, der manches zu denken gibt und dessen wirklich seltsame Erfolge sich durch bloßes Hinwegleugnen keineswegs beseitigen lassen. Wir selbst müssen gestehen, Zeugen unerwarteter Resultate gewesen zu sein. — Auf die Felder, die der Besprecher mit seinem weißen Stäbchen umschritten und worauf er die Scholle eines verpfändeten Ackers geworfen hat, wagt sich in der Tat kein Sperling, kein Wurm, fällt kein Mehltau, und es ist überraschend, diese Strecken mit schweren, niederhangenden Ähren zwischen weiten Flächen leeren Strohes zu sehen. Ferner: Ein prächtiger Schimmel, arabischer Rasse und überaus feurig, war, zu einem übermäßigen Sprunge gespornt, gestürzt und hatte sich die

Zunge dicht an der Wurzel durchgebissen. Da das Schlagen des wütenden Tieres es in den ersten Tagen unmöglich machte, der Wunde beizukommen, war der Brand hinzugetreten, und ein sehr geschickter Arzt erklärte das schöne Pferd für rettungslos verloren. Jetzt ward zur «Waffensalbe» geschritten, keinem Arzneimittel, wie man wahrscheinlich glauben wird, sondern einem geheimnisvollen, mir unbekannt gebliebenen Gebrauch, zu dessen Behuf dem mehrere Stunden entfernten Besprecher nur ein von dem Blut des Tieres beflecktes Tuch gesandt wurde. — Man kann sich denken, welches Vertrauen ich in dieses Mittel setzte! Am nächsten Tage wurde das Tier jedoch so ruhig, daß ich dieses als ein Zeichen seiner nahenden Auflösung ansah; am folgenden richtete es sich auf, zerbiß und verschluckte, obwohl etwas mühsam, einige Brotscheiben ohne Rinde; am dritten Morgen sahen wir zu unserem Erstaunen, daß es sich über das in der Raufe befindliche Futter hergemacht und einen Teil desselben bereits verzehrt hatte, während nur ein behutsames Auswählen der weicheren Halme und ein leises Zucken um Lippen und Nüstern die Empfindlichkeit der, wie wir uns durch den Augenschein überzeugen mußten, völlig geschlossenen Wundstelle andeuteten; und seitdem habe ich den schönen Araber manches Mal, frisch und feurig wie zuvor, mit seinem Reiter durchs Feld stolzieren sehen. — Dergleichen und ähnliches fällt täglich vor, und hierbei ist die Annäherung des Besprechers oder seines Mittels an den zu besprechenden Gegenstand immer so gering (in manchen Fällen, wie dem eben genannten, fällt sie gänzlich fort), daß eine Erklärung durch natürlich wirkende Essenzen hier keine Statt haben kann, so wie die vielbesprochene Macht der Phantasie bei Tieren, Kräutern und selbst Gestein wegfallen muß und dem Erklärer wohl nur die Kraft des menschlichen Glaubens, die magnetische Gewalt eines festen Willens über die Natur als letztes Auskunftsmittel bleiben dürfte. — Folgenden Vorfall haben wir aus dem Munde eines glaubwürdigen Augenzeugen: In dem Garten eines Edelhofes hatte die grüne Kohlraupe dermaßen überhandgenommen, daß der Besitzer, obwohl Protestant, in seinem Überdrusse endlich zum Besprecher schickte. Dieser fand sich alsbald ein, umschritt die Gemüsefelder, leise vor sich hin murmelnd, wobei er mit seinem Stäbchen hier und dort einen Kohlkopf berührte. Nun stand unmittelbar am Garten ein Stallgebäude, an dessen schadhaftem Dache einige Arbeiter flickten, die sich den Spaß machten, den Zauberer durch Spottreden, hinabgeworfene Kalkstückchen usw. zu stören. — Nachdem dieser sie wiederholt gebeten hatte, ihn nicht zu irren, sagte er endlich: «Wenn ihr nicht Ruhe haltet, so treibe ich euch die Raupen auf das Dach», und als die Neckereien dennoch nicht aufhörten, ging er an die nächste Hecke, schnitt eine Menge fingerlanger Stäbchen, stellte sie horizontal an die Stallmauer und entfernte sich. Alsbald verließen sämtliche Raupen ihre Pflanzen, krochen in breiten grünen Kolonnen über die Sandwege an den Stäbchen die Mauer aufwärts, und nach einer halben Stunde hatten die Arbeiter das Feld geräumt und standen im Hofe, mit Ungeziefer besät und nach dem Dache deutend, das wie mit einer grünen wimmelnden Decke überzogen war. — Wir geben das eben Erzählte übrigens keineswegs als etwas Besonderes, da die oben berührte Erklärung durch auf den Geruch wirkende Essenzen hier am ersten stattfinden dürfte, sondern nur als ein kleines Genrebild aus dem Tun und Treiben eines phantasiereichen und eben besprochenen Volkes.

Ehe wir von diesem zu andern übergehen, erlauben wir uns noch zum Schlusse die Mitteilung einer vor etwa vierzig Jahren vorgefallenen Szene, die allerdings unter der jetzigen Regierung nicht mehr stattfinden könnte, jedoch den Charakter des Volks zu anschaulich darstellt, als daß wir sie am ungeeigneten Orte glauben sollten. — Zu jener Zeit stand den Gutsbesitzern die niedere Gerichtsbarkeit zu und wurde mitunter streng gehandhabt, wobei sich, wie es zu gehen pflegt, der Untergebene mit der Härte des Herrn, der Herr mit der Böswilligkeit des Untergebenen entschuldigte und in dieser Wechselwirkung das Übel sich fortwährend steigerte. Nun sollte der Vorsteher (Meier) eines Dorfes allzu grober Betrügereien und Diebstähle halber seines Amtes entsetzt werden. — Er hatte sich manchen verpflichtet, manchen bedrückt, und die Gemeinde war in zwei bittere Parteien gespalten. — Schon seit mehreren Tagen war eine tückische Stille im Dorfe bemerkt worden, und als am

Gerichtstage der Gutsherr, aus Veranlassung des Unwohlseins, seinen Geschäftsführer bevollmächtigte, im Verein mit dem eigentlichen Justitiar die Sache abzumachen, war den beiden Herren diese Abänderung keineswegs angenehm, da ihnen wohl bewußt war, daß der Bauer seine Herrschaft zwar haßt, jeden Städter aber und namentlich «das Schreibervolk» aus tiefster Seele verachtet. Ihre Besorgnis ward nicht gemindert, als einige Stunden vor der Sitzung ein Schwarm barfüßiger Weiber in den Schloßhof zog, wahre Poissarden*, mit fliegenden Haaren und Kindern auf dem Arm, sich vor dem Hauptgebäude zusammendrängte und wie ein Nest junger Teufel zu krähen anfing: «Wir revoltieren! wir protestieren! Wir wollen den Meier behalten! Unsere Kerle sind auf dem Felde und mähen und haben uns geschickt. Wir revoltieren!» Der Gutsherr trat ans Fenster und rief hinaus: «Weiber! macht euch fort, der Amtmann (Justitiar) ist noch nicht da», worauf der Schwarm sich allmählich unter Geschrei und Fluchen verlor. Als nach einigen Stunden die Sitzung begonnen hatte und die bereits abgehaltenen Verhöre verlesen wurden, erhob sich unter den Fenstern des Gerichtslokals ein dumpfes, vielstimmiges Gemurmel, was immer zunahm — dann drängten sich ein paar starkknochige Männer in die Stube — wieder andere, in kurzem war sie zum Ersticken überfüllt. Der Justitiar, an solche Auftritte gewöhnt, befahl ihnen mit ernster Stimme, hinauszugehen; sie gehorchten wirklich, stellten sich aber, wie er sehr wohl sah, an der Tür auf; zugleich bemerkte er, daß einige, mit grimmigem Blicke auf die Gegenpartei, ihre Kittel lüfteten und kurze schwere Knüttel sichtbar werden ließen, was von der andern Seite mit einer ähnlichen Pantomime erwidert wurde. Dennoch las er das Urteil mit ziemlicher Fassung ab und schritt dann, seinen Gefährten am Kleide zupfend, hastig der Tür zu. — Dort aber drängten sich die Außenstehenden hinein und ließen ihre Knüttel spielen, und — daß wir es kurz machen — die heilige Justiz mußte froh sein, die Nähe eines Fensters zu einem etwas unregelmäßigen Rückzuge benutzen zu können. — Dem Gutsherrn war indessen durch den sich allmählich nach außen ziehenden Tumult die Lage der Dinge bereits klargeworden, und er hatte die Schützengilde aufbieten lassen, lauter Angehörige der Beteiligten, die sich freuten, bei dieser schönen Gelegenheit auch einmal drauf loswaschen zu können. — Sie waren eben aufmarschiert, als die Sturmglocke erschallte. — Einige Schützen rannten nun spornstreichs in den Turm, wo sie ein altes Weib fanden, das aus Leibeskräften den Strang zog, sofort aber gepackt und auf Umwegen ins Hundeloch spediert wurde. Indessen stand der Gutsherr am Fenster und überwachte mit seinem Tubus die Wege, welche zu den berüchtigtsten Dörfern führten, und nicht lange, so sah er es von allen Bergen herunterwimmeln wie die Beduinenschwärme; er konnte deutlich die Knüttel in ihren Händen unterscheiden und an ihren Gebärden sehen, wie sie sich einander riefen und zuwinkten. Schnell besonnen warf er einen Blick auf die Windfahne des Schloßturmes, und nachdem er sich überzeugt hatte, daß die Luft den Lärm nicht bis zu der Stelle führe, wo die Kommenden etwa in einer Viertelstunde angelangt sein konnten, wurden eilends einige zuverlässige Leute abgefertigt, die in Hemdärmeln mit Sense und Rechen, wie Arbeiter, die aufs Feld ziehen, den verschiedenen Trupps entgegenschlendern und ihnen erzählen mußten, das Geläute im Dorfe habe einem brennenden Schlote gegolten, der aber bereits gelöscht sei. Die List gelang; alle trollten sich fluchend heim, während drinnen die Schützengilde auch ihr Bestes mit Faust und Kolben tat und so der ganze Skandal mit einigen ernstlich Verwundeten und einem Dutzend ins Loch Gesteckter endigte, zwei Drittel der Gemeinde aber eine Woche lang wie mit Pestbeulen behaftet aussahen und eine besondere Schwerfälligkeit in ihren Bewegungen zeigten. — Ähnliche Auftritte waren früher so gewöhnlich wie das tägliche Brot; noch heute, trotz des langjährigen Zwanges, ist der gemeine Mann innerlich nicht um ein Haar breit von seinen Gelüsten und Ansichten abgewichen; er kann wohl niedergehalten werden, die Glut wird aber unter der Asche immer fortglimmen. — Erhöhter Wohlstand würde einiges mildern, wären nicht Leichtsinn und die Leidenschaft, welche zuerst eine dürftige Bevölkerung zuwege bringen, deren geringes Eigentum Schenkwirten und Winkeladvokaten zur Beute wird. Dennoch kann man sich des Bedauerns mit einem Volke nicht enthalten, das, mit Kraft, Scharfsinn und Ausdauer begabt und im Besitze eines gesegneten Bodens, in so vielen seiner Glieder den traurigsten Verhältnissen anheimgefallen ist.

3

Die Grenze — Münsterländisches Stilleben — Patriarchalisches Wesen — Brautwerbung und Hochzeitsgebräuche — Frömmigkeit und harmloser Aberglaube — Die Vorgesichte — Duldender Mut und Herzensgüte

Selten mögen wenige Meilen einen so raschen Übergang hervorbringen als jene, welche die Grenzstriche Paderborns und seines frommen Nachbarlandes, des Bistums Münster, bilden. — Noch vor einer Stunde, hinter dem nächsten Hügel, haben kleine schwarzbraune Schlingel, die, im halben Naturzustande, ihre paar mageren Ziegen weniger hüteten, als bei ihnen diebswegen Wache standen, auf deine Frage nach dem Wege dich zuerst durch verstelltes Mißverstehen und Witzeleien gehöhnt und dir dann unfehlbar einen Pfad angegeben, wo du wie eine Unke im Sumpfe oder wie Abrahams Widder in den Dornen gesteckt hast — das heißt, wenn du nicht mit Geld klimpertest; denn in diesem Falle haben nicht einer, sondern sämtliche Buben ihre Ziegen, um sie desto sicherer wiederzufinden, ins Kornfeld getrieben und mindestens ein Dutzend Zäune zerbrochen und Pfähle ausgerissen, um dir den nächsten Weg zu bahnen, und du hast dich, übel und böse, zu einer vierfachen Abfindung entschließen müssen — und jetzt stehst du wie ein Amerikaner, der soeben den Wigwams der Irokesen entschlüpft ist und die ersten Einfriedungen einer Herrnhuterkolonie betritt, vor ein paar runden Flachsköpfen, in mindestens vier Kamisölern, Zipfelmützen, Wollstrümpfen und den landesüblichen Holzschuhen, die ihre Kuh ängstlich am Strick halten und vor Schrecken aufschreien, wenn sie nach einer Ähre schnappt. Ihre Züge, deren Milchhaut die Sonne kaum hat etwas anhaben können, tragen so offen den Ausdruck der gutmütigsten Einfalt, daß du dich zu einer nochmaligen Nachfrage entschließest. «Herr!» sagt der Knabe und reicht dir eine Kußhand, «das Ort weiß ich nicht». — Du wendest dich an seinen Nachbarn, der gar nicht antwortet, sondern dich nur anblinzt, als dächte er, du wollest ihn schlagen. — «Herr!» nimmt der erstere wieder das Wort, «der weiß es auch nicht»; verdrießlich trabst du fort, aber die Knaben haben zusammen geflüstert, und der große Redner kommt dir nachgeklappert: «Meint der Herr vielleicht —?» (hier nennt er den Namen des Orts im Volksdialekt); auf deine Bejahung stapft er herzhaft vor dir her, immer nach seinen Kameraden umschauend, die ihm mit ihren Augen den Rücken decken bis zum nächsten Kreuzweg; dann hastig mit der Hand eine Richtung bezeichnend, springt er fort, so schnell es sich in Holzschuhen galoppieren läßt, und du steckst deinen Dreier wieder ein oder wirfst ihn in den Sand, wo die kleinen Heidläufer, die dich aus der Ferne beobachten, ihn schon nicht werden umkommen lassen. — In diesem Zuge hast du den Charakter des Landvolkes in nuce. — Gutmütigkeit, Furchtsamkeit, tiefes Rechtsgefühl und eine stille Ordnung und Wirtlichkeit, die, trotz seiner geringen Anlage zur Spekulation und glücklichen Gedanken, ihm doch einen Wohlstand zuwege gebracht hat, der selbst den seines gewerbetreibenden Nachbars, des Sauerländers, weit übertrifft. Der Münsterländer heiratet selten, ohne ein sicheres Auskommen in der Hand zu haben, und verläßt sich, wenn ihm dieses nicht beschieden ist, lieber auf die Milde seiner Verwandten oder seines Brotherrn, der einen alten Diener nicht verstoßen wird; und wirklich gibt es keine einigermaßen bemittelte Wirtschaft ohne ein paar solcher Segenbringer, die ihre müden Knochen auf dem besten Platze am Herde auswärmen. — Die illegitime Bevölkerung ist gar nicht in Anschlag zu bringen, obwohl jetzt eher als wie vor dreißig Jahren, wo wir in einer Pfarre von fünftausend Seelen ein einziges uneheliches Kind antrafen, einen Burschen von fünfundzwanzig Jahren, den zur Zeit der Demarkationslinie ein fremder Feldwebel einem armen Dienstmädchen als trauriges Andenken hinterlassen hatte.

Bettler gibt es unter dem Landvolke nicht, weder dem Namen noch der Tat nach, sondern nur in jeder Gemeinde einige «arme Männer, arme Frauen», denen in bemittelten Häusern nach der Reihe die Kost gereicht wird, wo dann die nachlässigste Mutter ihr Kind strafen würde, wenn es an dem «armen Mann» vorüberginge, ohne ihn zu grüßen. — So ist Raum, Nahrung und Frieden für alle da, und die Regierung möchte gern zu einer stärkeren Bevölkerung anregen, die aber gewiß traurige Folgen haben würde bei einem Volke, das wohl ein Eigentum verständig zu bewirtschaften weiß, dem es aber zum Erwerbe mit leerer Hand gänzlich an Geschick und Energie fehlt, und das Sprichwort: «Not lehrt beten» (respektive arbeiten) würde sich schwerlich hinlänglich hier bewähren, wo schon die laue, feuchte Luft den Menschen träumerisch macht und seine Schüchternheit zum Teil körperlich ist, so daß man ihn nur anzusehen braucht, um das langsame Rollen seines Blutes gleichsam mitzufühlen.

Der Münsterländer ist groß, fleischig, selten von starker Muskelkraft; seine Züge sind weich, oft äußerst lieblich und immer durch einen Ausdruck von Güte gewinnend, aber nicht leicht interessant, da sie immer etwas Weibliches haben und selbst ein alter Mann oft frauenhafter aussieht als eine Paderbörnerin in den mittleren Jahren; die helle Haarfarbe ist durchaus vorherrschend; man trifft alte Flachsköpfe, die vor Blondheit nicht haben ergrauen können.

Dieses und alles Dazugehörige — die Hautfarbe blendendweiß und rosig und den Sonnenstrahlen bis ins überreife Alter widerstehend, die lichtblauen Augen ohne kräftigen Ausdruck, das feine Gesicht mit fast lächerlich kleinem Munde, hierzu ein oft sehr anmutiges und immer wohlwollendes Lächeln und schnelles Erröten —

stellen die Schönheit beider Geschlechter auf sehr ungleiche Waage; es gibt nämlich fast keinen Mann, den man als solchen wirklich schön nennen könnte, während unter zwanzig Mädchen wenigstens fünfzehn als hübsch auffallen, und zwar in dem etwas faden, aber doch lieblichen Geschmacke der englischen Kupferstiche. — Die weibliche Landestracht ist mehr wohlhäbig als wohlstehend; recht viele Tuchröcke von dicken Falten, recht schwere Goldhauben und Silberkreuze an schwarzem Samtbande, und bei den Ehefrauen Stirnbinden mit möglichst breiter Spitze, bezeichnen hier den Grad des Wohlstandes, da selten jemand in den Laden geht ohne die nötigen blanken Taler in der Hand und noch seltener durch Putzsucht das richtige Verhältnis zwischen der Kleidung und dem ungeschnittenen Leinen und anderen häuslichen Schätzen gestört wird. — Der Hausstand in den zumeist vereinzelt liegenden Bauernhöfen ist groß und in jedem Betracht reichlich, aber durchaus bäuerisch. — Das lange Gebäude von Ziegelsteinen, mit tief niederragendem Dache und von der Tenne durchschnitten, an der zu beiden Seiten eine lange Reihe von Hornvieh ostfriesischer Rasse mit ihren Ketten klirrt — die große Küche hell und sauber, mit gewaltigem Kamine, unter dem sich das ganze Hauspersonal bergen kann; das viele zur Schau gestellte blanke Geschirr und die absichtlich an den Wänden der Fremdenstube aufgetürmten Flachsvorräte erinnern ebenfalls an Holland, dem sich überhaupt diese Provinz, was Wohlstand und Lebensweise betrifft, bedeutend nähert, obwohl Abgeschlossenheit und gänzlich auf den inneren Verkehr beschränktes Wirken ihre Bevölkerung von all den sittlichen Einflüssen, denen handelnde Nationen nicht entgehen können, so frei gehalten haben wie kaum einen anderen Landstrich. Ob starke Reibungen mit der Außenwelt dem Münsterländer den Mut und die Betriebsamkeit des Batavers — ein patriarchalisches Leben diesem die Sitteneinfalt und Milde des Münsterländers geben könnten, müssen wir dahingestellt sein lassen, bezweifeln es aber; jetzt mindestens sind sie sich in den Zügen, die man als die nationalsten beider anzuführen pflegt, fast feindlich entgegengesetzt und verachten sich auch gegenseitig, wie es Nachbarn zukömmt. — Wir haben schon früher von dem überaus friedlichen Eindrucke eines Münsterischen Gehöftes gesprochen. In den Sommermonaten, wo das Vieh im Feld ist, vernimmst du keinen Laut außer dem Bellen des sich an seiner Kette abzappelnden Hofhundes und, wenn du dicht an der offenen Haustür herschreitest, dem leisen Zirpen der in den Mauernesseln aus und ein schlüpfenden Küchlein und dem gemessenen Pendelschwung der Uhr, mit dessen Gewichten ein paar junge Kätzchen spielen; — die im Garten jätenden Frauen sitzen so still gekauert, daß du sie nicht ahnst, wenn ein zufälliger Blick über den Hag sie dir nicht verrät; und die schönen schwermütigen Volksballaden, an denen diese Gegend überreich ist, hörst du etwa nur auf einer nächtlichen Wanderung durch das Schnurren der

Spinnräder, wenn die blöden Mädchen sich vor jedem Ohre gesichert glauben. — Auch auf dem Felde kannst du im Gefühl der tiefsten Einsamkeit gelassen fortträumen, bis ein zufälliges Räuspern oder das Schnauben eines Pferdes dir verrät, daß der Schatten, in den du soeben trittst, von einem halbbeladenen Erntewagen geworfen wird und du mitten durch zwanzig Arbeiter geschritten bist, die sich weiter nicht wundern, daß der «nachdenkende Herr» ihr Hutabnehmen nicht beachtet hat, da er nach ihrer Meinung «andächtig» ist, das heißt den Rosenkranz aus dem Gedächtnisse hersagt. — Diese Ruhe und Einförmigkeit, die aus dem Innern hervorgehen, verbreiten sich auch über alle Lebensverhältnisse. — Die Toten werden mäßig betrauert, aber nie vergessen, und alten Leuten treten noch Tränen in die Augen, wenn sie von ihren verstorbenen Eltern reden. An den Eheschlüssen hat frühere Neigung nur selten teil; Verwandte und achtbare Freunde empfehlen ihre Lieblinge einander, und das Fürwort des Geachtetsten gibt in der Regel den Ausschlag — so kommt es, daß manches Ehepaar sich vor der Kopulation kaum einmal gesehen hat, und unter der französischen Regierung kam nicht selten der lächerliche Fall vor, daß Sponsen, die meilenweit hergetrabt waren, um für ihre Bräute die nötigen Scheine bei der Behörde zu lösen, weder Vor- noch Zunamen derjenigen anzugeben wußten, die sie in der nächsten Woche zu heiraten gedachten, und sich höchlich wunderten, daß die Bezeichnung als Magd oder Nichte irgendeines angesehenen

Gemeindegliedes nicht hinreichend gefunden wurde. — Daß unter diesen Umständen die möglichst große Anzahl der Anträge noch ehrenvoller und für den Ruf entscheidender ist als anderwärts, begreift sich, und wir selbst wohnten der Trauung eines wahren Kleinodes von Brautpaar bei, wo der Bräutigam unter achtundzwanzigen, die Braut unter zweiunddreißigen gewählt hatte. Trotz der vorläufigen Verhandlungen ist jedoch selbst der Glänzendste hier seines Erfolges nicht sicher, da die Ehrbarkeit ein bestimmtes Eingehen auf die Anträge des Brautwerbers verbietet, und jetzt beginnt die Aufgabe des Freiers. Er tritt an einem Nachmittage in das Haus der Gesuchten, und zwar jedesmal unter dem Vorwande, seine Pfeife anzuzünden — die Hausfrau setzt ihm einen Stuhl und scharrt schweigend die Glut auf, dann knüpft sie ein gleichgültiges Gespräch an vom Wetter, den Kornfrüchten usw. und nimmt unterdessen eine Pfanne vom Gesimse, die sie sorgfältig scheuert und über die Kohlen hängt. Jetzt ist der entscheidende Augenblick gekommen. — Sieht der Freier die Vorbereitungen zu einem Pfannkuchen, so zieht er seine dicke silberne Uhr hervor und behauptet, sich nicht länger aufhalten zu können; werden aber Speckschnitzel und Eier in die Pfanne gelegt, so rückt er kühnlich mit seinem Antrage heraus, die jungen Leute wechseln die «Treue», nämlich ein Paar alter Schaumünzen, und der Handel ist geschlossen.

Einige Tage vor der Hochzeit macht der Gastbitter mit ellenlangem Spruche seine Runde, oft meilenweit, da hier, wie bei den Schotten, das verwandte Blut bis in das entfernteste Glied und bis zum Ärmsten hinab geachtet wird. — Nächst diesem dürfen vor allem die sogenannten Nachbarn nicht übergangen werden, drei oder vier Familien nämlich, die vielleicht eine halbe Meile entfernt wohnen, aber in uralten Gemeinderegistern, aus den Zeiten einer noch viel sparsameren Bevölkerung, als «Nachbarn» verzeichnet stehen und gleich Prinzen von Geblüte vor den näheren Seitenverbindungen, so auch ihre Rechte und Verpflichtungen vor den vielleicht erst seit ein paar hundert Jahren Näherwohnenden wahren. — Am Tage vor der Hochzeit findet der «Gabenabend» statt — eine freundliche Sitte, um den jungen Anfängern über die schwerste Zeit wegzuhelfen. Abends, wenn es bereits stark dämmert, tritt eine Magd nach der anderen ins Haus, setzt mit den Worten: «Gruß von unserer Frau» einen mit weißem Tuch verdeckten Korb auf den Tisch und entfernt sich sofort; dieser enthält die Gabe: Eier, Butter, Geflügel, Schinken — je nach den Kräften eines jeden —, und die Geschenke fallen oft, wenn das Brautpaar unbemittelt ist, so reichlich aus, daß dieses um den nächsten Wintervorrat nicht sorgen darf. — Eine liebenswürdige, das Volk bezeichnende Höflichkeit des Herzens verbietet die Überbringung der Gabe durch ein Familienmitglied; wer keine Magd hat, schickt ein fremdes Kind. — Am Hochzeitmorgen, etwa um acht, besteigt die Braut den mit einer weißen, goldflunkernden Fahne geschmückten Wagen, der ihre Ausstattung enthält; — sie sitzt allein zwischen ihren Schätzen, im besten Staate, aber ohne besonderes Abzeichen, und weint aufs jämmerlichste; auch die auf dem folgenden Wagen gruppierten Brautjungfern und Nachbarinnen beobachten eine ernste, verschämte Haltung, während die auf dicken Ackergäulen nebenhertrollenden Burschen durch Hutschwenken und hier und dort ein schwerfälliges Juchhei ihre Lustigkeit auszudrücken suchen und zuweilen eine alte blindgeladene Flinte knallen lassen. — Erst vor der Pfarrkirche findet sich der Bräutigam mit seinem Gefolge ein, besteigt aber nach der Trauung nicht den Wagen der Braut, sondern trabt als einziger Fußgänger nebenher bis zur Tür seines Hauses, wo die junge Frau von der Schwiegermutter empfangen und mit einem «Gott segne deinen Ein- und Ausgang» feierlich über die Schwelle geleitet wird. — Lebt die Mutter nicht mehr, so vertritt der Pfarrer ihre Stelle oder, wenn er zufällig gegenwärtig ist, der Gutsherr, was für eine sehr glückliche Vorbedeutung gehalten wird, die den Neuvermählten und ihren Nachkommen den ungestörten Genuß des Hofes sichert, nach dem Spruche: «Wen die Herrschaft einleitet, den leitet sie nicht wieder heraus.» Während dieser Zeremonie schlüpft der Bräutigam in seine Kammer und erscheint alsbald in Kamisol, Zipfelmütze und Küchenschürze. In diesem Aufzuge muß er an seinem Ehrentage den Gästen aufwarten, nimmt auch keinen Teil am Hochzeitsmahle, sondern steht, mit dem Teller unterm

Arme, hinter der Braut, die ihrerseits keinen Finger rührt und sich wie eine Prinzessin bedienen läßt. — Nach Tische beginnen auf der Tenne die althergebrachten Tänze: «Der halbe Mond», «Der Schustertanz», «Hinten im Garten», manche mit den anmutigsten Verschlingungen. — Das Orchester besteht aus einer oder zwei Geigen und einer invaliden Baßgeige, die der Schweinehirt oder Pferdeknecht aus dem Stegreif streicht. — Ist das Publikum sehr musikliebend, so kommen noch wohl ein paar Topfdeckel hinzu und eine Kornschwinge, die abwechselnd von den Gästen mit einem Spane aus Leibeskräften wider den Strich gekratzt wird. — Nimmt man hierzu das Gebrüll und Kettengeklirr des Viehes, das erschrocken an seinen Ständen stampft, so wird man zugeben, daß die unerschütterliche Gravität der Tänzer mindestens nicht dem Mangel an aufregendem Geräusche zuzuschreiben ist. Hier und dort läßt wohl ein Bursche ein Juchhei los, was aber so einsam klingt wie ein Eulenschrei in einer Sturmnacht. — Bier wird mäßig getrunken, Branntwein noch mäßiger, aber siedender Kaffee «zur Abkühlung» in ganzen Strömen, und mindestens sieben blanke Zinnkessel sind in steter Bewegung. — Zwischen den Tänzen verschwindet die Braut von Zeit zu Zeit und kehrt allemal in einem anderen Anzuge zurück, so viel ihr deren zu Gebote stehen, vom Traustaate an bis zum gewöhnlichen Sonntagsputze, in dem sie sich noch stattlich genug ausnimmt, in der damastenen Kappe mit breiter Goldtresse, dem schweren Seidenhalstuche und einem so imposanten Körperumfange, als ihn mindestens vier Tuchröcke übereinander hervorbringen können. Sobald die Hängeuhr in der Küche Mitternacht geschlagen hat, sieht man die Frauen sich von ihren Bänken erheben und miteinander flüstern; gleichzeitig drängt sich das junge Volk zusammen, nimmt die Braut in seine Mitte und beginnt einen äußerst künstlichen Schneckentanz, dessen Zweck ist, in raschem Durcheinanderwimmeln immer eine vierfache Mauer um die Braut zu erhalten, denn jetzt gilt's den Kampf zwischen Ehe und Jungfrauschaft. — Sowie die Frauen anrücken, wird der Tanz lebhafter, die Verschlingungen bunter; die Frauen suchen von allen Seiten in den Kreis zu dringen, die Junggesellen durch vorgeschobene Paare sie wegzudrängen; die Parteien erhitzen sich, immer rascher wirbelt die Musik, immer enger zieht sich die Spirallinie, Arme und Knie werden zu Hilfe genommen, die Burschen glühen wie Öfen, die ehrwürdigen Matronen triefen von Schweiß, und man hat Beispiele, daß die Sonne über dem unentschiedenen Kampfe aufgegangen ist; endlich hat eine Veteranin, die schon einige zwanzig Bräute in den Ehestand gezerrt hat, ihre Beute gepackt; plötzlich verstummt die Musik, der Kreis stäubt auseinander, und alles strömt den Siegerinnen und der weinenden Braut nach, die jetzt zum letztenmal umgekleidet und mit Anlegung der fraulichen Stirnbinde symbolisch von ihrem Mädchentum geschieden wird — ein Ehrendienst, welcher den (sogenannten) Nachbarinnen zusteht, dem sich aber jede anwesende Ehefrau, die Gattin des Gutsherrn nicht ausgenommen, durch irgendeine kleine Dienstleistung, Darreichung einer Nadel oder eines Bandes, anschließt. Dann erscheint die Braut noch einmal in reinlicher Hauskleidung und Hemdärmeln, gleichsam eine bezwungene und fortan zum Dienen willige Brunhildis, greift aber dennoch nach ihres Mannes bereitliegendem Hute und setzt ihn auf; die Frauen tun desgleichen, und zwar jede den Hut ihres eigenen Mannes, den er ihr selbst ehrerbietig reicht, und eine stattliche Frauenmenuett beschließt die Feier und gibt zugleich die Vorbedeutung eines ehrenhaften, fleißigen, friedlichen Ehestandes, in dem die Frau aber nie vergißt, daß sie am Hochzeitstage ihres Mannes Hut getragen. Noch bleibt den Gästen, bevor sie sich zerstreuen, eine seltsame Aufgabe: der Bräutigam ist nämlich während der Menuette unsichtbar geworden — er hat sich versteckt, offenbar aus Furcht vor der behuteten Braut, und das ganze Haus wird umgekehrt, ihn zu suchen; man schaut in und unter die Betten, raschelt im Stroh und Heu umher, durchstöbert sogar den Garten, bis endlich jemand in einem Winkel voll alten Gerümpels den Quast seiner Zipfelmütze oder ein Endchen der Küchenschürze entdeckt, wo er dann sofort gefaßt und mit gleicher Gewalt und viel weniger Anstand als seine schöne Hälfte der Brautkammer zugeschleppt wird.

Bei Begräbnissen fällt wenig Ungewöhnliches vor, außer daß der Tod eines Hausvaters seinen

Bienen angesagt werden muß, wenn nicht binnen Jahresfrist alle Stöcke abzehren und versiechen sollen, weshalb, sobald der Verscheidende den letzten Odemzug getan, sofort der Gefaßteste unter den Anwesenden an den Stand geht, an jeden Korb pocht und vernehmlich spricht: «Einen Gruß von der Frau, der Herr ist tot», worauf die Bienen sich christlich in ihr Leid finden und ihren Geschäften nach wie vor obliegen. Die Leichenwacht, die in Stille und Gebet abgehalten wird, ist eine Pflicht jener entfernten Nachbarn, so wie das Leichenmahl ihr Recht, und sie sorgen mit dafür, daß der Tote ein feines Hemd erhält, recht viele schwarze Schleifen und einen recht flimmernden Kranz und Strauß von Spiegeln, Rauschgold und künstlichen Blumen, da er unfehlbar am Jüngsten Tage in demselben Aufzuge erscheinen wird, wo sie dann Lob und Tadel mit den Hinterlassenen zu teilen haben. Der Münsterländer ist überhaupt sehr abergläubisch, sein Aberglaube aber so harmlos wie er selber. Von Zauberkünsten weiß er nichts, von Hexen und bösen Geistern wenig, obwohl er sich sehr vor dem Teufel fürchtet, jedoch meint, daß dieser wenig Veranlassung finde, im Münsterlande umzugehen. Die häufigen Gespenster in Moor, Heide und Wald sind arme Seelen aus dem Fegfeuer, deren täglich in vielen tausend Rosenkränzen gedacht wird, und ohne Zweifel mit Nutzen, da man zu bemerken glaubt, daß die «Sonntagsspinnerin» ihre blutigen Arme immer seltener aus dem Gebüsche streckt, der «diebische Torfgräber» nicht halb so kläglich mehr im Moore ächzt und vollends der «kopflose Geiger» seinen Sitz auf dem Waldstege gänzlich verlassen zu haben scheint. Von den ebenfalls häufigen Hausgeistern in Schlössern und großen Bauernhöfen denkt man etwas unklar, aber auch nicht schlimm, und glaubt, daß mit ihrem völligen Verschwinden die Familie des Besitzers aussterben oder verarmen werde. Diese besitzen weder die häuslichen Geschicklichkeiten noch die Tücke anderer Kobolde, sondern sind einsamer, träumerischer Natur, schreiten, wenn es dämmert, wie in tiefen Gedanken langsam und schweigend an irgendeiner verspäteten Milchmagd oder einem Kinde vorüber und sind ohne Zweifel echte Münsterländer, da man kein Beispiel hat, daß sie jemand beschädigt oder absichtlich erschreckt hätten. Man unterscheidet sie in «Timphüte» und «Langhüte». Die ersteren kleine runzlige Männchen, in altmodischer Tracht, mit eisgrauem Barte und dreieckigem Hütchen; die anderen übernatürlich lang und hager, mit langem Schlapphut, aber beide gleich wohlwollend, nur daß der Timphut bestimmten Segen bringt, der Langhut dagegen nur Unglück zu verhüten sucht. Zuweilen halten sie nur in den Umgebungen, den Alleen des Schlosses, dem Wald- und Wiesengrunde des Hofes ihre philosophischen Spaziergänge; gewöhnlich haben sie jedoch außerdem einen Speicher oder eine wüste Bodenkammer inne, wo man sie zuweilen nachts auf und ab gehen oder einen knarrenden Haspel langsam umdrehen hört. Bei Feuersbrünsten hat man den Hausgeist schon ernsthaft aus den Flammen schreiten und einen Feldweg einschlagen sehen, um nie wiederzukehren, und es waren dann hundert gegen eins zu wetten, daß die Familie bei dem Neubau in einige Verlegenheit und Schulden geraten werde.

Größere Aufmerksamkeit als dieses verdient das sogenannte «Vorgesicht», ein bis zum Schauen oder mindestens deutlichem Hören gesteigertes Ahnungsvermögen, ganz dem «Second sight» der Hochschotten ähnlich und hier so gewöhnlich, daß, obwohl die Gabe als eine höchst unglückliche eher geheimgehalten wird, man doch überall auf notorisch damit Behaftete trifft und im Grunde fast kein Eingeborener sich gänzlich davon freisprechen dürfte. — Der Vorschauer (Vorgucker) im höheren Grade ist auch äußerlich kenntlich an seinem hellblonden Haare, dem geisterhaften Blitze der wasserblauen Augen und einer blassen oder überzarten Gesichtsfarbe; übrigens ist er meistens gesund und im gewöhnlichen Leben häufig beschränkt und ohne eine Spur von Überspannung. — Seine Gabe überkommt ihn zu jeder Tageszeit, am häufigsten jedoch in Mondnächten, wo er plötzlich erwacht und von fieberischer Unruhe ins Freie oder ans Fenster getrieben wird; dieser Drang ist so stark, daß ihm kaum jemand widersteht, obwohl jeder weiß, daß das Übel durch Nachgeben bis zum Unerträglichen, zum völligen Entbehren der Nachtruhe gesteigert wird; wogegen fortgesetzter Widerstand es allmählich abnehmen und endlich gänzlich verschwinden läßt. — Der Vorschauer sieht Leichenzüge — lange Heereskolonnen und Kämpfe — er sieht deutlich den Pulverrauch und die Bewegungen der Fechtenden, beschreibt genau ihre fremden Uniformen und Waffen, hört sogar Worte in fremder Sprache, die er verstümmelt wiedergibt und die vielleicht erst lange nach seinem Tode auf demselben Fleck wirklich gesprochen werden. — Auch unbedeutende Begebenheiten muß der Vorschauer unter gleicher Beängstigung sehen, zum Beispiel einen Erntewagen, der nach vielleicht zwanzig Jahren auf diesem Hofe umfallen wird; er beschreibt genau die Gestalt und Kleidung der jetzt noch ungeborenen Dienstboten, die ihn aufzurichten suchen; die Abzeichen des Fohlens oder Kalbes, das erschreckt zur Seite springt und in eine jetzt noch nicht vorhandene Lehmgrube fällt usw. — Napoleon grollte noch in der Kriegsschule zu Brienne mit seinem beengten Geschicke, als das Volk schon von «silbernen Reitern» sprach, mit silbernen Kugeln auf den Köpfen, von denen «ein langer, schwarzer Pferdeschweif» flattere, sowie von wunderlich aufgeputztem Gesindel, was auf «Pferden wie Katzen» (ein üblicher Ausdruck für kleine zottige Rosse) über Hecken und Zäune fliege, in der Hand eine lange Stange mit eisernem Stachel daran. — Ein längst verstorbener Gutsbesitzer hat viele dieser Gesichte verzeichnet, und es ist höchst anziehend, sie mit manchem späteren entsprechenden Begebnisse zu vergleichen. Der Minderbegabte und nicht bis zum Schauen Gesteigerte «hört» — er hört den dumpfen Hammerschlag auf dem Sargdeckel und das Rollen des Leichenwagens, hört den Waffenlärm, das Wirbeln der Trommeln, das Trappeln der Rosse und den gleichförmigen Tritt der marschierenden Kolonnen. — Er hört das Geschrei der Verunglückten und an Tür oder Fensterladen das Anpochen desjenigen, der ihn oder seinen Nachfolger zur Hilfe auffordern wird. — Der Nichtbegabte steht neben dem Vorschauer und ahnt nichts, während die Pferde im Stalle ängstlich schnauben und schlagen und der Hund, jämmerlich heulend, mit eingeklemmtem Schweife seinem Herrn zwischen die Beine kriecht. — Die Gabe soll sich jedoch übertragen, wenn ein Nebenstehender dem Vorgucker über die linke Schulter sieht, wo er zwar für dieses Mal nichts bemerkt, fortan aber für den anderen die nächtliche Schau halten muß. — Wir sagen dies fast ungern, da dieser Zusatz einem unleugbaren und höchst merkwürdigen Phänomen den Stempel des Lächerlichen aufdrückt. — Wir haben den Münsterländer früher furchtsam genannt; dennoch erträgt er den eben berührten Verkehr mit der übersinnlichen Welt mit vieler Ruhe, wie überall seine Furchtsamkeit sich nicht auf passive Zustände erstreckt. — Gänzlich abgeneigt, sich ungesetzlichen Handlungen anzuschließen, kommt ihm doch an Mut, ja Hartnäckigkeit des Duldens für das, was ihm recht scheint, keiner gleich, und ein geistreicher Mann verglich dieses Volk einmal mit den Hindus, die, als man ihnen ihre religiösen und bürgerlichen Rechte schmälern wollte, sich zu vielen Tausenden versammelten und, auf den Grund gehockt, mit verhüllten Häuptern standhaft den Hungertod erwarteten. — Dieser Vergleich hat sich mitunter als sehr treffend erwiesen.

Unter der französischen Regierung, wo Eltern und, nachdem diese ausgeplündert waren, auch Geschwister mit ihren Habseligkeiten für diejenigen einstehen mußten, die sich der Militärpflicht entzogen hatten, haben sich zuweilen alle Zweige eines Stammes, ohne Rücksicht auf ihre unmündigen Kinder, zuerst bis zum letzten Heller exequieren und dann bis aufs Hemd auspfänden lassen, ohne daß es einem eingefallen wäre, dem Versteckten nur mit einem Worte den Wunsch zu äußern, daß er aus seinem Bretterverschlage oder Heuschober hervorkriechen möge, und so verhaßt, ja entsetzlich jedem damals der Kriegsdienst war, dem manche sogar durch freiwillige Verstümmelung, zum Beispiel Abhacken eines Fingers, zu entgehen suchten, so häufig trat doch der Fall ein, daß ein Bruder sich für den anderen stellte, wenn er dachte, dieser werde den Strapazen erliegen, er aber möge noch mit dem Leben davonkommen. — Kurz, der Münsterländer besitzt den Mut der Liebe und einer unter dem Schein des Phlegmas versteckten schwärmerischen Religiosität, sowie er überhaupt durch Eigenschaften des Herzens ersetzt, was ihm an Geistesschärfe abgeht, und der Fremde verläßt mit Teilnahme ein Volk, was ihn zwar vielleicht mitunter langweilte, dessen häusliche Tugenden ihm aber immer Achtung einflößten und zuweilen ihn tief gerührt haben. Müssen wir noch hinzufügen, daß alles bisher Gesagte nur das Landvolk angeht? — Ich glaube, «nein»; Städter sind sich ja überall gleich, Kleinstädter wie Großstädter. — Oder, daß alle diese Zustände am Verlöschen sind und nach vierzig Jahren vielleicht wenig mehr davon anzutreffen sein möchte? — Auch leider «nein», es geht ja überall so!

DIE JUDENBUCHE

Ein Sittengemälde aus dem gebirgichten Westfalen

Wo ist die Hand so zart, daß ohne Irren
Sie sondern mag beschränkten Hirnes Wirren,
So fest, daß ohne Zittern sie den Stein
Mag schleudern auf ein arm verkümmert Sein?
Wer wagt es, eitlen Blutes Drang zu messen,
Zu wägen jedes Wort, das unvergessen
In junge Brust die zähen Wurzeln trieb,
Des Vorurteils geheimen Seelendieb?
Du Glücklicher, geboren und gehegt
Im lichten Raum, von frommer Hand gepflegt,
Leg' hin die Waagschal', nimmer dir erlaubt!
Laß ruhn den Stein — er trifft dein eignes Haupt!

FRIEDRICH Mergel, geboren 1738, war der einzige Sohn eines sogenannten Halbmeiers oder Grundeigentümers geringerer Klasse im Dorfe B., das, so schlecht gebaut und rauchig es sein mag, doch das Auge jedes Reisenden fesselt durch die überaus malerische Schönheit seiner Lage in der grünen Waldschlucht eines bedeutenden und geschichtlich merkwürdigen Gebirges. Das Ländchen, dem es angehörte, war damals einer jener abgeschlossenen Erdwinkel ohne Fabriken und Handel, ohne Heerstraßen, wo noch ein fremdes Gesicht Aufsehen erregte und eine Reise von dreißig Meilen selbst den Vornehmeren zum Ulysses seiner Gegend machte — kurz, ein Fleck, wie es deren sonst so viele in Deutschland gab, mit all den Mängeln und Tugenden, all der Originalität und Beschränktheit, wie sie nur in solchen Zuständen gedeihen.

Unter höchst einfachen und häufig unzulänglichen Gesetzen waren die Begriffe der Einwohner von Recht und Unrecht einigermaßen in Verwirrung geraten, oder vielmehr, es hatte sich neben dem gesetzlichen ein zweites Recht gebildet, ein Recht der öffentlichen Meinung, der Gewohnheit und der durch Vernachlässigung entstandenen Verjährung. Die Gutsbesitzer, denen die niedere Gerichtsbarkeit zustand, straften und belohnten nach ihrer in den meisten Fällen redlichen Einsicht; der Untergebene tat, was ihm ausführbar und mit einem etwas weiten Gewissen verträglich schien, und nur dem Verlierenden fiel es zuweilen ein, in alten staubichten Urkunden nachzuschlagen. — Es ist schwer, jene Zeit unparteiisch ins Auge zu fassen; sie ist seit ihrem Verschwinden entweder hochmütig getadelt oder albern gelobt worden, da den, der sie erlebte, zu viel teure Erinnerungen blenden und der Spätergeborene sie nicht begreift. Soviel darf man indessen behaupten, daß die Form schwächer, der Kern fester, Vergehen häufiger, Gewissenlosigkeit seltener waren. Denn wer nach seiner Überzeugung handelt, und sei sie noch so mangelhaft, kann nie ganz zugrunde gehen, wogegen nichts seelentötender wirkt, als gegen das innere Rechtsgefühl das äußere Recht in Anspruch nehmen.

Ein Menschenschlag, unruhiger und unternehmender als seine Nachbarn, ließ in dem kleinen Staate, von dem wir reden, manches weit greller hervortreten als anderswo unter gleichen Umständen. Holz- und Jagdfrevel waren an der Tagesordnung, und bei den häufig vorfallenden Schlägereien hatte sich jeder selbst seines zerschlagenen Kopfes zu trösten. Da jedoch große und ergiebige Waldungen den Hauptreichtum des Landes ausmachten, ward allerdings scharf über die Forsten gewacht, aber weniger auf gesetzlichem Wege als in stets erneuten Versuchen,

Gewalt und List mit gleichen Waffen zu überbieten.

Das Dorf B. galt für die hochmütigste, schlauste und kühnste Gemeinde des ganzen Fürstentums. Seine Lage inmitten tiefer und stolzer Waldeinsamkeit mochte schon früh den angeborenen Starrsinn der Gemüter nähren; die Nähe eines Flusses, der in die See mündete und bedeckte Fahrzeuge trug, groß genug, um Schiffbauholz bequem und sicher außer Land zu führen, trug sehr dazu bei, die natürliche Kühnheit der Holzfrevler zu ermutigen, und der Umstand, daß alles umher von Förstern wimmelte, konnte hier nur aufregend wirken, da bei den häufig vorkommenden Scharmützeln der Vorteil meist auf seiten der Bauern blieb. Dreißig, vierzig Wagen zogen zugleich aus in den schönen Mondnächten mit ungefähr doppelt so viel Mannschaft jedes Alters, vom halbwüchsigen Knaben bis zum siebzigjährigen Ortsvorsteher, der als erfahrener Leitbock den Zug mit gleich stolzem Bewußtsein anführte, wie er seinen Sitz in der Gerichtsstube einnahm. Die Zurückgebliebenen horchten sorglos dem allmählichen Verhallen des Knarrens und Stoßens der Räder in den Hohlwegen und schliefen sacht weiter. Ein gelegentlicher Schuß, ein schwacher Schrei ließen wohl einmal eine junge Frau oder Braut auffahren; kein anderer achtete darauf. Beim ersten Morgengrau kehrte der Zug ebenso schweigend heim, die Gesichter glühend wie Erz, hier und dort einer mit verbundenem Kopf, was weiter nicht in Betracht kam, und nach ein paar Stunden war die Umgegend voll von dem Mißgeschick eines oder mehrerer Forstbeamten, die aus dem Walde getragen wurden, zerschlagen, mit Schnupftabak geblendet und für einige Zeit unfähig, ihrem Berufe nachzukommen.

In diesen Umgebungen war Friedrich Mergel geboren, in einem Hause, das durch die stolze Zugabe eines Rauchfangs und minder kleiner Glasscheiben die Ansprüche seines Erbauers, sowie durch seine gegenwärtige Verkommenheit die kümmerlichen Umstände des jetzigen Besitzers bezeugte. Das frühere Geländer um Hof und Garten war einem vernachlässigten Zaune gewichen, das Dach schadhaft, fremdes Vieh weidete auf den Triften, fremdes Korn wuchs auf dem Acker zunächst am Hofe, und der Garten enthielt, außer ein paar holzichten Rosenstöcken aus besserer Zeit, mehr Unkraut als Kraut. Freilich hatten Unglücksfälle manches hiervon herbeigeführt; doch war auch viel Unordnung und böse Wirtschaft im Spiel. Friedrichs Vater, der alte Hermann Mergel, war in seinem Junggesellenstande ein sogenannter ordentlicher Säufer, das heißt einer, der nur an Sonn- und Festtagen in der Rinne lag und die Woche hindurch so manierlich war wie ein anderer. So war denn auch seine Bewerbung um ein recht hübsches und wohlhabendes Mädchen ihm nicht erschwert. Auf der Hochzeit ging's lustig zu. Mergel war nicht gar zu arg betrunken, und die Eltern der Braut gingen abends vergnügt heim; aber am nächsten Sonntage sah man die junge Frau schreiend und blutrünstig durchs Dorf zu den Ihrigen rennen, alle ihre guten Kleider und neues Hausgerät im Stich lassend. Das war freilich ein großer Skandal und Ärger für Mergel, der allerdings Trostes bedurfte. So war denn auch am Nachmittage keine Scheibe an seinem Hause mehr ganz, und man sah ihn noch bis spät in die Nacht vor der Türschwelle liegen, einen abgebrochenen Flaschenhals von Zeit zu Zeit zum Munde führend und sich Gesicht und Hände jämmerlich zerschneidend. Die junge Frau blieb bei ihren Eltern, wo sie bald verkümmerte und starb. Ob nun den Mergel Reue quälte oder Scham, genug, er schien der Trostmittel immer bedürftiger und fing bald an, den gänzlich verkommenen Subjekten zugezählt zu werden.

Die Wirtschaft verfiel; fremde Mägde brachten Schimpf und Schaden; so verging Jahr auf Jahr. Mergel war und blieb ein verlegener* und zuletzt ziemlich armseliger Witwer, bis er mit einemmale wieder als Bräutigam auftrat. War die Sache an und für sich unerwartet, so trug die Persönlichkeit der Braut noch dazu bei, die Verwunderung zu erhöhen. Margaret Semmler war eine brave, anständige Person, so in den Vierzigen, in ihrer Jugend eine Dorfschönheit und noch jetzt als klug und wirtlich geachtet, dabei nicht unvermögend; und so mußte es jedem unbegreiflich sein, was sie zu diesem Schritte getrieben. Wir glauben den Grund eben in dieser ihrer selbstbewußten Vollkommenheit zu finden. Am Abend vor der Hochzeit soll sie gesagt haben: «Eine Frau, die von ihrem

Manne übel behandelt wird, ist dumm oder taugt nicht: wenn's mir schlecht geht, so sagt, es liege an mir.» Der Erfolg zeigte leider, daß sie ihre Kräfte überschätzt hatte. Anfangs imponierte sie ihrem Manne; er kam nicht nach Haus oder kroch in die Scheune, wenn er sich übernommen hatte; aber das Joch war zu drückend, um lange getragen zu werden, und bald sah man ihn oft genug quer über die Gasse ins Haus taumeln, hörte drinnen sein wüstes Lärmen und sah Margret eilends Tür und Fenster schließen. An einem solchen Tage — keinem Sonntage mehr — sah man sie abends aus dem Hause stürzen, ohne Haube und Halstuch, das Haar wild um den Kopf hängend, sich im Garten neben ein Krautbeet niederwerfen und die Erde mit den Händen aufwühlen, dann ängstlich um sich schauen, rasch ein Bündel Kräuter brechen und damit langsam wieder dem Hause zugehen, aber nicht hinein, sondern in die Scheune. Es hieß, an diesem Tage habe Mergel zuerst Hand an sie gelegt, obwohl das Bekenntnis nie über ihre Lippen kam. — Das zweite Jahr dieser unglücklichen Ehe ward mit einem Sohne, man kann nicht sagen erfreut; denn Margret soll sehr geweint haben, als man ihr das Kind reichte. Dennoch, obwohl unter einem Herzen voll Gram getragen, war Friedrich ein gesundes, hübsches Kind, das in der frischen Luft kräftig gedieh. Der Vater hatte ihn sehr lieb, kam nie nach Hause, ohne ihm ein Stückchen Wecken oder dergleichen mitzubringen, und man meinte sogar, er sei seit der Geburt des Knaben ordentlicher geworden; wenigstens ward der Lärmen im Hause geringer.

Friedrich stand in seinem neunten Jahre. Es war um das Fest der Heiligen Drei Könige, eine harte, stürmische Winternacht. Hermann war zu einer Hochzeit gegangen und hatte sich schon beizeiten auf den Weg gemacht, da das Brauthaus dreiviertel Meilen entfernt lag. Obgleich er versprochen hatte, abends wiederzukommen, rechnete Frau Mergel doch um so weniger darauf, da sich nach Sonnenuntergang dichtes Schneegestöber eingestellt hatte. Gegen zehn Uhr schürte sie die Asche am Herde zusammen und machte sich zum Schlafengehen bereit. Friedrich stand neben ihr, schon halb entkleidet, und horchte auf das Geheul des Windes und das Klappen der Bodenfenster.

«Mutter, kommt der Vater heute nicht?» fragte er. — «Nein, Kind, morgen.» — «Aber warum nicht, Mutter? Er hat's doch versprochen.» — «Ach Gott, wenn der alles hielte, was er verspricht! Mach, mach voran, daß du fertig wirst!»

Sie hatte sich kaum niedergelegt, so erhob sich eine Windsbraut, als ob sie das Haus mitnehmen wollte. Die Bettstatt bebte, und im Schornstein rasselte es wie ein Kobold. — «Mutter, es pocht draußen!» — «Still, Fritzchen, das ist das lockere Brett im Giebel, das der Wind jagt.» — «Nein, Mutter, an der Tür!» — «Sie schließt nicht; die Klinke ist zerbrochen. Gott, schlaf doch! bring mich nicht um das armselige bißchen Nachtruhe.» —

«Aber wenn nun der Vater kommt?» — Die Mutter drehte sich heftig im Bett um. — «Den hält der Teufel fest genug!» — «Wo ist der Teufel, Mutter?» — «Wart, du Unrast! er steht vor der Tür und will dich holen, wenn du nicht ruhig bist!»

Friedrich ward still; er horchte noch ein Weilchen und schlief dann ein. Nach einigen Stunden erwachte er. Der Wind hatte sich gewendet und zischte jetzt wie eine Schlange durch die Fensterritze an seinem Ohr. Seine Schulter war erstarrt; er kroch tief unters Deckbett und lag aus Furcht ganz still. Nach einer Weile bemerkte er, daß die Mutter auch nicht schlief. Er hörte sie weinen und mitunter: «Gegrüßt seist du, Maria!» und «bitte für uns arme Sünder!» Die Kügelchen des Rosenkranzes glitten an seinem Gesicht hin. Ein unwillkürlicher Seufzer entfuhr ihm. — «Friedrich, bist du wach?» — «Ja, Mutter.» — «Kind, bete ein wenig — du kannst ja schon das halbe Vaterunser — daß Gott uns bewahre vor Wasser- und Feuersnot.»

Friedrich dachte an den Teufel, wie der wohl aussehen möge. Das mannigfache Geräusch und Getöse im Haus kam ihm wunderlich vor. Er meinte, es müsse etwas Lebendiges drinnen sein und draußen auch. — «Hör, Mutter, gewiß, da sind Leute, die pochen.» — «Ach nein, Kind; aber es ist kein altes Brett im Hause, das nicht klappert.» — «Hör! hörst du nicht? es ruft! hör doch!»

Die Mutter richtete sich auf; das Toben des Sturmes ließ einen Augenblick nach. Man hörte deutlich an den Fensterläden pochen und mehrere Stimmen: «Margret! Frau Margret, heda, aufgemacht!» Margret stieß einen heftigen Laut aus: «Da bringen sie mir das Schwein wieder!»

Der Rosenkranz flog klappernd auf den Brettstuhl, die Kleider wurden herbeigerissen. Sie fuhr zum Herde, und bald darauf hörte Friedrich sie mit trotzigen Schritten über die Tenne gehen. Margret kam gar nicht wieder; aber in der Küche war viel Gemurmel und fremde Stimmen. Zweimal kam ein fremder Mann in die Kammer und schien ängstlich etwas zu suchen. Mit einemmale ward eine Lampe hereingebracht; zwei Männer führten die Mutter. Sie war weiß wie Kreide und hatte die Augen geschlossen. Friedrich meinte, sie sei tot; er erhob ein fürchterliches Geschrei, worauf ihm jemand eine Ohrfeige gab, was ihn zur Ruhe brachte, und nun begriff er nach und nach aus den Reden der Umstehenden, daß der Vater vom Ohm Franz Semmler und dem Hülsmeyer tot im Holze gefunden sei und jetzt in der Küche liege.

Sobald Margret wieder zur Besinnung kam, suchte sie die fremden Leute loszuwerden. Der Bruder blieb bei ihr, und Friedrich, dem bei strenger Strafe im Bett zu bleiben geboten war, hörte die ganze Nacht hindurch das Feuer in der Küche knistern und ein Geräusch von Hinundherrutschen und Bürsten. Gesprochen ward wenig und leise, aber zuweilen drangen Seufzer herüber, die dem Knaben, so jung er war, durch Mark und Bein gingen. Einmal verstand er, daß der Oheim sagte: «Margret, zieh dir das nicht zu Gemüt; wir wollen jeder drei Messen lesen lassen, und um Ostern gehen wir zusammen eine Bittfahrt zur Mutter Gottes von Werl.»

Als nach zwei Tagen die Leiche fortgetragen wurde, saß Margret am Herde, das Gesicht mit der Schürze verhüllend. Nach einigen Minuten, als alles still geworden war, sagte sie in sich hinein: «Zehn Jahre, zehn Kreuze. Wir haben sie doch zusammen getragen, und jetzt bin ich allein!» Dann lauter: «Fritzchen, komm her!»

Friedrich kam scheu heran; die Mutter war ihm ganz unheimlich geworden mit den schwarzen Bändern und den verstörten Zügen. «Fritzchen», sagte sie, «willst du jetzt auch fromm sein, daß ich Freude an dir habe, oder willst du unartig sein und lügen oder saufen und stehlen?» — «Mutter, Hülsmeyer stiehlt.» — «Hülsmeyer? Gott bewahre! Soll ich dir auf den Rücken kommen? Wer sagt dir so schlechtes Zeug?» — «Er hat neulich den Aaron geprügelt und ihm sechs Groschen genommen.» — «Hat er dem Aaron Geld genommen, so hat ihn der verfluchte Jude gewiß zuvor darum betrogen. Hülsmeyer ist ein ordentlicher, angesessener Mann, und die Juden sind alle Schelme.» — «Aber, Mutter, Brandes sagt auch, daß er Holz und Rehe stiehlt.» — «Kind, Brandes ist ein Förster.» — «Mutter, lügen die Förster?»

Margret schwieg eine Weile, dann sagte sie: «Höre, Fritz, das Holz läßt unser Herrgott frei wachsen, und das Wild wechselt aus eines Herren Lande in das andere; die können niemandem gehören. Doch das verstehst du noch nicht; jetzt geh in den Schuppen und hole mir Reisig!»

Friedrich hatte seinen Vater auf dem Stroh gesehen, wo er, wie man sagt, blau und fürchterlich ausgesehen haben soll. Aber davon erzählte er nie und schien ungern daran zu denken. Überhaupt hatte die Erinnerung an seinen Vater eine mit Grausen gemischte Zärtlichkeit in ihm zurückgelassen, wie denn nichts so fesselt, wie die Liebe und Sorgfalt eines Wesens, das gegen alles übrige verhärtet scheint, und bei Friedrich wuchs dieses Gefühl mit den Jahren durch das Gefühl mancher Zurücksetzung von seiten anderer. Es war ihm äußerst empfindlich, wenn, solange er Kind war, jemand des Verstorbenen nicht allzu löblich gedachte, ein Kummer, den ihm das Zartgefühl der Nachbarn nicht ersparte. Es ist gewöhnlich in jenen Gegenden, den Verunglückten die Ruhe im Grabe abzusprechen. Der alte Mergel war das Gespenst des Brederholzes geworden; einen Betrunkenen führte er als Irrlicht bei einem Haar in den Zellerkolk (Teich); die Hirtenknaben, wenn sie nachts bei ihren Feuern kauerten und die Eulen in den Gründen schrien, hörten zuweilen in abgebrochenen Tönen ganz deutlich dazwischen sein: «Hör mal an, feins Liseken», und ein unprivilegierter Holzhauer, der unter der breiten Eiche eingeschlafen und dem es darüber Nacht geworden war, hatte beim Erwachen sein geschwollenes blaues Gesicht durch die Zweige lauschen sehen. Friedrich mußte von andern Knaben vieles darüber hören; dann heulte er, schlug um sich, stach auch einmal mit seinem Messerchen und wurde bei dieser Gelegenheit jämmerlich geprügelt. Seitdem trieb er seiner Mutter Kühe allein an das andere Ende des Tales, wo man ihn oft stundenlang in derselben Stellung im Grase liegen und den Thymian aus dem Boden rupfen sah.

Er war zwölf Jahre alt, als seine Mutter einen Besuch von ihrem jüngern Bruder erhielt, der in Brede wohnte und seit der törichten Heirat seiner Schwester ihre Schwelle nicht betreten hatte.

Simon Semmler war ein kleiner, unruhiger, magerer Mann mit vor dem Kopf liegenden Fischaugen und überhaupt einem Gesicht wie ein Hecht, ein unheimlicher Geselle, bei dem dicktuende Verschlossenheit oft mit ebenso gesuchter Treuherzigkeit wechselte, der gern einen aufgeklärten Kopf vorgestellt hätte und statt dessen für einen fatalen, Händel suchenden Kerl galt, dem jeder um so lieber aus dem Wege ging, je mehr er in das Alter trat, wo ohnehin beschränkte Menschen leicht an Ansprüchen gewinnen, was sie an Brauchbarkeit verlieren. Dennoch freute sich die arme Margret, die sonst keinen der Ihrigen mehr am Leben hatte.

«Simon, bist du da?» sagte sie und zitterte, daß sie sich am Stuhle halten mußte. «Willst du sehen, wie es mir geht und meinem schmutzigen Jungen?» — Simon betrachtete sie ernst und reichte ihr die Hand: «Du bist alt geworden, Margret!» — Margret seufzte: «Es ist mir derweil oft bitterlich gegangen mit allerlei Schicksalen.» — «Ja, Mädchen, zu spät gefreit hat immer gereut! Jetzt bist du alt, und das Kind ist klein. Jedes Ding hat seine Zeit. Aber wenn ein altes Haus brennt, dann hilft kein Löschen.» Über Margrets vergrämtes Gesicht flog eine Flamme, so rot wie Blut.

«Aber ich höre, dein Junge ist schlau und gewichst», fuhr Simon fort. — «Ei nun, so ziemlich, und dabei fromm.» — «Hum, 's hat mal einer eine Kuh gestohlen, der hieß auch Fromm. Aber er ist still und nachdenklich, nicht wahr? Er läuft nicht mit den anderen Buben?» — «Er ist ein eigenes Kind», sagte Margret wie für sich; «es ist nicht gut.» Simon lachte hell auf: «Dein Junge ist scheu, weil ihn die anderen ein paarmal gut durchgedroschen haben. Das wird ihnen der Bursche schon wieder bezahlen. Hülsmeyer war neulich bei mir, der sagte, es ist ein Junge wie 'n Reh.»

Welcher Mutter geht das Herz nicht auf, wenn sie ihr Kind loben hört? Der armen Margret ward selten so wohl; jedermann nannte ihren Jungen tückisch und verschlossen. Die Tränen traten ihr in die Augen. «Ja, gottlob, er hat gerade Glieder.» — «Wie sieht er aus?» fuhr Simon fort. — «Er hat viel von dir, Simon, viel.» Simon lachte: «Ei, das muß ein rarer Kerl sein, ich werde alle Tage schöner. An der Schule soll er sich wohl nicht verbrennen. Du läßt ihn die Kühe hüten? Ebensogut. Es ist doch nicht halb wahr, was der Magister sagt. Aber wo hütet er? Im Telgengrund? im Roderholze? im Teutoburger Walde? auch des Nachts und früh?»

— «Die ganzen Nächte durch; aber wie meinst du das?»

Simon schien dies zu überhören; er reckte den Hals zur Türe hinaus: «Ei, da kommt der Gesell! Vaterssohn! Er schlenkert gerade so mit den Armen wie dein seliger Mann. Und schau mal an! Wahrhaftig, der Junge hat meine blonden Haare!»

In der Mutter Züge kam ein heimliches, stolzes Lächeln: ihres Friedrichs blonde Locken und Simons rötliche Borsten! Ohne zu antworten, brach sie einen Zweig von der nächsten Hecke und ging ihrem Sohne entgegen, scheinbar, eine träge Kuh anzutreiben, im Grunde aber, ihm einige rasche, halbdrohende Worte zuzuraunen; denn sie kannte seine störrische Natur, und Simons Weise war ihr heute einschüchternder vorgekommen als je. Doch ging alles über Erwarten gut; Friedrich zeigte sich weder verstockt noch frech, vielmehr etwas blöde und sehr bemüht, dem Ohm zu gefallen. So kam es denn dahin, daß nach einer halbstündigen Unterredung Simon eine Art Adoption des Knaben in Vorschlag brachte, vermöge deren er denselben zwar nicht gänzlich seiner Mutter entziehen, aber doch über den größten Teil seiner Zeit verfügen wollte, wofür ihm dann am Ende des alten Junggesellen Erbe zufallen solle, das ihm freilich ohnedies nicht entgehen konnte. Margret ließ sich geduldig auseinandersetzen, wie groß der Vorteil, wie gering die Entbehrung ihrerseits bei dem Handel sei. Sie wußte am besten, was eine kränkliche Witwe an der Hülfe eines zwölfjährigen Knaben entbehrt, den sie bereits gewöhnt hat, die Stelle einer Tochter zu ersetzen. Doch sie schwieg und gab sich in alles. Nur bat sie den Bruder, streng, doch nicht hart gegen den Knaben zu sein.

«Er ist gut», sagte sie, «aber ich bin eine einsame Frau; mein Kind ist nicht wie einer, über den Vaterhand regiert hat.» Simon nickte schlau mit dem Kopf: «Laß mich nur gewähren, wir wollen uns schon vertragen, und weißt du was? Gib mir den Jungen gleich mit, ich habe zwei Säcke aus der Mühle zu holen; der kleinste ist ihm grad recht, und so lernt er mir zur Hand gehen. Komm, Fritzchen, zieh deine Holzschuh' an!»

Und bald sah Margret den beiden nach, wie sie fortschritten, Simon voran, mit seinem Gesicht die Luft durchschneidend, während ihm die Schöße des roten Rocks wie Feuerflammen nachzogen. So hatte er ziemlich das Ansehen eines feurigen Mannes, der unter dem gestohlenen Sacke büßt; Friedrich ihm nach, fein und schlank für sein Alter, mit zarten, fast edlen Zügen und langen blonden Locken, die besser gepflegt waren, als sein übriges Äußere erwarten ließ; übrigens zerlumpt, sonnenverbrannt und mit dem Ausdruck der Vernachlässigung und einer gewissen rohen Melancholie in den Zügen. Dennoch war eine große Familienähnlichkeit beider nicht zu verkennen, und wie Friedrich so langsam seinem Führer nachtrat, die Blicke fest auf denselben geheftet, der ihn gerade durch das Seltsame seiner Erscheinung anzog, erinnerte er unwillkürlich an jemand, der in einem Zauberspiegel das Bild seiner Zukunft mit verstörter Aufmerksamkeit betrachtet.

Jetzt nahten die beiden sich der Stelle des Teutoburger Waldes, wo das Brederholz den Abhang des Gebirges niedersteigt und einen sehr dunkeln Grund ausfüllt. Bis jetzt war wenig gesprochen worden. Simon schien nachdenkend, der Knabe zerstreut, und beide keuchten unter ihren Säcken. Plötzlich fragte Simon: «Trinkst du gern Branntwein?» — Der Knabe antwortete nicht. — «Ich frage, trinkst du gern Branntwein? Gibt dir die Mutter zuweilen welchen?» — «Die Mutter hat selbst keinen», sagte Friedrich. — «So, so, desto besser! — Kennst du das Holz da vor uns?» — «Das ist das Brederholz.» — «Weißt du auch, was darin vorgefallen ist?» — Friedrich schwieg. Indessen kamen sie der düstern Schlucht immer näher.

«Betet die Mutter noch so viel?» hob Simon wieder an. — «Ja, jeden Abend zwei Rosenkränze.» — «So? und du betest mit?» — Der Knabe lachte halb verlegen mit einem durchtriebenen Seitenblick. — «Die Mutter betet in der Dämmerung vor dem Essen den einen Rosenkranz, dann bin ich meist noch nicht wieder da mit den Kühen, und den andern im Bette, dann schlaf' ich gewöhnlich ein.» — «So, so, Geselle!» — Diese letzten Worte wurden unter dem Schirme einer weiten Buche gesprochen, die den Eingang der Schlucht überwölbte. Es war jetzt ganz finster; das erste Mondviertel stand am Himmel, aber seine schwachen Schimmer dienten nur dazu, den Gegenständen, die sie zuweilen durch eine Lücke der Zweige berührten, ein fremdartiges Ansehen zu geben. Friedrich hielt sich dicht hinter seinem Ohm; sein Odem ging schnell, und wer seine Züge hätte unterscheiden können, würde den Ausdruck einer ungeheuren, doch mehr phantastischen als furchtsamen Spannung darin wahrgenommen haben. So schritten beide rüstig voran, Simon mit dem festen Schritt des abgehärteten Wanderers, Friedrich schwankend und wie im Traum. Es kam ihm vor, als ob alles sich bewegte und die Bäume in den einzelnen Mondstrahlen bald zusammen, bald voneinander schwankten. Baumwurzeln und schlüpfrige Stellen, wo sich das Regenwasser gesammelt, machten seinen Schritt unsicher; er war einige Male nahe daran zu fallen. Jetzt schien sich in einiger Entfernung das Dunkel zu brechen, und bald traten beide in eine ziemlich große Lichtung. Der Mond schien klar hinein und zeigte, daß hier noch vor kurzem die Axt unbarmherzig gewütet hatte. Überall ragten Baumstümpfe hervor, manche mehrere Fuß über der Erde, wie sie gerade in der Eile am bequemsten zu durchschneiden gewesen waren; die verpönte Arbeit mußte unversehens unterbrochen worden sein; denn eine Buche lag quer über dem Pfad, in vollem Laube, ihre Zweige hoch über sich streckend und im Nachtwinde mit den noch frischen Blättern zitternd. Simon blieb einen Augenblick stehen und betrachtete den gefällten Stamm mit Aufmerksamkeit. In der Mitte der Lichtung stand eine alte Eiche, mehr breit als hoch; ein blasser Strahl, der durch die Zweige auf ihren Stamm fiel, zeigte, daß er hohl sei, was ihn wahrscheinlich vor der allgemeinen Zerstörung geschützt hatte. Hier ergriff Simon plötzlich des Knaben Arm.

«Friedrich, kennst du den Baum? Das ist die breite Eiche.» — Friedrich fuhr zusammen und klammerte sich mit kalten Händen an seinen Ohm. «Sieh», fuhr Simon fort, «hier haben Ohm Franz und der Hülsmeyer deinen Vater gefunden, als er in der Betrunkenheit ohne Buße und Ölung zum Teufel gefahren war.» — «Ohm, Ohm!» keuchte Friedrich. — «Was fällt dir ein? Du wirst dich doch nicht fürchten? Satan von einem Jungen, du kneipst mir den Arm! laß los, los!» — Er suchte den Knaben abzuschütteln. «Dein Vater war übrigens eine gute Seele; Gott wird's nicht so genau mit ihm nehmen. Ich hatt' ihn so lieb wie meinen eigenen Bruder.» — Friedrich ließ den Arm seines Ohms los; beide legten schweigend den übrigen Teil des Waldes zurück, und das Dorf Brede lag vor ihnen mit seinen Lehmhütten und den einzelnen bessern Wohnungen von Ziegelsteinen, zu denen auch Simons Haus gehörte.

Am nächsten Abend saß Margret schon seit einer Stunde mit ihrem Rocken vor der Tür und wartete auf ihren Knaben. Es war die erste Nacht, die sie zugebracht hatte, ohne den Atem ihres Kindes neben sich zu hören, und Friedrich kam noch immer nicht. Sie war ärgerlich und ängstlich und wußte, daß sie beides ohne Grund war. Die Uhr im Turm schlug sieben, das Vieh kehrte heim; er war noch immer nicht da, und sie mußte aufstehen, um nach den Kühen zu schauen.

Als sie wieder in die dunkle Küche trat, stand Friedrich am Herde; er hatte sich vornüber gebeugt und wärmte die Hände an den Kohlen. Der Schein spielte auf seinen Zügen und gab ihnen ein widriges Ansehen von Magerkeit und ängstlichem Zucken. Margret blieb in der Tennentür stehen, so seltsam verändert kam ihr das Kind vor.

«Friedrich, wie geht's dem Ohm?» Der Knabe murmelte einige unverständliche Worte und drängte sich dicht an die Feuermauer. — «Friedrich, hast du das Reden verlernt? Junge, tu das Maul auf! du weißt ja doch, daß ich auf dem rechten Ohr nicht gut höre.» — Das Kind erhob seine Stimme und geriet dermaßen ins Stammeln, daß Margret es um nichts mehr begriff. —

«Was sagst du? einen Gruß von Meister Semmler? wieder fort? wohin? die Kühe sind schon zu Hause. Verfluchter Junge, ich kann dich nicht verstehen. Wart, ich muß einmal sehen, ob du keine Zunge im Munde hast!» — Sie trat heftig einige Schritte vor. Das Kind sah zu ihr auf mit dem Jammerblick eines armen, halbwüchsigen Hundes, der Schildwacht stehen lernt, und begann in der Angst mit den Füßen zu stampfen und den Rücken an der Feuermauer zu reiben.

Margret stand still; ihre Blicke wurden ängstlich. Der Knabe erschien ihr wie zusammengeschrumpft, auch seine Kleider waren nicht dieselben, nein, das war ihr Kind nicht! und dennoch — «Friedrich, Friedrich!» rief sie.

In der Schlafkammer klappte eine Schranktür, und der Gerufene trat hervor, in der einen Hand eine sogenannte Holzschenvioline, das heißt einen alten Holzschuh, mit drei bis vier zerschabten Geigensaiten überspannt, in der anderen einen Bogen, ganz des Instruments würdig. So ging er gerade auf sein verkümmertes Spiegelbild zu, seinerseits mit einer Haltung bewußter Würde und Selbständigkeit, die in diesem Augenblicke den Unterschied zwischen beiden sonst merkwürdig ähnlichen Knaben stark hervortreten ließ.

«Da, Johannes», sagte er und reichte ihm mit einer Gönnermiene das Kunstwerk, «da ist die Violine, die ich dir versprochen habe. Mein Spielen ist vorbei, ich muß jetzt Geld verdienen.» — Johannes warf noch einmal einen scheuen Blick auf Margret, streckte dann langsam seine Hand aus, bis er das Dargebotene fest ergriffen hatte, und brachte es wie verstohlen unter die Flügel seines armseligen Jäckchens.

Margret stand ganz still und ließ die Kinder gewähren. Ihre Gedanken hatten eine andere, sehr ernste Richtung genommen, und sie blickte mit unruhigem Auge von einem auf den andern. Der fremde Knabe hatte sich wieder über die Kohlen gebeugt mit einem Ausdruck augenblicklichen Wohlbehagens, der an Albernheit grenzte, während in Friedrichs Zügen der Wechsel eines offenbar mehr selbstischen als gutmütigen Mitgefühls spielte und sein Auge in fast glasartiger Klarheit zum erstenmal bestimmt den Ausdruck jenes ungebändigten Ehrgeizes und Hanges zum Großtun zeigte, der nachher als so starkes Motiv seiner meisten Handlungen hervortrat.

Der Ruf seiner Mutter störte ihn aus Gedanken, die ihm ebenso neu als angenehm waren.

Sie saß wieder am Spinnrade.

«Friedrich», sagte sie zögernd, «sag einmal —» und schwieg dann. Friedrich sah auf und wandte sich, da er nichts weiter vernahm, wieder zu seinem Schützling. — «Nein, höre —» und dann leiser: «Was ist das für ein Junge? wie heißt er?» — Friedrich antwortete ebenso leise: «Das ist des Ohms Simon Schweinehirt, der eine Botschaft an den Hülsmeyer hat. Der Ohm hat mir ein paar Schuhe und eine Weste von Drillich gegeben, die hat mir der Junge unterwegs getragen; dafür hab' ich ihm meine Violine versprochen; er ist ja doch ein armes Kind; Johannes heißt er.» — «Nun?» sagte Margret. — «Was willst du, Mutter?» — «Wie heißt er weiter?» — «Ja — weiter nicht — oder warte — doch: Niemand, Johannes Niemand heißt er. — Er hat keinen Vater», fügte er leiser hinzu.

Margret stand auf und ging in die Kammer. Nach einer Weile kam sie heraus mit einem harten, finstern Ausdruck in den Mienen. «So, Friedrich», sagte sie, «laß den Jungen gehen, daß er seine Bestellung machen kann. — Junge, was liegst du da in der Asche? Hast du zu Hause nichts zu tun?»

Der Knabe raffte sich mit der Miene eines Verfolgten so eilfertig auf, daß ihm alle Glieder im Wege standen und die Holzschenvioline bei einem Haar ins Feuer gefallen wäre.

«Warte, Johannes», sagte Friedrich stolz, «ich will dir mein halbes Butterbrot geben, es ist mir doch zu groß, die Mutter schneidet allemal übers ganze Brot.»

«Laß doch», sagte Margret, «er geht ja nach Hause!»

«Ja, aber er bekommt nichts mehr; Ohm Simon ißt um sieben Uhr.» Margret wandte sich zu dem Knaben: «Hebt man dir nichts auf? Sprich, wer sorgt für dich?» — «Niemand», stotterte das Kind. — «Niemand?» wiederholte sie; «da nimm, nimm!» fügte sie heftig hinzu; «du heißt Niemand und niemand sorgt für dich! Das sei Gott geklagt! Und nun mach dich fort! Friedrich, geh nicht mit ihm, hörst du, geht nicht zusammen durchs Dorf!» — «Ich will ja nur Holz holen aus dem Schuppen», antwortete Friedrich. — Als beide Knaben fort waren, warf sich Margret auf einen Stuhl und schlug die Hände mit dem Ausdruck des tiefsten Jammers zusammen. Ihr Gesicht war bleich wie ein Tuch. «Ein falscher Eid*, ein falscher Eid!» stöhnte sie. «Simon, Simon, wie willst du vor Gott bestehen!»

So saß sie eine Weile, starr mit geklemmten Lippen, wie in völliger Geistesabwesenheit. Friedrich stand vor ihr und hatte sie schon zweimal angeredet. «Was ist's? was willst du?» rief sie auffahrend. — «Ich bringe Euch Geld», sagte er, mehr erstaunt als erschreckt. — «Geld?

wo?» Sie regte sich, und die kleine Münze fiel klingend auf den Boden. Friedrich hob sie auf. — «Geld vom Ohm Simon, weil ich ihm habe arbeiten helfen. Ich kann mir nun selber was verdienen.» — «Geld vom Simon? wirf's fort, fort! — nein, gib's den Armen! Doch nein, behalt's», flüsterte sie kaum hörbar; «wir sind selber arm; wer weiß, ob wir bei dem Betteln vorbeikommen!» — «Ich soll Montag wieder zum Ohm und ihm bei der Einsaat helfen.» — «Du wieder zu ihm? nein, nein, nimmermehr!» Sie umfaßte ihr Kind mit Heftigkeit. «Doch», fügte sie hinzu, und ein Tränenstrom stürzte ihr plötzlich über die eingefallenen Wangen; «geh, er ist mein einziger Bruder, und die Verleumdung ist groß! Aber halt Gott vor Augen und vergiß das tägliche Gebet nicht!»

Margret legte das Gesicht an die Mauer und weinte laut. Sie hatte manche harte Last getragen, ihres Mannes üble Behandlung, noch schwerer seinen Tod, und es war eine bittere Stunde, als die Witwe das letzte Stück Ackerland einem Gläubiger zur Nutznießung überlassen mußte und der Pflug vor ihrem Hause stillestand. Aber so war ihr nie zumute gewesen; dennoch, nachdem sie einen Abend durchgeweint, eine Nacht durchgewacht hatte, war sie dahin gekommen, zu denken, ihr Bruder Simon könne so gottlos nicht sein, der Knabe gehöre gewiß nicht ihm, Ähnlichkeiten wollen nichts beweisen. Hatte sie doch selbst vor vierzig Jahren ein Schwesterchen verloren, das genau dem fremden Hechelkrämer glich. Was glaubt man nicht gern, wenn man so wenig hat und durch Unglauben dies wenige verlieren soll!

Von dieser Zeit an war Friedrich selten mehr zu Hause. Simon schien alle wärmeren Gefühle, deren er fähig war, dem Schwestersohn zugewendet zu haben; wenigstens vermißte er ihn sehr und ließ nicht nach mit Botschaften, wenn ein häusliches Geschäft ihn auf einige Zeit bei der Mutter hielt. Der Knabe war seitdem wie verwandelt, das träumerische Wesen gänzlich von ihm gewichen, er trat fest auf, fing an, sein Äußeres zu beachten und bald in den Ruf eines hübschen, gewandten Burschen zu kommen. Sein Ohm, der nicht wohl ohne Projekte leben konnte, unternahm mitunter bedeutende öffentliche Arbeiten, zum Beispiel beim Wegbau, wobei Friedrich für einen seiner besten Arbeiter und überall als seine rechte Hand galt; denn obgleich dessen Körperkräfte noch nicht ihr volles Maß erreicht hatten, kam ihm doch nicht leicht jemand an Ausdauer gleich. Margret hatte bisher ihren Sohn nur geliebt, jetzt fing sie an, stolz auf ihn zu werden und sogar eine Art Hochachtung vor ihm zu fühlen, da sie den jungen Menschen so ganz ohne ihr Zutun sich entwickeln sah, sogar ohne ihren Rat, den sie, wie die meisten Menschen, für unschätzbar hielt und deshalb die Fähigkeiten nicht hoch genug anzuschlagen wußte, die eines so kostbaren Förderungsmittels entbehren konnten.

In seinem achtzehnten Jahre hatte Friedrich sich bereits einen bedeutenden Ruf in der jungen Dorfwelt gesichert durch den Ausgang einer

Wette, infolge deren er einen erlegten Eber über zwei Meilen weit auf seinem Rücken trug, ohne abzusetzen. Indessen war der Mitgenuß des Ruhms auch so ziemlich der einzige Vorteil, den Margret aus diesen günstigen Umständen zog, da Friedrich immer mehr auf sein Äußeres verwandte und allmählich anfing, es schwer zu verdauen, wenn Geldmangel ihn zwang, irgend jemand im Dorf darin nachzustehen. Zudem waren alle seine Kräfte auf den auswärtigen Erwerb gerichtet; zu Hause schien ihm, ganz im Widerspiel mit seinem sonstigen Rufe, jede anhaltende Beschäftigung lästig, und er unterzog sich lieber einer harten, aber kurzen Anstrengung, die ihm bald erlaubte, seinem früheren Hirtenamte wieder nachzugehen, was bereits begann, seinem Alter unpassend zu werden, und ihm gelegentlichen Spott zuzog, vor dem er sich aber durch ein paar derbe Zurechtweisungen mit der Faust Ruhe verschaffte. So gewöhnte man sich daran, ihn bald geputzt und fröhlich als anerkannten Dorfelegant an der Spitze des jungen Volks zu sehen, bald wieder als zerlumpten Hirtenbuben einsam und träumerisch hinter den Kühen herschleichend, oder in einer Waldlichtung liegend, scheinbar gedankenlos und das Moos von den Bäumen rupfend.

Um diese Zeit wurden die schlummernden Gesetze doch einigermaßen aufgerüttelt durch eine Bande von Holzfrevlern, die unter dem Namen der Blaukittel alle ihre Vorgänger so weit an List und Frechheit übertraf, daß es dem Langmütigsten zuviel werden mußte. Ganz gegen den gewöhnlichen Stand der Dinge, wo man die stärksten Böcke der Herde mit dem Finger bezeichnen konnte, war es hier trotz aller Wachsamkeit bisher nicht möglich gewesen, auch nur ein Individuum namhaft zu machen. Ihre Benennung erhielten sie von der ganz gleichförmigen Tracht, durch die sie das Erkennen erschwerten, wenn etwa ein Förster noch einzelne Nachzügler im Dickicht verschwinden sah. Sie verheerten alles wie die Wanderraupe; ganze Waldstrecken wurden in einer Nacht gefällt und auf der Stelle fortgeschafft, so daß man am andern Morgen nichts fand als Späne und wüste Haufen von Toppholz*, und der Umstand, daß nie Wagenspuren einem Dorfe zuführten, sondern immer vom Flusse her und dorthin zurück, bewies, daß man unter dem Schutz und vielleicht mit dem Beistande der Schiffseigentümer handelte. In der Bande mußten sehr gewandte Spione sein, denn die Förster konnten wochenlang umsonst wachen; in der ersten Nacht, gleichviel, ob stürmisch oder mondhell, wo sie vor Übermüdung nachließen, brach die Zerstörung ein. Seltsam war es, daß das Landvolk umher ebenso unwissend und gespannt schien als die Förster selber.

Von einigen Dörfern ward mit Bestimmtheit gesagt, daß sie nicht zu den Blaukitteln gehörten, aber keines konnte als dringend verdächtig bezeichnet werden, seit man das verdächtigste von allen, das Dorf B., freisprechen mußte. Ein Zufall hatte dies bewirkt, eine Hochzeit, auf der fast alle Bewohner dieses Dorfes notorisch die Nacht zugebracht hatten, während zu ebendieser Zeit die Blaukittel eine ihrer stärksten Expeditionen ausführten.

Der Schaden in den Forsten war indes allzu groß, deshalb wurden die Maßregeln dagegen auf eine bisher unerhörte Weise gesteigert; Tag und Nacht wurde patrouilliert, Ackerknechte, Hausbediente mit Gewehren versehen und den Forstbeamten zugesellt. Dennoch war der Erfolg nur gering, und die Wächter hatten oft kaum das eine Ende des Forstes verlassen, wenn die Blaukittel schon zum andern einzogen. Das währte länger als ein volles Jahr, Wächter und Blaukittel, Blaukittel und Wächter, wie Sonne und Mond immer abwechselnd im Besitz des Terrains und nie zusammentreffend.

Es war im Juli 1756, früh um drei; der Mond stand klar am Himmel, aber sein Glanz fing an zu ermatten, und im Osten zeigte sich bereits ein schmaler gelber Streif, der den Horizont besäumte und den Eingang einer engen Talschlucht wie mit einem Goldbande schloß. Friedrich lag im Grase, nach seiner gewohnten Weise, und schnitzelte an einem Weidenstabe, dessen knotigem Ende er die Gestalt eines ungeschlachten Tieres zu geben versuchte. Er. sah übermüdet aus, gähnte, ließ mitunter. seinen Kopf an einem verwitterten Stammknorren ruhen und Blicke, dämmeriger als der Horizont, über den mit Gestrüpp und Aufschlag fast verwachsenen Eingang des Grundes streifen. Ein paarmal belebten sich seine Augen und nahmen den ihnen eigentümlichen glasartigen Glanz an, aber gleich nachher schloß er sie wieder halb und gähnte und dehnte sich, wie es nur faulen Hirten erlaubt ist. Sein Hund lag in einiger Entfernung nah bei den Kühen, die, unbekümmert um die Forstgesetze, ebensooft den jungen Baumspitzen als dem Grase zusprachen und in die frische Morgenluft schnaubten.

Aus dem Walde drang von Zeit zu Zeit ein dumpfer, krachender Schall; der Ton hielt nur einige Sekunden an, begleitet von einem langen Echo an den Bergwänden, und wiederholte sich etwa alle fünf bis acht Minuten. Friedrich achtete nicht darauf; nur zuweilen, wenn das Getöse ungewöhnlich stark oder anhaltend war, hob er den Kopf und ließ seine Blicke langsam über die verschiedenen Pfade gleiten, die ihren Ausgang in dem Talgrunde fanden.

Es fing bereits stark zu dämmern an; die Vögel begannen leise zu zwitschern, und der Tau stieg fühlbar aus dem Grunde. Friedrich war an dem Stamm hinabgeglitten und starrte, die Arme über den Kopf verschlungen, in das leise einschleichende Morgenrot. Plötzlich fuhr er auf: über sein Gesicht fuhr ein Blitz, er horchte einige Sekunden mit vorgebeugtem Oberleib, wie ein Jagdhund, dem die Luft Witterung zuträgt. Dann schob er schnell zwei Finger in den Mund und pfiff gellend und anhaltend. — «Fidel, du verfluchtes Tier!» Ein Steinwurf traf die Seite des unbesorgten Hundes, der, vom Schlafe aufgeschreckt, zuerst um sich biß und dann heulend auf drei Beinen dort Trost suchte, von wo das Übel ausgegangen war.*

In demselben Augenblicke wurden die Zweige eines nahen Gebüsches fast ohne Geräusch zurückgeschoben, und ein Mann trat heraus, im grünen Jagdrock, den silbernen Wappenschild am Arm, die gespannte Büchse in der Hand. Er ließ schnell seine Blicke über die Schlucht fahren und sie dann mit besonderer Schärfe auf dem Knaben verweilen, trat dann vor, winkte nach dem Gebüsch, und allmählich wurden sieben bis acht Männer sichtbar, alle in ähnlicher Kleidung, Weidmesser im Gürtel und die gespannten Gewehre in der Hand.

«Friedrich, was war das?» fragte der zuerst Erschienene. — «Ich wollte, daß der Racker auf der Stelle krepierte. Seinetwegen können die Kühe mir die Ohren vom Kopfe fressen.» — «Die Kanaille hat uns gesehen», sagte ein anderer.

«Morgen sollst du auf die Reise mit einem Stein am Halse», fuhr Friedrich fort und stieß nach dem Hunde. — «Friedrich, stell dich nicht an wie ein Narr! Du kennst mich und du verstehst mich auch!» Ein Blick begleitete diese Worte, der schnell wirkte. — «Herr Brandes, denkt an meine Mutter!» — «Das tu ich. Hast du nichts im Walde gehört?» — «Im Walde?» — Der Knabe warf einen raschen Blick auf des Försters Gesicht. — «Eure Holzfäller, sonst nichts.» — «Meine Holzfäller!»

Die ohnehin dunkle Gesichtsfarbe des Försters ging in tiefes Blaurot über. «Wie viele sind ihrer, und wo treiben sie ihr Wesen?» — «Wohin Ihr sie geschickt habt; ich weiß es nicht.» —

Brandes wandte sich zu seinen Gefährten: «Geht voran; ich komme gleich nach.»

Als einer nach dem andern im Dickicht verschwunden war, trat Brandes dicht vor den Knaben: «Friedrich», sagte er mit dem Ton unterdrückter Wut, «meine Geduld ist zu Ende; ich möchte dich prügeln wie einen Hund, und mehr seid ihr auch nicht wert. Ihr Lumpenpack, dem kein Ziegel auf dem Dach gehört! Bis zum Betteln habt ihr es, gottlob, bald gebracht, und an meiner Tür soll deine Mutter, die alte Hexe, keine verschimmelte Brotrinde bekommen. Aber vorher sollt ihr mir noch beide ins Hundeloch.» Friedrich griff krampfhaft nach einem Aste. Er war totenbleich, und seine Augen schienen wie Kristallkugeln aus dem Kopfe schießen zu wollen. Doch nur einen Augenblick. Dann kehrte die größte, an Erschlaffung grenzende Ruhe zurück. «Herr», sagte er fest, mit fast sanfter Stimme. «Ihr habt gesagt, was Ihr nicht verantworten könnt, und ich vielleicht auch. Wir wollen es gegeneinander aufgehen lassen, und nun will ich Euch sagen, was Ihr verlangt. Wenn Ihr die Holzfäller nicht selbst bestellt habt, so müssen es die Blaukittel sein; denn aus dem Dorfe ist kein Wagen gekommen; ich habe den Weg ja vor mir, und vier Wagen sind es. Ich habe sie nicht gesehen, aber den Hohlweg hinauffahren hören.» Er stockte einen Augenblick.

«Könnt Ihr sagen, daß ich je einen Baum in Eurem Revier gefällt habe? überhaupt, daß ich je anderwärts gehauen habe als auf Bestellung? Denkt nach, ob Ihr das sagen könnt?»

Ein verlegenes Murmeln war die ganze Antwort des Försters, der nach Art der meisten rauhen Menschen leicht bereute. Er wandte sich unwirsch und schritt dem Gebüsche zu. — «Nein, Herr», rief Friedrich, «wenn Ihr zu den anderen Förstern wollt, die sind dort an der Buche hinaufgegangen.» — «An der Buche?» sagte Brandes zweifelhaft, «nein, dort hinüber, nach dem Mastergrunde.» — «Ich sage Euch, an der Buche; des langen Heinrich Flintenriemen blieb noch am krummen Ast dort hängen; ich hab's ja gesehen!»

Der Förster schlug den bezeichneten Weg ein.

Friedrich hatte die ganze Zeit hindurch seine Stellung nicht verlassen; halb liegend, den Arm um einen dürren Ast verschlungen, sah er dem Fortgehenden unverrückt nach, wie er durch den halbverwachsenen Steig glitt, mit dem vorsichtigen, weiten Schritten seines Metiers, so geräuschlos, wie ein Fuchs die Hühnersteige erklimmt. Hier sank ein Zweig hinter ihm, dort einer; die Umrisse seiner Gestalt schwanden immer mehr. Da blitzte es noch einmal durchs Laub. Es war ein Stahlknopf seines Jagdrockes; nun war er fort. Friedrichs Gesicht hatte während dieses allmählichen Verschwindens den Ausdruck seiner Kälte verloren, und seine Züge schienen zuletzt unruhig bewegt. Gereute es ihn vielleicht, den Förster nicht um Verschweigung seiner Angaben gebeten zu haben? Er ging einige Schritte voran, blieb dann stehen. «Es ist zu spät», sagte er vor sich hin und griff nach seinem Hute. Ein leises Picken im Gebüsche, nicht zwanzig Schritte von ihm. Es war der Förster, der den Flintenstein schärfte. Friedrich horchte. — «Nein!» sagte er dann mit entschlossenem Tone, raffte seine Siebensachen zusammen und trieb das Vieh eilfertig die Schlucht entlang.

Um Mittag saß Frau Margret am Herd und kochte Tee. — Friedrich war krank heimgekommen; er klagte über heftige Kopfschmerzen und hatte auf ihre besorgte Nachfrage erzählt, wie er sich schwer geärgert über den Förster, kurz den ganzen eben beschriebenen Vorgang, mit Ausnahme einiger Kleinigkeiten, die er besser fand, für sich zu behalten. Margret sah schweigend und trübe in das siedende Wasser. Sie war es wohl gewohnt, ihren Sohn mitunter klagen zu hören, aber heute kam er ihr so angegriffen vor wie sonst nie. Sollte wohl eine Krankheit im Anzuge sein? Sie seufzte tief und ließ einen eben ergriffenen Holzblock fallen.

«Mutter!» rief Friedrich aus der Kammer. — «Was willst du?» — «War das ein Schuß?» — «Ach nein, ich weiß nicht, was du meinst.» — «Es pocht mir wohl nur so im Kopfe», versetzte er. Die Nachbarin trat herein und erzählte mit leisem Flüstern irgendeine unbedeutende Klatscherei, die Margret ohne Teilnahme anhörte. Dann ging sie.

«Mutter!» rief Friedrich. Margret ging zu ihm hinein. «Was erzählte die Hülsmeyer?» — «Ach gar nichts, Lügen, Wind!» — Friedrich richtete sich auf. — «Von der Gretchen Siemers; du weißt ja wohl die alte Geschichte, und ist doch nichts Wahres dran.» — Friedrich legte sich wieder hin. «Ich will sehen, ob ich schlafen kann», sagte er.

Margret saß am Herde; sie spann und dachte wenig Erfreuliches. Im Dorfe schlug es halb zwölf; die Türe klinkte, und der Gerichtsschreiber Kapp trat herein.

«Guten Tag, Frau Mergel», sagte er; «könnt Ihr mir einen Trunk Milch geben? Ich komme von M.» — Als Frau Mergel das Verlangte brachte, fragte er: «Wo ist Friedrich?» Sie war gerade beschäftigt, einen Teller hervorzulangen, und überhörte die Frage. Er trank zögernd und in kurzen Absätzen. «Wißt Ihr wohl», sagte er dann, «daß die Blaukittel in dieser Nacht wieder im Masterholze eine ganze Strecke so kahl gefegt haben wie meine Hand?» — «Ei du frommer Gott!» versetzte sie gleichgültig. — «Die Schandbuben», fuhr der Schreiber fort, «ruinieren alles; wenn sie noch Rücksicht nähmen auf das junge Holz, aber Eichenstämmchen wie mein Arm dick, wo nicht einmal eine Ruderstange drin steckt! Es ist, als ob ihnen anderer Leute Schaden ebenso lieb wäre wie ihr Profit!» — «Es ist schade!» sagte Margret.

Der Amtsschreiber hatte getrunken und ging noch immer nicht. Er schien etwas auf dem Herzen zu haben. «Habt Ihr nichts von Brandes gehört?» fragte er plötzlich. — «Nichts; er kommt niemals hier ins Haus.» — «So wißt Ihr nicht, was ihm begegnet ist?» — «Was denn?» fragte Margret gespannt. — «Er ist tot!» — «Tot!» rief sie, «was tot? Um Gottes willen!

Er ging ja noch heute morgen ganz gesund hier vorüber mit der Flinte auf dem Rücken!» — «Er ist tot», wiederholte der Schreiber, sie scharf fixierend; «von den Blaukitteln erschlagen. Vor einer Viertelstunde wurde die Leiche ins Dorf gebracht.»

Margret schlug die Hände zusammen. — «Gott im Himmel, geh nicht mit ihm ins Gericht! Er wußte nicht, was er tat!» — «Mit ihm!» rief der Amtsschreiber, «mit dem verfluchten Mörder, meint Ihr?» Aus der Kammer drang ein schweres Stöhnen. Margret eilte hin, und der Schreiber folgte ihr. Friedrich saß aufrecht im Bette, das Gesicht in die Hände gedrückt, und ächzte wie ein Sterbender. — «Friedrich, wie ist dir?» sagte die Mutter. — «Wie ist dir?» wiederholte der Amtsschreiber. — «O mein Leib, mein Kopf!» jammerte er. — «Was fehlt ihm?» — «Ach, Gott weiß es», versetzte sie; «er ist schon um vier mit den Kühen heimgekommen, weil ihm so übel war.» — «Friedrich, Friedrich, antworte doch, soll ich zum Doktor?» — «Nein, nein», ächzte er, «es ist nur Kolik, es wird schon besser.»

Er legte sich zurück; sein Gesicht zuckte krampfhaft vor Schmerz; dann kehrte die Farbe wieder. «Geht», sagte er matt; «ich muß schlafen, dann geht's vorüber.» —

«Frau Mergel», sagte der Amtsschreiber ernst, «ist es gewiß, daß Friedrich um vier zu Hause kam und nicht wieder fortging?» — Sie sah ihn starr an. «Fragt jedes Kind auf der Straße. Und fortgehen? — wollte Gott, er könnt' es!» —

«Hat er Euch nichts von Brandes erzählt?» — «In Gottes Namen, ja, daß er ihn im Walde geschimpft und unsere Armut vorgeworfen hat, der Lump! Doch Gott verzeih mir, er ist tot! Geht!» — fuhr sie heftig fort; «seid Ihr gekommen, um ehrliche Leute zu beschimpfen? Geht!» — Sie wandte sich wieder zu ihrem Sohne; der Schreiber ging. — «Friedrich, wie ist dir?» sagte die Mutter. «Hast du wohl gehört? Schrecklich, schrecklich! ohne Beichte und Absolution!»

«Mutter, Mutter, um Gottes willen, laß mich schlafen; ich kann nicht mehr!»

In diesem Augenblick trat Johannes Niemand in die Kammer; dünn und lang wie eine Hopfenstange, aber zerlumpt und scheu, wie wir ihn vor fünf Jahren gesehen. Sein Gesicht war noch bleicher als gewöhnlich. «Friedrich», stotterte er, «du sollst sogleich zum Ohm kommen, er hat Arbeit für dich, aber sogleich.» — Friedrich drehte sich gegen die Wand. — «Ich komme nicht», sagte er barsch, «ich bin krank.» — «Du mußt aber kommen», keuchte Johannes; «er hat gesagt, ich müßte dich mitbringen.» Friedrich lachte höhnisch auf: «Das will ich doch sehen!» — «Laß ihn in Ruhe, er kann nicht», seufzte Margret, «du siehst ja, wie es steht.» — Sie ging auf einige Minuten hinaus; als sie zurückkam, war Friedrich bereits angekleidet. — «Was fällt dir ein?» rief sie, «du kannst, du sollst nicht gehen!» — «Was sein muß, schickt sich wohl», versetzte er und war schon zur Türe hinaus mit Johannes. — «Ach

Gott», seufzte die Mutter, «wenn die Kinder klein sind, treten sie uns in den Schoß, und wenn sie groß sind, ins Herz!»

Die gerichtliche Untersuchung hatte ihren Anfang genommen, die Tat lag klar am Tage; über den Täter aber waren die Anzeichen so schwach, daß, obschon alle Umstände die Blaukittel dringend verdächtigten, man doch nicht mehr als Mutmaßungen wagen konnte. Eine Spur schien Licht geben zu wollen: doch rechnete man aus Gründen wenig darauf. Die Abwesenheit des Gutsherrn hatte den Gerichtsschreiber genötigt, auf eigene Hand die Sache einzuleiten. Er saß am Tische; die Stube war gedrängt voll von Bauern, teils neugierigen, teils solchen, von denen man in Ermangelung eigentlicher Zeugen einigen Aufschluß zu erhalten hoffte. Hirten, die in derselben Nacht gehütet, Knechte, die den Acker in der Nähe bestellt, alle standen stramm und fest, die Hände in den Taschen, gleichsam als stillschweigende Erklärung, daß sie nicht einzuschreiten gesonnen seien.

Acht Forstbeamte wurden vernommen. Ihre Aussagen waren völlig gleichlautend: Brandes habe sie am Zehnten abends zur Runde bestellt, da ihm von einem Vorhaben der Blaukittel müsse Kunde zugekommen sein; doch habe er sich nur unbestimmt darüber geäußert. Um zwei Uhr in der Nacht seien sie ausgezogen und auf manche Spuren der Zerstörung gestoßen, die den Oberförster sehr übel gestimmt; sonst sei alles still gewesen. Gegen vier Uhr habe Brandes gesagt: «Wir sind angeführt, laßt uns heimgehen.» — Als sie nun um den Bremerberg gewendet und zugleich der Wind umgeschlagen, habe man deutlich im Masterholz fällen gehört und aus der schnellen Folge der Schläge geschlossen, daß die Blaukittel am Werk seien. Man habe nun eine Weile beratschlagt, ob es tunlich sei, mit so geringer Macht die kühne Bande anzugreifen, und sich dann ohne bestimmten Entschluß dem Schalle langsam genähert. Nun folgte der Auftritt mit Friedrich. Ferner: nachdem Brandes sie ohne Weisung fortgeschickt, seien sie eine Weile vorangeschritten und dann, als sie bemerkt, daß das Getöse im noch ziemlich weit entfernten Walde gänzlich aufgehört, stillgestanden, um den Oberförster zu erwarten. Die Zögerung habe sie verdrossen, und nach etwa zehn Minuten seien sie weitergegangen und so bis an den Ort der Verwüstung. Alles sei vorüber gewesen, kein Laut mehr im Walde, von zwanzig gefällten Stämmen noch acht vorhanden, die übrigen bereits fortgeschafft. Es sei ihnen unbegreiflich, wie man dieses ins Werk gestellt, da keine Wagenspuren zu finden gewesen.

Auch habe die Dürre der Jahreszeit und der mit Fichtennadeln bestreute Boden keine Fußstapfen unterscheiden lassen, obgleich der Grund ringsumher wie festgestampft war. Da man nun überlegt, daß es zu nichts nützen könne, den Oberförster zu erwarten, sei man rasch der andern Seite des Waldes zugeschritten, in der Hoffnung, vielleicht noch einen Blick von den

Frevlern zu erhaschen. Hier habe sich einem von ihnen beim Ausgange des Waldes die Flaschenschnur in Brombeerranken verstrickt, und als er umgeschaut, habe er etwas im Gestrüpp blitzen sehen; es war die Gurtschnalle des Oberförsters, den man nun hinter den Ranken liegend fand, grad ausgestreckt, die rechte Hand um den Flintenlauf geklemmt, die andere geballt und die Stirn von einer Axt gespalten.

Dies waren die Aussagen der Förster; nun kamen die Bauern an die Reihe, aus denen jedoch nichts zu bringen war. Manche behaupteten, um vier Uhr noch zu Hause oder anderswo beschäftigt gewesen zu sein, und keiner wollte etwas bemerkt haben. Was war zu machen? Sie waren sämtlich angesessene, unverdächtige Leute. Man mußte sich mit ihren negativen Zeugnissen begnügen.

Friedrich ward hereingerufen. Er trat ein mit einem Wesen, das sich durchaus nicht von seinem gewöhnlichen unterschied, weder gespannt noch keck. Das Verhör währte ziemlich lange, und die Fragen waren mitunter ziemlich schlau gestellt; er beantwortete sie jedoch alle offen und bestimmt und erzählte den Vorgang zwischen ihm und dem Oberförster ziemlich der Wahrheit gemäß, bis auf das Ende, das er geratener fand, für sich zu behalten. Sein Alibi zur Zeit des Mordes war leicht erwiesen.

Der Förster lag am Ausgange des Masterholzes, über dreiviertel Stunden Weges von der Schlucht, in der er Friedrich um vier Uhr angeredet und aus der dieser seine Herde schon zehn

Minuten später ins Dorf getrieben. Jedermann hatte dies gesehen; alle anwesenden Bauern beeiferten sich, es zu bezeugen; mit diesem hatte er geredet, jenem zugenickt.

Der Gerichtsschreiber saß unmutig und verlegen da. Plötzlich fuhr er mit der Hand hinter sich und brachte etwas Blinkendes vor Friedrichs Auge. «Wem gehört dies?» — Friedrich sprang drei Schritt zurück. «Herr Jesus! ich dachte, Ihr wolltet mir den Schädel einschlagen.» Seine Augen waren rasch über das tödliche Werkzeug gefahren und schienen momentan auf einem ausgebrochenen Splitter am Stiele zu haften. «Ich weiß es nicht», sagte er fest. — Es war die Axt, die man in dem Schädel des Oberförsters eingeklammert gefunden hatte. — «Sieh sie genau an», fuhr der Gerichtsschreiber fort. Friedrich faßte sie mit der Hand, besah sie oben, unten, wandte sie um. «Es ist eine Axt wie andere», sagte er dann und legte sie gleichgültig auf den Tisch. Ein Blutfleck ward sichtbar; er schien zu schaudern, aber er wiederholte noch einmal sehr bestimmt: «Ich kenne sie nicht.» Der Gerichtsschreiber seufzte vor Unmut. Er selbst wußte um nichts mehr und hatte nur einen Versuch zu möglicher Entdeckung durch Überraschung machen wollen. Es blieb nichts übrig, als das Verhör zu schließen.

Denjenigen, die vielleicht auf den Ausgang dieser Begebenheit gespannt sind, muß ich sagen, daß diese Geschichte nie aufgeklärt wurde, obwohl noch viel dafür geschah und diesem Verhöre mehrere folgten. Den Blaukitteln schien durch das Aufsehen, das der Vorgang gemacht, und die darauffolgenden geschärften Maßregeln der Mut genommen; sie waren von nun an wie verschwunden, und obgleich späterhin noch mancher Holzfrevler erwischt wurde, fand man doch nie Anlaß, ihn der berüchtigten Bande zuzuschreiben. Die Axt lag zwanzig Jahre nachher als unnützes Corpus delicti im Gerichtsarchiv, wo sie wohl noch jetzt ruhen mag mit ihren Rostflecken. Es würde in einer erdichteten Geschichte unrecht sein, die Neugier des Lesers so zu täuschen. Aber dies alles hat sich wirklich zugetragen; ich kann nichts davon- oder dazutun.

Am nächsten Sonntage stand Friedrich sehr früh auf, um zur Beichte zu gehen. Es war Mariä Himmelfahrt und die Pfarrgeistlichen schon vor Tagesanbruch im Beichtstuhle.

Nachdem er sich im Finstern angekleidet, verließ er so geräuschlos wie möglich den engen Verschlag, der ihm in Simons Hause eingeräumt war. In der Küche mußte sein Gebetbuch auf dem Sims liegen, und er hoffte, es mit Hilfe des schwachen Mondlichts zu finden; es war nicht da. Er warf die Augen suchend umher und fuhr zusammen; in der Kammertür stand Simon, fast unbekleidet; seine dürre Gestalt, sein ungekämmtes, wirres Haar und die vom Mondschein verursachte Blässe des Gesichts gaben ihm ein schauerlich verändertes Ansehen. «Sollte er nachtwandeln?» dachte Friedrich, und verhielt sich ganz still. — «Friedrich, wohin?» flüsterte der Alte. — «Ohm, seid Ihr's? Ich will beichten gehen.» — «Das dacht' ich mir; geh in Gottes

Namen, aber beichte wie ein guter Christ!» — «Das will ich», sagte Friedrich. — «Denk an die Zehn Gebote: du sollst kein Zeugnis ablegen gegen deinen Nächsten!» — «Kein falsches!» — «Nein, gar keines; du bist schlecht unterrichtet; wer einen andern in der Beichte anklagt, der empfängt das Sakrament unwürdig.»

Beide schwiegen. — «Ohm, wie kommt Ihr darauf?» sagte Friedrich dann; «Eu'r Gewissen ist nicht rein; Ihr habt mich belogen.» — «Ich? so?» — «Wo ist Eure Axt?» — «Meine Axt? auf der Tenne!» — «Habt Ihr einen neuen Stiel hineingemacht? Wo ist der alte?» — «Den kannst du heute bei Tage im Holzschuppen finden.»

«Geh», fuhr er verächtlich fort, «ich dachte, du seist ein Mann; aber du bist ein altes Weib, das gleich meint, das Haus brennt, wenn ihr Feuertopf raucht. Sieh», fuhr er fort, «wenn ich mehr von der Geschichte weiß als der Türpfosten da, so will ich ewig nicht selig werden. Längst war ich zu Haus», fügte er hinzu. — Friedrich stand beklemmt und zweifelnd. Er hätte viel darum gegeben, seines Ohms Gesicht sehen zu können. Aber während sie flüsterten, hatte der Himmel sich bewölkt.

«Ich habe schwere Schuld», seufzte Friedrich, «daß ich ihn den unrechten Weg geschickt — obgleich — doch, dies hab ich nicht gedacht; nein, gewiß nicht. Ohm, ich habe Euch ein schweres Gewissen zu danken.» — «So geh, beicht!» flüsterte Simon mit bebender Stimme; «verunehre das Sakrament durch Angeberei und setze armen Leuten einen Spion auf den Hals, der schon Wege finden wird, ihnen das Stückchen Brot aus den Zähnen zu reißen, wenn er gleich nicht reden darf — geh!»

Friedrich stand unschlüssig; er hörte ein leises Geräusch; die Wolken verzogen sich, das Mondlicht fiel wieder auf die Kammertür: sie war geschlossen. Friedrich ging an diesem Morgen nicht zur Beichte.

Der Eindruck, den dieser Vorfall auf Friedrich gemacht, erlosch leider nur zu bald. Wer zweifelt daran, daß Simon alles tat, seinen Adoptivsohn dieselben Wege zu leiten, die er selber ging? Und in Friedrich lagen Eigenschaften, die dies nur zu sehr erleichterten: Leichtsinn, Erregbarkeit und vor allem ein grenzenloser Hochmut, der nicht immer den Schein verschmähte und dann alles daransetzte, durch Wahrmachung des Usurpierten möglicher Beschämung zu entgehen. Seine Natur war nicht unedel, aber er gewöhnte sich, die innere Schande der äußern vorzuziehen. Man darf nur sagen, er gewöhnte sich zu prunken, während seine Mutter darbte.

Diese unglückliche Wendung seines Charakters war indessen das Werk mehrerer Jahre, in denen man bemerkte, daß Margret immer stiller über ihren Sohn ward und allmählich in einen Zustand der Verkommenheit versank, den man früher bei ihr für unmöglich gehalten hätte. Sie wurde scheu, saumselig, sogar unordentlich, und manche meinten, ihr Kopf habe gelitten. Friedrich ward desto lauter; er versäumte keine

Kirchweih oder Hochzeit, und da ein sehr empfindliches Ehrgefühl ihn die geheime Mißbilligung mancher nicht übersehen ließ, war er gleichsam immer unter Waffen, der öffentlichen Meinung nicht sowohl Trotz zu bieten, als sie den Weg zu leiten, der ihm gefiel. Er war äußerlich ordentlich, nüchtern, anscheinend treuherzig, aber listig, prahlerisch und oft roh, ein Mensch, an dem niemand Freude haben konnte, am wenigsten seine Mutter, und der dennoch durch seine gefürchtete Kühnheit und noch mehr gefürchtete Tücke ein gewisses Übergewicht im Dorfe erlangt hatte, das um so mehr anerkannt wurde, je mehr man sich bewußt war, ihn nicht zu kennen und nicht berechnen zu können, wessen er am Ende fähig sei. Nur ein Bursch im Dorfe, Wilm Hülsmeyer, wagte im Bewußtsein seiner Kraft und guter Verhältnisse, ihm die Spitze zu bieten; und da er gewandter in Worten war als Friedrich und immer, wenn der Stachel saß, einen Scherz daraus zu machen wußte, so war dies der einzige, mit dem Friedrich ungern zusammentraf.

Vier Jahre waren verflossen; es war im Oktober; der milde Herbst von 1760, der alle Scheunen mit Korn und alle Keller mit Wein füllte, hatte seinen Reichtum auch über diesen Erdwinkel strömen lassen, und man sah mehr Betrunkene, hörte von mehr Schlägereien und dummen Streichen als je. Überall gab's Lustbarkeiten; der blaue Montag kam in Aufnahme, und wer ein paar Taler erübrigt hatte, wollte gleich eine Frau dazu, die ihm heute essen und morgen hungern helfen könne. Da gab es im Dorfe eine tüchtige, solide Hochzeit, und die Gäste durften mehr erwarten als eine verstimmte Geige, ein Glas Branntwein und was sie an guter Laune selber mitbrachten. Seit früh war alles auf den Beinen; vor jeder Türe wurden Kleider gelüftet, und B. glich den ganzen Tag einer Trödelbude. Da viele Auswärtige erwartet wurden, wollte jeder gern die Ehre des Dorfes oben halten.

Es war sieben Uhr abends und alles in vollem Gange; Jubel und Gelächter an allen Enden, die niederen Stuben zum Ersticken angefüllt mit blauen, roten und gelben Gestalten, gleich Pfandställen, in denen eine zu große Herde eingepfercht ist. Auf der Tenne ward getanzt, das heißt, wer zwei Fuß Raum erobert hatte, drehte sich darauf immer rundum und suchte durch Jauchzen zu ersetzen, was an Bewegung fehlte. Das Orchester war glänzend, die erste Geige als anerkannte Künstlerin prädominierend, die zweite und eine große Baßviole mit drei Saiten, von Dilettanten ad libitum gestrichen; Branntwein und Kaffee in Überfluß, alle Gäste von Schweiß triefend; kurz, es war ein köstliches Fest.

Friedrich stolzierte umher wie ein Hahn, im neuen himmelblauen Rock, und machte sein Recht als erster Elegant geltend. Als auch die Gutsherrschaft anlangte, saß er gerade hinter der Baßgeige und strich die tiefste Saite mit großer Kraft und vielem Anstand.

«Johannes!» rief er gebieterisch, und heran

trat sein Schützling von dem Tanzplatze, wo er auch seine ungelenken Beine zu schlenkern und eins zu jauchzen versucht hatte. Friedrich reichte ihm den Bogen, gab durch eine stolze Kopfbewegung seinen Willen zu erkennen und trat zu den Tanzenden. «Nun lustig, Musikanten: den Papen van Istrup!» Der beliebte Tanz ward gespielt, und Friedrich machte Sätze vor den Augen seiner Herrschaft, daß die Kühe an der Tenne die Hörner zurückzogen und Kettengeklirr und Gebrumme an ihren Ständern herlief. Fußhoch über die anderen tauchte sein blonder Kopf auf und nieder, wie ein Hecht, der sich im Wasser überschlägt; an allen Enden schrien Mädchen auf, denen er zum Zeichen der Huldigung mit einer raschen Kopfbewegung sein langes Flachshaar ins Gesicht schleuderte.

«Jetzt ist es gut!» sagte er endlich und trat schweißtriefend an den Kredenztisch; «die gnädigen Herrschaften sollen leben und alle die hochadeligen Prinzen und Prinzessinnen, und wer's nicht mittrinkt, den will ich an die Ohren schlagen, daß er die Engel singen hört!» Ein lautes Vivat beantwortete den galanten Toast. — Friedrich machte seinen Bückling. — «Nichts für ungut, gnädige Herrschaften; wir sind nur ungelehrte Bauersleute!»

In diesem Augenblick erhob sich ein Getümmel am Ende der Tenne, Geschrei, Schelten, Gelächter, alles durcheinander. «Butterdieb, Butterdieb!» riefen ein paar Kinder, und heran drängte sich oder vielmehr ward geschoben, Johannes Niemand, den Kopf zwischen die Schultern ziehend und mit aller Macht nach dem Ausgange strebend. — «Was ist's? was habt ihr mit unserem Johannes?» rief Friedrich gebieterisch.

«Das sollt Ihr früh genug gewahr werden», keuchte ein altes Weib mit der Küchenschürze und einem Wischhader* in der Hand. — Schande! Johannes, der arme Teufel, dem zu Hause das Schlechteste gut genug sein mußte, hatte versucht, sich ein halbes Pfündchen Butter für die kommende Dürre zu sichern, und ohne daran zu denken, daß er es, sauber in sein Schnupftuch gewickelt, in der Tasche geborgen, war er ans Küchenfeuer getreten, und nun rann das Fett schmählich die Rockschöße entlang.

Allgemeiner Aufruhr; die Mädchen sprangen zurück, aus Furcht, sich zu beschmutzen, oder stießen den Delinquenten vorwärts. Andere machten Platz, sowohl aus Mitleid als Vorsicht. Aber Friedrich trat vor: «Lumpenhund!» rief er; ein paar derbe Maulschellen trafen den geduldigen Schützling; dann stieß er ihn an die Tür und gab ihm einen tüchtigen Fußtritt mit auf den Weg. Er kehrte niedergeschlagen zurück; seine Würde war verletzt, das allgemeine Gelächter schnitt ihm durch die Seele, ob er sich gleich durch einen tapfern Juchheschrei wieder in den Gang zu bringen suchte — es wollte nicht mehr recht gehen. Er war im Begriff, sich wieder hinter die Baßviole zu flüchten; doch zuvor noch ein Knalleffekt: er zog seine silberne Taschenuhr hervor, zu jener Zeit ein seltener und kostbarer Schmuck. «Es ist bald zehn», sagte er. «Jetzt das Brautmenuett! Ich will Musik machen.»

«Eine prächtige Uhr!» sagte der Schweinehirt und schob sein Gesicht in ehrfurchtsvoller Neugier vor.

«Was hat sie gekostet?» rief Wilm Hülsmeyer, Friedrichs Nebenbuhler. — «Willst du sie bezahlen?» fragte Friedrich. — «Hast du sie bezahlt?» antwortete Wilm. Friedrich warf einen stolzen Blick auf ihn und griff in schweigender Majestät zum Fidelbogen. — «Nun, nun», sagte Hülsmeyer, «dergleichen hat man schon erlebt. Du weißt wohl, der Franz Ebel hatte auch eine schöne Uhr, bis der Jude Aaron sie ihm wieder abnahm.»

Friedrich antwortete nicht, sondern winkte stolz der ersten Violine, und sie begannen aus Leibeskräften zu streichen.

Die Gutsherrschaft war indessen in die Kammer getreten, wo der Braut von den Nachbarfrauen das Zeichen ihres neuen Standes, die weiße Stirnbinde, umgelegt wurde. Das junge Blut weinte sehr, teils weil es die Sitte so wollte, teils aus wahrer Beklemmung. Sie sollte einem verworrenen Haushalt vorstehen, unter den Augen eines mürrischen alten Mannes, den sie noch obendrein lieben sollte. Er stand neben ihr, durchaus nicht wie der Bräutigam des Hohenliedes, der «in die Kammer tritt wie die Morgensonne». — «Du hast nun genug geweint», sagte er verdrießlich; «bedenk, du bist es nicht, die mich glücklich macht, ich mache dich glücklich!» — Sie sah demütig zu ihm auf und schien zu fühlen, daß er recht habe.

Das Geschäft war beendigt; die junge Frau

hatte ihrem Manne zugetrunken; junge Spaßvögel hatten durch den Dreifuß geschaut, ob die Binde gerade sitze, und man drängte sich wieder der Tenne zu, von wo unauslöschliches Gelächter und Lärm herüberschallte. Friedrich war nicht mehr dort. Eine große, unerträgliche Schmach hatte ihn getroffen, da der Jude Aaron, ein Schlächter und gelegentlicher Althändler aus dem nächsten Städtchen, plötzlich erschienen war und nach einem kurzen, unbefriedigenden Zwiegespräch ihn laut vor allen Leuten um den Betrag von zehn Talern für eine schon um Ostern gelieferte Uhr gemahnt hatte. Friedrich war wie vernichtet fortgegangen und der Jude ihm gefolgt, immer schreiend: «O weh mir! warum hab' ich nicht gehört auf vernünftige Leute! Haben sie mir nicht hundertmal gesagt, Ihr hättet all Eu'r Gut am Leibe und kein Brot im Schranke!» — Die Tenne tobte vor Gelächter; manche hatten sich auf den Hof nachgedrängt. — «Packt den Juden, wiegt ihn gegen ein Schwein!» riefen einige; andere waren ernst geworden. — «Der Friedrich sah so blaß aus wie ein Tuch», sagte eine alte Frau, und die Menge teilte sich, wie der Wagen des Gutsherrn in den Hof lenkte.

Herr von S. war auf dem Heimwege verstimmt, die jedesmalige Folge, wenn der Wunsch, seine Popularität aufrechtzuerhalten, ihn bewog, solchen Festen beizuwohnen. Er sah schweigend aus dem Wagen. «Was sind denn das für ein paar Figuren?» — Er deutete auf zwei dunkle Gestalten, die vor dem Wagen rannten wie

Strauße. Nun schlüpften sie ins Schloß. — «Auch ein paar selige Schweine aus unserm eigenen Stall!» seufzte Herr von S. — Zu Hause angekommen, fand er die Hausflur vom ganzen Dienstpersonal eingenommen, das zwei Kleinknechte umstand, welche sich blaß und atemlos auf der Stiege niedergelassen hatten. Sie behaupteten, von des alten Mergels Geist verfolgt worden zu sein, als sie durchs Brederholz heimkehrten. Zuerst hatte es über ihnen an der Höhe gerauscht und geknistert; darauf hoch in der Luft ein Geklapper, wie von aneinanderschlagenden Stöcken; plötzlich ein gellender Schrei und ganz deutlich die Worte: «O weh, meine arme Seele!» hoch von oben herab. Der eine wollte auch glühende Augen durch die Zweige funkeln gesehen haben, und beide waren gelaufen, was ihre Beine vermochten.

«Dummes Zeug!» sagte der Gutsherr verdrießlich und trat in die Kammer, sich umzukleiden. Am andern Morgen wollte die Fontäne im Garten nicht springen, und es fand sich, daß jemand eine Röhre verrückt hatte, augenscheinlich um nach dem Kopfe eines vor vielen Jahren hier verscharrten Pferdegerippes zu suchen, der für ein bewährtes Mittel wider allen Hexen- und Geisterspuk gilt. «Hm», sagte der Gutsherr, «was die Schelme nicht stehlen, das verderben die Narren.»

Drei Tage später tobte ein furchtbarer Sturm. Es war Mitternacht, aber alles im Schlosse außer dem Bett. Der Gutsherr stand am Fenster und sah besorgt ins Dunkle nach seinen Feldern hinüber. An den Scheiben flogen Blätter und Zweige her; mitunter fuhr ein Ziegel hinab und schmetterte auf das Pflaster des Hofes. «Furchtbares Wetter!» sagte Herr von S. Seine Frau sah ängstlich aus. «Ist das Feuer auch gewiß gut verwahrt?» sagte sie; «Gretchen, sieh noch einmal nach, gieß es lieber ganz aus! Kommt, wir wollen das Evangelium Johannis beten.» Alles kniete nieder, und die Hausfrau begann:

«Im Anfang war das Wort, und das Wort war bei Gott, und Gott war das Wort.» — Ein furchtbarer Donnerschlag. Alle fuhren zusammen; dann furchtbares Geschrei und Getümmel die Treppe heran. — «Um Gottes willen! brennt es?» rief Frau von S. und sank mit dem Gesichte auf den Stuhl. Die Türe ward aufgerissen, und herein stürzte die Frau des Juden Aaron, bleich wie der Tod, das Haar wild um den Kopf, von Regen triefend. Sie warf sich vor dem Gutsherrn auf die Knie. «Gerechtigkeit!» rief sie, «Gerechtigkeit! mein Mann ist erschlagen!» und sank ohnmächtig zusammen.

Es war nur zu wahr, und die nachfolgende Untersuchung bewies, daß der Jude Aaron durch einen Schlag an die Schläfe mit einem stumpfen Instrumente, wahrscheinlich einem Stabe, sein Leben verloren hatte, durch einen einzigen Schlag. An der linken Schläfe war der blaue Fleck, sonst keine Verletzung zu finden. Die Aussagen der Jüdin und ihres Knechtes Samuel lauteten so: Aaron war vor drei Tagen am Nachmittage ausgegangen, um Vieh zu kaufen, und hatte dabei gesagt, er werde wohl über Nacht ausbleiben, da noch einige böse Schuldner in B. und S. zu mahnen seien. In diesem Falle werde er in B. beim Schlächter Salomon übernachten. Als er am folgenden Tage nicht heimkehrte, war seine Frau sehr besorgt geworden und hatte sich endlich heute um drei nachmittags in Begleitung ihres Knechtes und des großen Schlächterhundes auf den Weg gemacht. Beim Juden Salomon wußte man nichts von Aaron; er war gar nicht dagewesen. Nun waren sie zu allen Bauern gegangen, von denen sie wußten, daß Aaron einen Handel mit ihnen im Auge hatte.

Nur zwei hatten ihn gesehen, und zwar an demselben Tage, an welchem er ausgegangen. Es war darüber sehr spät geworden. Die große Angst trieb das Weib nach Haus, wo sie ihren Mann wiederzufinden eine schwache Hoffnung nährte. So waren sie im Brederholz vom Gewitter überfallen worden und hatten unter einer großen, am Berghange stehenden Buche Schutz gesucht; der Hund hatte unterdessen auf eine auffallende Weise umhergestöbert und sich endlich, trotz allem Locken, im Walde verlaufen. Mit einem Male sieht die Frau beim Leuchten des Blitzes etwas Weißes neben sich im Moose. Es ist der Stab ihres Mannes, und fast im selben Augenblicke bricht der Hund durchs Gebüsch und trägt etwas im Maule: es ist der Schuh ihres Mannes. Nicht lange, so ist in einem mit dürrem Laube gefüllten Graben der Leichnam des Juden gefunden.

Dies war die Angabe des Knechtes, von der Frau nur im allgemeinen unterstützt; ihre übergroße Spannung hatte nachgelassen, und sie schien jetzt halb verwirrt oder vielmehr stumpfsinnig. «Aug um Auge, Zahn um Zahn!» dies waren die einzigen Worte, die sie zuweilen hervorstieß.

In derselben Nacht noch wurden die Schützen aufgeboten, um Friedrich zu verhaften. Der Anklage bedurfte es nicht, da Herr von S. selbst Zeuge eines Auftritts gewesen war, der den dringendsten Verdacht auf ihn werfen mußte; zudem die Gespenstergeschichte von jenem Abende, das Aneinanderschlagen der Stäbe im Brederholz, der Schrei aus der Höhe. Da der Amtsschreiber gerade abwesend war, so betrieb Herr von S. selbst alles rascher, als sonst geschehen wäre. Dennoch begann die Dämmerung bereits anzubrechen, bevor die Schützen so geräuschlos wie möglich das Haus der armen Margret umstellt hatten. Der Gutsherr selber pochte an; es währte kaum eine Minute, bis geöffnet ward und Margret völlig angekleidet in der Türe erschien. Herr von S. fuhr zurück; er hatte sie fast nicht erkannt, so blaß und steinern sah sie aus. «Wo ist Friedrich?» fragte er mit unsicherer Stimme.

«Sucht ihn», antwortete sie und setzte sich auf einen Stuhl. Der Gutsherr zögerte noch einen Augenblick.

«Herein, herein!» sagte er dann barsch; «worauf warten wir?» Man trat in Friedrichs Kammer. Er war nicht da, aber das Bett noch warm. Man stieg auf den Söller, in den Keller, stieß ins Stroh, schaute hinter jedes Faß, sogar in den Backofen; er war nicht da. Einige gingen in den Garten, sahen hinter den Zaun und in die Apfelbäume hinauf; er war nicht zu finden.

«Entwischt!» sagte der Gutsherr mit sehr gemischten Gefühlen; der Anblick der alten Frau wirkte gewaltig auf ihn. «Gebt den Schlüssel zu jenem Koffer!» — Margret antwortete nicht. — «Gebt den Schlüssel!» wiederholte der Gutsherr und merkte jetzt erst, daß der Schlüssel steckte. Der Inhalt des Koffers kam zum Vorschein; des Entflohenen gute Sonntagskleider und seiner Mutter ärmlicher Staat; dann zwei Leichenhemden mit schwarzen Bändern, das eine für einen Mann, das andere für eine Frau gemacht. Herr von S. war tief erschüttert. Ganz zu unterst auf dem Boden des Koffers lag die silberne Uhr und einige Schriften von sehr leserlicher Hand; eine derselben von einem Manne unterzeichnet, den man in starkem Verdacht der Verbindung mit den Holzfrevlern hatte. Herr von S. nahm sie mit zur Durchsicht, und man verließ das Haus, ohne daß Margret ein anderes Lebenszeichen von sich gegeben hätte, als daß sie unaufhörlich die Lippen nagte und mit den Augen zwinkerte.

Im Schlosse angelangt, fand der Gutsherr den Amtsschreiber, der schon am vorigen Abend heimgekommen war und behauptete, die ganze Geschichte verschlafen zu haben, da der gnädige Herr nicht nach ihm geschickt.

«Sie kommen immer zu spät», sagte Herr von S. verdrießlich. «War denn nicht irgendein altes Weib im Dorfe, das Ihrer Magd die Sache erzählte? Und warum weckte man Sie dann nicht?» — «Gnädiger Herr», versetzte Kapp, «allerdings hat meine Anne-Marie den Handel um eine Stunde früher erfahren als ich; aber sie wußte, daß Ihre Gnaden die Sache selbst leiteten, und dann», fügte er mit klagender Miene hinzu, «daß ich so todmüde war!» — «Schöne Polizei!» murmelte der Gutsherr, «jede alte Schachtel im Dorf weiß Bescheid, wenn es recht geheim zugehen soll.» Dann fuhr er heftig fort: «Das müßte wahrhaftig ein dummer Teufel von Delinquenten sein, der sich packen ließe!»

Beide schwiegen eine Weile. «Mein Fuhrmann hatte sich in der Nacht verirrt», hob der Amtsschreiber wieder an; «über eine Stunde lang hielten wir im Walde; es war ein Mordwetter; ich dachte, der Wind werde den Wagen umreißen. Endlich, als der Regen nachließ, fuhren wir in Gottes Namen darauflos, immer in das Zellerfeld hinein, ohne eine Hand vor den Augen zu sehen. Da sagte der Kutscher: ‚Wenn wir nur nicht den Steinbrüchen zu nahe kommen!‘ Mir war selbst bange; ich ließ halten und schlug Feuer, um wenigstens etwas Unterhaltung an meiner Pfeife zu haben. Mit einem Male hörten wir ganz nah, perpendikulär unter uns, die Glocke schlagen. Euer Gnaden mögen glauben, daß mir fatal zumute wurde. Ich sprang aus dem Wagen; denn seinen eigenen Beinen kann man trauen, aber denen der Pferde nicht. So stand ich, in Kot und Regen, ohne mich zu rühren, bis es gottlob sehr bald anfing zu dämmern. Und wo hielten wir? Dicht an der Heerser

Tiefe und den Turm von Heerse gerade unter uns. Wären wir noch zwanzig Schritte weiter gefahren, wir wären alle Kinder des Todes gewesen.» — «Das war in der Tat kein Spaß», versetzte der Gutsherr, halb versöhnt.

Er hätte unterdessen die mitgenommenen Papiere durchgesehen. Es waren Mahnbriefe um geliehene Gelder, die meisten von Wucherern. «Ich hätte nicht gedacht», murmelte er, «daß die Mergels so tief drin steckten.» — «Ja, und daß es so an den Tag kommen muß», versetzte Kapp, «das wird kein kleiner Ärger für Frau Margret sein.» — «Ach Gott, die denkt jetzt daran nicht!» Mit diesen Worten stand der Gutsherr auf und verließ das Zimmer, um mit Herrn Kapp die gerichtliche Leichenschau vorzunehmen. — Die Untersuchung war kurz, gewaltsamer Tod erwiesen, der vermutliche Täter entflohen, die Anzeigen gegen ihn zwar gravierend, doch ohne persönliches Geständnis nicht beweisend, seine Flucht allerdings sehr verdächtig. So mußte die gerichtliche Verhandlung ohne genügenden Erfolg geschlossen werden.

Die Juden der Umgegend hatten großen Anteil gezeigt. Das Haus der Witwe ward nie leer von Jammernden und Ratenden. Seit Menschengedenken waren nicht so viel Juden beisammen in L. gesehen worden.

Durch den Mord ihres Glaubensgenossen aufs äußerste erbittert, hatten sie weder Mühe noch Geld gespart, dem Täter auf die Spur zu kommen. Man weiß sogar, daß einer derselben, gemeinhin der Wucherjoel genannt, einem seiner

Kunden, der ihm mehrere Hunderte schuldete und den er für einen besonders listigen Kerl hielt, Erlaß der ganzen Summe angeboten hatte, falls er ihm zur Verhaftung des Mergel verhelfen wolle; denn der Glaube war allgemein unter den Juden, daß der Täter nur mit guter Beihülfe entwischt und wahrscheinlich noch in der Umgegend sei. Als dennoch alles nichts half und die gerichtliche Verhandlung für beendet erklärt worden war, erschien am nächsten Morgen eine Anzahl der angesehensten Israeliten im Schlosse, um dem gnädigen Herrn einen Handel anzutragen. Der Gegenstand war die Buche, unter der Aarons Stab gefunden und wo der Mord wahrscheinlich verübt worden war. — «Wollt ihr sie fällen, so mitten im vollen Laube?» fragte der Gutsherr. «Nein, Ihro Gnaden, sie muß stehenbleiben im Winter und Sommer, solange ein Span daran ist.» — «Aber wenn ich nun den Wald hauen lasse, so schadet es dem jungen Aufschlag.» — «Wollen wir sie doch nicht um gewöhnlichen Preis.» Sie boten zweihundert Taler. Der Handel ward geschlossen und allen Förstern streng eingeschärft, die Judenbuche auf keine Weise zu schädigen.

Darauf sah man an einem Abende wohl gegen sechzig Juden, ihren Rabbiner an der Spitze, in das Brederholz ziehen, alle schweigend und mit gesenkten Augen.

Sie blieben über eine Stunde im Walde und kehrten dann ebenso ernst und feierlich zurück, durch das Dorf B. bis in das Zellerfeld, wo sie sich zerstreuten und jeder seines Weges ging.

Am nächsten Morgen stand an der Buche mit dem Beil eingehauen:

אִם תַּעֲכוֹד בַּמָּקוֹם הַזֶּה יִפְגַּע בְּךָ כַּאֲשֶׁר אַתָּה עָוֹשֶׂה לִי

Und wo war Friedrich? Ohne Zweifel fort, weit genug, um die kurzen Arme einer so schwachen Polizei nicht mehr fürchten zu dürfen. Er war bald verschollen, vergessen. Ohm Simon redete selten von ihm, und dann schlecht; die Judenfrau tröstete sich am Ende und nahm einen andern Mann. Nur die arme Margret blieb ungetröstet.

Etwa ein halbes Jahr nachher las der Gutsherr einige eben erhaltene Briefe in Gegenwart des Amtsschreibers.

«Sonderbar, sonderbar!» sagte er. «Denken Sie sich, Kapp, der Mergel ist vielleicht unschuldig an dem Morde. Soeben schreibt mir der Präsident des Gerichtes zu P.: ‚Le vrai n'est pas toujours vraisemblable; das erfahre ich oft in meinem Berufe und jetzt neuerdings. Wissen Sie wohl, daß Ihr lieber Getreuer, Friedrich Mergel, den Juden mag ebensowenig erschlagen haben als ich oder Sie? Leider fehlen die Beweise, aber die Wahrscheinlichkeit ist groß. Ein Mitglied der Schlemmingschen Bande (die wir jetzt, nebenbei gesagt, größtenteils unter Schloß und Riegel haben), Lumpenmoises genannt, hat im letzten Verhöre ausgesagt, daß ihn nichts so sehr gereue, als der Mord eines Glaubensgenossen, Aaron, den er im Walde erschlagen und doch nur sechs Groschen bei ihm gefunden habe. Leider ward das Verhör durch die Mittagsstunde unterbrochen, und während wir tafelten, hat sich der Hund von einem Juden an seinem Strumpfband erhängt. Was sagen Sie dazu? Aaron ist zwar ein verbreiteter Name usw.'» —

«Was sagen Sie dazu?» wiederholte der Gutsherr; «und weshalb wäre der Esel von einem Burschen denn gelaufen?»

Der Amtsschreiber dachte nach. — «Nun, vielleicht der Holzfrevel wegen, mit denen wir ja gerade in Untersuchung waren. Heißt es nicht: der Böse läuft vor seinem eigenen Schatten? Mergels Gewissen war schmutzig genug auch ohne diesen Flecken.»

Dabei beruhigte man sich. Friedrich war hin, verschwunden und — Johannes Niemand, der arme, unbeachtete Johannes, am gleichen Tage mit ihm. —

Eine schöne lange Zeit war verflossen, achtundzwanzig Jahre, fast die Hälfte eines Menschenlebens; der Gutsherr war sehr alt und grau geworden, sein gutmütiger Gehülfe Kapp längst begraben. Menschen, Tiere und Pflanzen waren entstanden, gereift, vergangen, nur Schloß B. sah immer gleich grau und vornehm auf die Hütten herab, die wie alte hektische Leute immer fallen zu wollen schienen und immer standen.

Es war am Vorabend des Weihnachtsfestes, dem 24. Dezember 1788.

Tiefer Schnee lag in den Hohlwegen, wohl an zwölf Fuß hoch, und eine durchdringende

Frostluft machte die Fensterscheiben in der geheizten Stube gefrieren. Mitternacht war nahe, dennoch flimmerten überall matte Lichtchen aus den Schneehügeln, und in jedem Hause lagen die Einwohner auf den Knien, um den Eintritt des heiligen Christfestes mit Gebet zu erwarten, wie dies in katholischen Ländern Sitte ist oder wenigstens damals allgemein war. Da bewegte sich von der Breder Höhe herab eine Gestalt langsam gegen das Dorf; der Wanderer schien sehr matt oder krank; er stöhnte schwer und schleppte sich äußerst mühsam durch den Schnee.

An der Mitte des Hanges stand er still, lehnte sich auf seinen Krückenstab und starrte unverwandt auf die Lichtpunkte. Es war so still überall, so tot und kalt; man mußte an Irrlichter auf Kirchhöfen denken. Nun schlug es zwölf im Turm; der letzte Schlag verdröhnte langsam, und im nächsten Hause erhob sich ein leiser Gesang, der, von Hause zu Hause schwellend, sich über das ganze Dorf zog:

Ein Kindelein so löbelich
Ist uns geboren heute,
Von einer Jungfrau säuberlich,
Des freun sich alle Leute;
Und wär' das Kindelein nicht geborn,
So wären wir alle zusammen verlorn:
Das Heil ist unser aller.
O du mein liebster Jesu Christ,
Der du als Mensch geboren bist,
Erlös uns von der Hölle!

Der Mann am Hange war in die Knie gesunken und versuchte mit zitternder Stimme einzufallen: es ward nur ein lautes Schluchzen daraus, und schwere, heiße Tropfen fielen in den Schnee. Die zweite Strophe begann; er betete leise mit; dann die dritte und vierte. Das Lied war geendigt, und die Lichter in den Häusern begannen sich zu bewegen. Da richtete der Mann sich mühselig auf und schlich langsam hinab in das Dorf. An mehreren Häusern keuchte er vorüber, dann stand er vor einem still und pochte leise an.

«Was ist denn das?» sagte drinnen eine Frauenstimme; «die Türe klappert, und der Wind geht doch nicht.» — Er pochte stärker. — «Um Gottes willen, laßt einen halberfrorenen Menschen ein, der aus der türkischen Sklaverei kommt!» — Geflüster in der Küche. — «Geht ins Wirtshaus», antwortete eine andere Stimme; «das fünfte Haus von hier!» — «Um Gottes Barmherzigkeit willen, laßt mich ein! Ich habe kein Geld.»

Nach einigem Zögern ward die Tür geöffnet und ein Mann leuchtete mit der Lampe hinaus. — «Kommt nur herein», sagte er dann, «Ihr werdet uns den Hals nicht abschneiden!»

In der Küche befanden sich außer dem Manne eine Frau in den mittleren Jahren, eine alte Mutter und fünf Kinder. Alle drängten sich um den Eintretenden her und musterten ihn mit scheuer Neugier. Eine armselige Figur mit schiefem Halse, gekrümmtem Rücken, die ganze Gestalt gebrochen und kraftlos; langes, schneeweißes Haar hing um sein Gesicht, das den verzogenen Ausdruck langen Leidens trug. Die Frau ging schweigend an den Herd und legte frisches Reisig zu. — «Ein Bett können wir Euch nicht geben», sagte sie; «aber ich will hier eine gute Streu machen; Ihr müßt Euch schon so behelfen!» — «Gott's Lohn!» versetzte der Fremde; «ich bin's wohl schlechter gewohnt.»

Der Heimgekehrte ward als Johannes Niemand erkannt, und er selbst bestätigte, daß er derselbe sei, der einst mit Friedrich Mergel entflohen.

Das Dorf war am folgenden Tage voll von den Abenteuern des so lange Verschollenen.

Jeder wollte den Mann aus der Türkei sehen, und man wunderte sich beinahe, daß er noch aussehe wie andere Menschen. Das junge Volk hatte zwar keine Erinnerungen von ihm, aber die Alten fanden seine Züge noch ganz wohl heraus, so erbärmlich entstellt er auch war.

«Johannes, Johannes, was seid Ihr grau geworden!» sagte eine alte Frau. «Und woher habt Ihr den schiefen Hals?» — «Vom Holz- und Wassertragen in der Sklaverei», versetzte er.

«Und was ist aus Mergel geworden? Ihr seid doch zusammen fortgelaufen?»

«Freilich wohl; aber ich weiß nicht, wo er ist, wir sind voneinandergekommen. Wenn Ihr an ihn denkt, betet für ihn», fügte er hinzu, «er wird es wohl nötig haben!»

Man fragte ihn, warum Friedrich sich denn aus dem Staube gemacht, da er den Juden doch nicht erschlagen? — «Nicht?» sagte Johannes und horchte gespannt auf, als man ihm erzählte, was der Gutsherr geflissentlich verbreitet hatte, um den Fleck von Mergels Namen zu löschen. — «Also ganz umsonst», sagte er nachdenkend, «ganz umsonst so viel ausgestanden!» Er seufzte tief und fragte nun seinerseits nach manchem. Simon war lange tot, aber zuvor noch ganz verarmt, durch Prozesse und böse Schuldner, die er nicht gerichtlich belangen durfte, weil es, wie man sagte, zwischen ihnen keine reine Sache war.

Er hatte zuletzt Bettelbrot gegessen und war in einem fremden Schuppen auf dem Stroh gestorben. Margret hatte länger gelebt, aber in völliger Geistesstumpfheit.

Die Leute im Dorf waren es bald müde geworden, ihr beizustehen, da sie alles verkommen ließ, was man ihr gab, wie es denn die Art der Menschen ist, gerade die Hülflosesten zu verlassen, solche, bei denen der Beistand nicht nachhaltig wirkt und die der Hülfe immer gleich bedürftig bleiben. Dennoch hatte sie nicht eigentlich Not gelitten; die Gutsherrschaft sorgte sehr für sie, schickte ihr täglich das Essen und ließ ihr auch ärztliche Behandlung zukommen, als ihr kümmerlicher Zustand in völlige Abzehrung übergegangen war. In ihrem Hause wohnte jetzt der Sohn des ehemaligen Schweinehirten, der an jenem unglücklichen Abende Friedrichs Uhr so sehr bewundert hatte.

«Alles hin, alles tot!» seufzte Johannes.

Am Abend, als es dunkel geworden war und

der Mond schien, sah man ihn im Schnee auf dem Kirchhofe umherhumpeln; er betete bei keinem Grabe, ging auch an keines dicht hinan, aber auf einige schien er aus der Ferne starre Blicke zu heften. So fand ihn der Förster Brandes, der Sohn des Erschlagenen, den die Gutsherrschaft abgeschickt hatte, ihn ins Schloß zu holen.

Beim Eintritt in das Wohnzimmer sah er scheu umher, wie vom Licht geblendet, und dann auf den Baron, der sehr zusammengefallen in seinem Lehnstuhl saß, aber noch immer mit den hellen Augen und dem roten Käppchen auf dem Kopfe wie vor achtundzwanzig Jahren; neben ihm die gnädige Frau, auch alt, sehr alt geworden.

«Nun, Johannes», sagte der Gutsherr, «erzähl mir einmal recht ordentlich von deinen Abenteuern. Aber», er musterte ihn durch die Brille, «du bist ja erbärmlich mitgenommen in der Türkei!»

Johannes begann: wie Mergel ihn nachts von der Herde abgerufen und gesagt, er müsse mit ihm fort. — «Aber warum lief der dumme Junge denn? Du weißt doch, daß er unschuldig war?» — Johannes sah vor sich nieder: «Ich weiß nicht recht, mich dünkt, es war wegen Holzgeschichten. Simon hatte so allerlei Geschäfte; mir sagte man nichts davon, aber ich glaube nicht, daß alles war, wie es sein sollte.» — «Was hat denn Friedrich dir gesagt?» — «Nichts, als daß wir laufen müßten, sie wären hinter uns her. So liefen wir bis Heerse; da war es noch dunkel, und wir versteckten uns hinter das große Kreuz am Kirchhofe, bis es etwas heller würde, weil wir uns vor den Steinbrüchen am Zellerfelde fürchteten, und wie wir eine Weile gesessen hatten, hörten wir mit einemmal über uns schnauben und stampfen und sahen lange Feuerstrahlen in der Luft gerade über dem Heerser Kirchturm. Wir sprangen auf und liefen, was wir konnten, in Gottes Namen geradeaus, und wie es dämmerte, waren wir wirklich auf dem rechten Wege nach P.»

Johannes schien noch vor der Erinnerung zu schaudern, und der Gutsherr dachte an seinen seligen Kapp und dessen Abenteuer am Heerser Hange.

«Sonderbar!» lachte er, «so nah wart ihr einander! Aber fahr fort!»

Johannes erzählte nun, wie sie glücklich durch P. und über die Grenze gekommen.

Von da an hatten sie sich als wandernde Handwerksburschen durchgebettelt bis Freiburg im Breisgau. «Ich hatte meinen Brotsack bei mir», sagte er, «und Friedrich ein Bündelchen: so glaubte man uns.» — In Freiburg hatten sie sich von den Österreichern anwerben lassen: ihn hatte man nicht gewollt, aber Friedrich bestand darauf. So kam er unter den Train. «Den Winter über blieben wir in Freiburg», fuhr er fort, «und es ging uns ziemlich gut; mir auch, weil Friedrich mich oft erinnerte und mir half, wenn ich etwas verkehrt machte. Im Frühling mußten wir marschieren, nach Ungarn, und im Herbst ging der Krieg mit den Türken los. Ich kann nicht viel davon nachsagen, denn ich wurde gleich in der ersten Affäre gefangen und bin seitdem sechsundzwanzig Jahre in der türkischen Sklaverei gewesen!» — «Gott im Himmel! das ist doch schrecklich!» sagte Frau von S. — «Schlimm genug, die Türken halten uns Christen nicht besser als Hunde; das Schlimmste war, daß meine Kräfte unter der harten Arbeit vergingen; ich ward auch älter und sollte noch immer tun wie vor Jahren.»

Er schwieg eine Weile.

«Ja», sagte er dann, «es ging über Menschenkräfte und Menschengeduld; ich hielt es auch nicht aus. — Von da kam ich auf ein holländisches Schiff.» — «Wie kamst du denn dahin?» fragte der Gutsherr. — «Sie fischten mich auf, aus dem Bosporus», versetzte Johannes. Der Baron sah ihn befremdet an und hob den Finger warnend auf; aber Johannes erzählte weiter. Auf dem Schiffe war es ihm nicht viel besser gegangen. «Der Skorbut riß ein; wer nicht ganz elend war, mußte über Macht arbeiten, und das Schiffstau regierte ebenso streng wie die türkische Peitsche.»

«Endlich», schloß er, «als wir nach Holland kamen, nach Amsterdam, ließ man mich frei, weil ich unbrauchbar war, und der Kaufmann, dem das Schiff gehörte, hatte auch Mitleiden mit mir und wollte mich zu seinem Pförtner machen. Aber» — er schüttelte den Kopf — «ich bettelte mich lieber durch bis hieher.» — «Das war dumm genug», sagte der Gutsherr. Johannes seufzte tief: «O Herr, ich habe mein Leben zwischen Türken und Ketzern zubringen müssen; soll ich nicht wenigstens auf einem katholischen Kirchhofe liegen?» Der Gutsherr hatte seine Börse gezogen: «Da, Johannes, nun geh und komm bald wieder. Du mußt mir das alles noch ausführlicher erzählen; heute ging es etwas konfus durcheinander.»

«Du bist wohl noch sehr müde?» — «Sehr müde», versetzte Johannes; «und», er deutete auf seine Stirn, «meine Gedanken sind zuweilen so kurios, ich kann nicht recht sagen, wie es so ist.» — «Ich weiß schon», sagte der Baron, «von alter Zeit her. Jetzt geh! Hülsmeyers behalten dich wohl noch die Nacht über, morgen komm wieder.»

Herr von S. hatte das innigste Mitleiden mit dem armen Schelm; bis zum folgenden Tage war überlegt worden, wo man ihn einmieten könne; essen sollte er täglich im Schlosse, und für Kleidung fand sich auch wohl Rat. — «Herr», sagte Johannes, «ich kann auch noch wohl etwas tun; ich kann hölzerne Löffel machen, und Ihr könnt mich wohl auch als Boten schicken.»

Herr von S. schüttelte mitleidig den Kopf: «Das würde doch nicht sonderlich ausfallen.» — «O doch, Herr, wenn ich erst im Gange bin — es geht nicht schnell, aber hin komme ich doch, und es wird mir auch nicht sauer, wie man denken sollte.» — «Nun», sagte der Baron zweifelnd, «willst du's versuchen? Hier ist ein Brief nach P. Es hat keine sonderliche Eile.»

Am folgenden Tage bezog Johannes sein Kämmerchen bei einer Witwe im Dorfe. Er schnitzelte Löffel, aß auf dem Schlosse und machte Botengänge für den gnädigen Herrn. Im ganzen ging's ihm leidlich; die Herrschaft war sehr gütig, und Herr von S. unterhielt sich oft lange mit ihm über die Türkei, den österreichischen Dienst und die See.

«Der Johannes könnte viel erzählen», sagte er zu seiner Frau, «wenn er nicht so grundeinfältig wäre.» — «Mehr tiefsinnig als einfältig», versetzte sie; «ich fürchte immer, er schnappt noch über.» — «Ei bewahre!» antwortete der Baron, «er war sein Leben lang ein Simpel; simple Leute werden nie verrückt.»

Nach einiger Zeit blieb Johannes auf einem Botengange über Gebühr lange aus. Die gute Frau von S. war sehr besorgt um ihn und wollte schon Leute aussenden, als man ihn die Treppe heraufstelzen hörte.

«Du bist lange ausgeblieben, Johannes», sagte sie; «ich dachte schon, du hättest dich im Brederholz verirrt.»

«Ich bin durch den Föhrengrund gegangen.»

«Das ist ja ein weiter Umweg; warum gingst du nicht durchs Brederholz?»

Er sah trübe zu ihr auf: «Die Leute sagten mir, der Wald sei gefällt, und jetzt seien so viele Kreuz- und Querwege darin; da fürchtete ich, nicht wieder hinauszukommen. Ich werde alt und duselig», fügte er langsam hinzu. — «Sahst du wohl», sagte Frau von S. nachher zu ihrem Manne, «wie wunderlich und quer er aus den Augen sah? Ich sage dir, Ernst, das nimmt noch ein schlimmes Ende.»

Indessen nahte der September heran. Die Felder waren leer, das Laub begann abzufallen, und mancher Hektische fühlte die Schere an seinem Lebensfaden. Auch Johannes schien unter dem Einflusse des nahen Äquinoktiums zu leiden; die ihn in diesen Tagen sahen, sagten, er habe auffallend verstört ausgesehen und unaufhörlich leise mit sich selber geredet, was er auch sonst mitunter tat, aber selten. Endlich kam er eines Abends nicht nach Hause. Man dachte, die Herrschaft habe ihn verschickt; am zweiten auch nicht; am dritten Tage ward seine Hausfrau ängstlich. Sie ging ins Schloß und fragte nach. — «Gott bewahre», sagte der Gutsherr, «ich weiß nichts von ihm; aber geschwind den Jäger gerufen und Försters Wilhelm! Wenn der armselige Krüppel», setzte er bewegt hinzu, «auch nur in einen trockenen Graben gefallen ist, so kann er nicht wieder heraus. Wer weiß, ob er nicht gar eines von seinen schiefen Beinen gebrochen hat! — Nehmt die Hunde mit», rief er den abziehenden Jägern nach, «und sucht vor allem in den Gräben; seht in die Steinbrüche!» rief er lauter.

Die Jäger kehrten nach einigen Stunden heim; sie hatten keine Spur gefunden. Herr von S. war in großer Unruhe: «Wenn ich mir denke, daß einer so liegen muß wie ein Stein und kann sich nicht helfen! Aber er kann noch leben; drei Tage hält's ein Mensch wohl ohne Nahrung aus.» Er machte sich selbst auf den Weg; in allen Häusern wurde nachgefragt, überall in die Hörner geblasen, gerufen, die Hunde zum Suchen angehetzt — umsonst! — Ein Kind hatte ihn gesehen, wie er am Rande des Brederholzes saß und an einem Löffel schnitzelte; «er schnitt ihn aber ganz entzwei», sagte das kleine Mädchen. Das war vor zwei Tagen gewesen. Nachmittags fand sich wieder eine Spur: abermals ein Kind, das ihn an der anderen Seite des Waldes bemerkt hatte, wo er im Gebüsch gesessen, das Gesicht auf den Knien, als ob er schliefe. Das war noch am vorigen Tage. Es schien, er hatte sich immer um das Brederholz herumgetrieben.

«Wenn nur das verdammte Buschwerk nicht so dicht wäre! da kann keine Seele hindurch», sagte der Gutsherr. Man trieb die Hunde in den jungen Schlag; man blies und hallote und kehrte endlich mißvergnügt heim, als man sich überzeugt, daß die Tiere den ganzen Wald abgesucht hatten. — «Laßt nicht nach! laßt nicht nach!» bat Frau von S.; «besser ein paar Schritte umsonst, als daß etwas versäumt wird.» Der Baron war fast ebenso beängstigt wie sie. Seine Unruhe trieb ihn sogar nach Johannes' Wohnung, obwohl er sicher war, ihn dort nicht zu finden. Er ließ sich die Kammer des Verschollenen aufschließen. Da stand sein Bett noch ungemacht, wie er es verlassen hatte, dort hing sein guter Rock, den ihm die gnädige Frau aus dem alten Jagdkleide des Herrn hatte machen lassen; auf dem Tische ein Napf, sechs neue hölzerne Löffel und eine Schachtel. Der Gutsherr öffnete sie; fünf Groschen lagen darin, sauber in Papier gewickelt, und vier silberne

Westenknöpfe; der Gutsherr betrachtete sie aufmerksam. «Ein Andenken von Mergel», murmelte er und trat hinaus, denn ihm ward ganz beengt in dem dumpfen, engen Kämmerchen.

Die Nachsuchungen wurden fortgesetzt, bis man sich überzeugt hatte, Johannes sei nicht mehr in der Gegend, wenigstens nicht lebendig.

So war er denn zum zweitenmal verschwunden; ob man ihn wiederfinden würde — vielleicht einmal nach Jahren seine Knochen in einem trockenen Graben? Ihn lebend wiederzusehen, dazu war wenig Hoffnung, und jedenfalls nach achtundzwanzig Jahren gewiß nicht.

Vierzehn Tage später kehrte der junge Brandes morgens von einer Besichtigung seines Reviers durch das Brederholz heim. Es war ein für die Jahreszeit ungewöhnlich heißer Tag; die Luft zitterte, kein Vogel sang, nur die Raben krächzten langweilig aus den Ästen und hielten ihre offenen Schnäbel der Luft entgegen. Brandes war sehr ermüdet. Bald nahm er seine von der Sonne durchglühte Kappe ab, bald setzte er sie wieder auf. Es war alles gleich unerträglich, das Arbeiten durch den kniehohen Schlag sehr beschwerlich. Ringsumher kein Baum außer der Judenbuche. Dahin strebte er denn auch aus allen Kräften und ließ sich todmatt auf das beschattete Moos darunter nieder. Die Kühle zog so angenehm durch seine Glieder, daß er die Augen schloß.

«Schändliche Pilze!» murmelte er halb im Schlaf. Es gibt nämlich in jener Gegend eine Art sehr saftiger Pilze, die nur ein paar Tage stehen, dann einfallen und einen unerträglichen Geruch verbreiten. Brandes glaubte solche unangenehme Nachbarn zu spüren, er wandte sich ein paarmal hin und her, mochte aber doch nicht aufstehen; sein Hund sprang unterdessen umher, kratzte am Stamm der Buche und bellte hinauf. «Was hast du da, Bello? eine Katze?» murmelte Brandes. Er öffnete die Wimper halb, und die Judenschrift fiel ihm ins Auge, sehr ausgewachsen, aber doch noch ganz kenntlich. Er schloß die Augen wieder; der Hund fuhr fort zu bellen und legte endlich seinem Herrn die kalte Schnauze ans Gesicht.

«Laß mich in Ruh'! Was hast du denn?» Hierbei sah Brandes, wie er so auf dem Rücken lag, in die Höhe, sprang dann mit einem Satze auf und wie besessen ins Gestrüpp hinein.

Totenbleich kam er auf dem Schlosse an: in der Judenbuche hänge ein Mensch; er habe die Beine gerade über seinem Gesichte hängen sehen. — «Und du hast ihn nicht abgeschnitten, Esel?» rief der Baron.

«Herr», keuchte Brandes, «wenn Euer Gnaden dagewesen wären, so wüßten Sie wohl, daß der Mensch nicht mehr lebt. Ich glaubte anfangs, es seien die Pilze!» — Dennoch trieb der Gutsherr zur größten Eile und zog selbst mit hinaus.

Sie waren unter der Buche angelangt. «Ich sehe nichts», sagte Herr von S. — «Hierher müssen Sie treten, hierher, an diese Stelle!» — Wirklich, dem war so: der Gutsherr erkannte seine eigenen abgetragenen Schuhe.

«Gott, es ist Johannes! — Setzt die Leiter an! — so — nun herunter! — sacht, sacht! Laßt ihn nicht fallen! — Lieber Himmel, die Würmer sind schon daran! Macht dennoch die Schlinge auf und die Halsbinde!» Eine breite Narbe ward sichtbar; der Gutsherr fuhr zurück.

«Mein Gott!» sagte er; er beugte sich wieder über die Leiche, betrachtete die Narbe mit großer Aufmerksamkeit und schwieg eine Weile in tiefer Erschütterung.

Dann wandte er sich zu den Förstern: «Es ist nicht recht, daß der Unschuldige für den Schuldigen leide; sagt es nur allen Leuten: der da» — er deutete auf den Toten — «war Friedrich Mergel.»

Die Leiche ward auf dem Schindanger verscharrt.

Dies hat sich nach allen Hauptumständen wirklich so begeben im September des Jahres 1788. — Die hebräische Schrift an dem Baume heißt:

«Wenn du dich diesem Orte nahest, so wird es dir ergehen, wie du mir getan hast.»

NACHWORT DES HERAUSGEBERS

Seit den Tagen Herders und Goethes scheint es dem literarisch Gebildeten deutscher Sprache fast selbstverständlich, die schöpferische Individualität als letzte unerklärliche Quelle allen künstlerischen Schaffens gelten zu lassen. Wenn sich dann aber dem Blick das Ganze der Geistesgeschichte darstellt, wird diese Voraussetzung zweifelhaft. Wie kommt es, so müssen wir uns fragen, daß in gewissen Epochen so viele Dichter, und gerade die bedeutendsten, miteinander verwandt sind, daß sich ein Zeitgeist bildet und daß, wie auf Verabredung, gleichzeitig an entlegenen Punkten sich gleiche Motive, Ideen und Formen entwickeln? Die naheliegende Erklärung mit Vorbildern und Einflüssen reicht nicht aus. Denn selten erscheint ein Einzelner als der Führende, der Rest als Gefolgschaft; gleich ursprünglich kündigt sich barocker, romantischer, realistischer Geist in vielen an. Nicht selten zeigt sich die Verwandtschaft auch in so heimlichen Bereichen, daß sie kaum bewußt sein kann. Und oft gehören Dichter zusammen, die gar nichts voneinander wissen. Da bleibt nur übrig, anzuerkennen, daß das Klima einer Zeit den Menschen, wie das atmosphärische, auf manche, aller Forschung unzugängliche Weise mehr bestimmt, als wir gemeinhin glauben mögen, und daß in jedem Klima wieder andere, eigentümlich ausgestattete Menschen zu Talenten werden und zu Meistern gedeihen.

Eine solche Betrachtung drängt sich auf, wenn wir das Werk Annette von Droste-Hülshoffs im Rahmen der deutschen Geistesgeschichte würdigen wollen. 1797 auf dem Erbgut ihres Vaters, auf Hülshoff bei Münster in Westfalen geboren, aufgewachsen im Kreise der westfälischen Aristokratie, genießt sie zwar die Erziehung, die in ihrer Umgebung üblich ist: Sie kennt die lateinische, französische, neuere englische Literatur, ältere und jüngste deutsche Lyrik, Schiller, romantische Poesie, in späteren Jahren das junge Deutschland. Auch mit Geschichte beschäftigt sie sich, eine standesgemäß gebildete Frau, die gern mit ihren Büchern lebt und aufmerksam zur Kenntnis nimmt, was irgend an sie herantreten mag.

Allein, mit dem, was wir an ihr bewundern, mit ihrem Genius, mit ihrem hohen Rang in der deutschen Literatur hat dies wenig zu schaffen. Ja, man möchte eher behaupten, es stehe dazu in einem seltsamen und beirrenden Gegensatz. Was die größte deutsche Dichterin über Dichtung zu sagen weiß, unterscheidet sich kaum von dem harmlos-banalen Geplauder irgendeines Kränzchens, das seine Tageslektüre bespricht. Sogar bei ihren eigenen Schriften ist sie nicht imstande, Echtes und Unechtes auseinanderzuhalten. Ihre verwegene Wette mit Schükking, daß sie im Lauf eines Winters einen Band Gedichte zu schreiben vermöge, gewinnt sie so mühelos, wie nur ein künstlerisch völlig unbeschwerter Dilettant sie gewinnen kann. Neben Versen von geheimnisvollster Schönheit stehen solche von unüberbietbarer Trivialität, die nicht einmal die Ebene der schlechtesten Lyrik eines Herwegh oder Freiligrath erreichen. Plötzlich fällt sie aus dem Ton; sie bemerkt es nicht; sie fährt so sicher weiter, als wäre nichts geschehen. Und die Entschuldigung, man habe die Dame nicht kritisieren wollen oder nicht ernst genommen, so daß sie nie aus ihrer unberatenen Einsamkeit herausgekommen sei, trifft offenbar nicht zu. Schücking mahnte hin und wieder; auch andere Freunde waren zugegen. Doch niemand richtete etwas aus. Es war an dem, daß Annette von Droste in einem mehr als äußerlichen Sinne nichts von Literatur verstand und daß ihr wahres dichterisches Wesen keiner Bildung fähig war.

Oder wollte sie von diesem wahren Dichtertum nichts wissen? Wandte sie sich geflissentlich ab, wenn ihr ein Einblick in die tieferen Regionen verstattet schien? Im Bewußtsein der breiteren Öffentlichkeit gilt Annette von Droste als Künstlerin, die unter den Vorurteilen des weiblichen Lebens ihrer Epoche litt und, rings von Konventionen bedrängt, vergeblich Raum zur freien Entfaltung ihres Talents zu gewinnen versuchte. Vor allem das Gedicht «Am Turme» legt eine solche Deutung nahe:

«Wär' ich ein Jäger auf freier Flur,
Ein Stück nur von einem Soldaten,
Wär' ich ein Mann doch mindestens nur,
So würde der Himmel mir raten;
Nun muß ich sitzen so fein und klar,
Gleich einem artigen Kinde,
Und darf nur heimlich lösen mein Haar
Und lassen es flattern im Winde!»

Indes, in diesen Versen, so einprägsam sie sind, erklingt noch nicht der unverkennbare Drostesche Ton. Sie sprechen vielleicht eine augenblickliche Laune, aber keineswegs das Schicksal ihres Daseins aus. Befragte sie ihr Herz mit Ernst, so gab es eine andere Antwort. Es sehnte sich nicht nach wildem Sturm; im Gegenteil, es verlangte innigst nach «der Heimatlampe Schein», dem Licht, das in der Nacht aufstrahlt und Frieden und menschliche Wärme verspricht. Sie wollte sein wie alle andern; und deshalb, möchte man fast meinen, habe sie den Beruf des Dichters und ihr eigenes Schaffen als Spiel mit nützlichen und erbaulichen Phrasen aufgefaßt und sei sie so leicht ins Vordergründige und Harmlose abgeglitten. Und freilich hatte sie guten Grund, zurückzuschaudern und zu verleugnen, was ihr aufgetragen war. Wir dürfen sie nicht bei dem behaften, worauf sie selbst den Nachdruck legt. Wir müssen jene Stimme belauschen, die wider ihren Willen spricht. Da bietet sich ein ganz anderes, ungeheures und einzigartiges Bild:

Bei vielen Lyrikern der Goethezeit herrscht eine Stimmung vor. Eichendorff im Waldesrauschen, Mörike, am Morgen, der Hülle des zauberhaften Dunkels entblößt, verwundet von dem scharfen Licht, Novalis, schwelgend in den Düften einer betäubenden Liebesnacht: so spiegelt flüchtiges Erinnern uns das Bild der Dichter vor. Annette von Droste sehen wir mit ihren übergroßen Augen und ihrem allzu schweren Haar, leidend an einer langwierigen Krankheit, von Kopfweh heimgesucht, mit müden Gliedern schlaflos hingestreckt, ein Spiel von jedem Druck der Luft — und eben so, in dieser Verfassung, eingeweiht in das Geheimnis der Schöpfung, des Menschen und der Natur. Nicht in gesunden Tagen, sondern in solchen Stunden der Bedrängnis wird ihr die Eingebung zuteil. Eine andere Welt erschließt sich da, als sie der rüstige Wanderer oder der liebende Jüngling erblickt! Annette von Droste kennt nicht das beglückende und belebende Walten des Erdgeistes, nicht die «Wunderkräfte in dem klaren Gürtel blauer Luft». Ihre Ohnmacht fühlt sich von der Übermacht des unbegreiflichen kosmischen Geschehens bedroht, dem Spuk in der nächtigen Heide, den schwelenden Dünsten, dem ungewissen Licht, das abends über dem Moor aufglänzt. Und ihre Witterung spürt minder das Leben der stolzen und starken Geschöpfe als das der geduckten Kreatur, die dumpf, betäubt vom Druck und von der Schwüle einer Landschaft daliegt:

«Unke kauert im Sumpf,
Igel im Grase duckt,
In dem modernden Stumpf
Schlafend die Kröte zuckt,
Und am sandigen Hange
Rollt sich fester die Schlange.»

Sie kennt das Zucken des Wurms im Hirn des Hundes, versteht das Wimmern des Käuzchens. Und bis zu Molchen und Larven hinab reicht ihre unheimliche Sympathie. Dergleichen ist in deutscher Sprache früher nicht ausgesprochen worden. Annette von Droste dringt als erste mit menschlichen Organen in bisher unerschlossene Zonen des niedersten animalischen Lebens vor.

Aber dies ist nur der tiefste, im Abgrund des Unsäglichen verdämmernde Grund ihrer Existenz. Der Mensch bleibt nicht befangen in dem Spiel der unbekannten Mächte, der Angst und Lust, der Ahnung und Erwartung, dem die anderen Geschöpfe wehrlos ausgeliefert scheinen. Wie seine Seele sich in Wolken, Tieren, Pflanzen, Steinen fühlen lernt und in dem weiten Rund der Schöpfung eine unermeßliche Fülle von Metaphern für ihr wandelbares Sein gewinnt, erschließt er wieder nach dem Gleichnis seines Geistes die Natur und findet einen Sinn und eignet sich das Ganze menschlich an. So hat Annette von Droste das Ängstige und Geduckte der Kreatur als Wirkung eines Fluchs gedeutet, eines Fluchs, den Gott schon in den ersten Tagen nach dem

Sündenfall Adams über die Welt verhängte. Sünde entspringt im Herzen des Menschen. Aber der Mensch trägt nicht nur für sich selber die Verantwortung. Die Schöpfung ist ihm anvertraut; er soll ihr Herr sein; also reißt sein Fall sie ins Verderben mit. Dies bedenkt die Droste in dem Gedicht «Die ächzende Kreatur»:

«An einem Tag, wo feucht der Wind,
Wo grau verhängt der Sonnenstrahl,
Saß Gottes hartgeprüftes Kind
Betrübt am kleinen Gartensaal ...
Da ward ihr klar, wie nicht allein
Der Gottesfluch im Menschenbild,
Wie er in schwerer, dumpfer Pein
Im bangen Wurm, im scheuen Wild,
Im durst'gen Halme auf der Flur,
Der mit vergilbten Blättern lechzt,
In aller, aller Kreatur
Gen Himmel um Erlösung ächzt.»

Ein furchtbarer Anblick für den Menschen, der schuldig ist an aller Pein, und um so furchtbarer, als die Spuren des paradiesischen Urzustandes nicht ganz erloschen, als sie noch in seltenen Stunden sichtbar sind: im taubeglänzten Morgen etwa, im Silberlicht des Mondes, im Auge des Kindes, im Blütenweiß. Da leuchtet Erinnerung an das geglückte Werk aus Gottes Händen auf. Dann aber breitet sich wieder der Fluch darüber, wie faulige Trübe den Spiegei eines Teiches überzieht.

Das Verhältnis eines Dichters zum Boden

seiner Heimat und zu seinem Volk ist unergründlich. Kein Zweifel: Westfälische Umgebung hat dieses Weltbild mitbestimmt, die Moorlandschaft, der schon nördliche Himmel, die ungewisse, in Dünsten sich verlierende Weite des Horizonts; und auch die Menschen: in Westfalen sind, nach dem Zeugnis der Dichterin, wie in Schottland, noch «Vorkieker» daheim, mit dem zweiten Gesicht Begabte, die unter Qualen, wider Willen, die Offenbarung räumlich fernen und künftigen Geschehens erleiden, Beispiele einer seherischen Ohnmacht, wie sie die Droste selber erfuhr. So mochte ihr diese ganze Welt in dem schwierigen Unterfangen, sich selber auszusprechen, Beistand leisten. Doch ebenso gewiß ist, daß Westfalen erst in ihrem Wort die volle Bedeutung einer deutschen Seelenlandschaft erhalten hat und wesentlich sichtbar geworden ist. Zwar schon Immermanns «Münchhausen» rückt in den «Oberhof»-Partien westfälische Sitten und Gebräuche in den Vordergrund, mit ausgesprochen kulturhistorischer Absicht, nicht anders als die Droste selbst, die einige Jahre später ihre Novelle «Die Judenbuche» unter dem Titel «Sittengemälde aus dem gebirgichten Westfalen» herausgibt. Doch wenn Westfälisches in Immermanns Werk pietätvoll gesammelt und mit volkskundlicher Liebe dargestellt ist, erscheint es in der «Judenbuche» mit aller Gewalt einer Vision. Die scheinbar nur theologische Verbindung dumpfer Naturstimmungen mit dem Fluch und der Sünde des Menschen erfüllt sich wunderbar selbstverständlich in dem Symbol des Holzfrevels, das den Hintergrund des kriminellen Geschehens bildet. Nachts hallen die Schläge der Frevler im Wald; die Bäume stürzen ächzend nieder; bedrohliche, verstörende Geräusche überall und nirgends; und wenn der Morgen anbricht, ist der grüne Tempel des Herrn zerstört und häßliche Stümpfe ragen auf.

«In diesen Umgebungen war Friedrich Mergel geboren», Friedrich Mergel, der Held der Novelle, der deutlichste, zum mindesten im Fatalen am gründlichsten ausgeführte Mensch, den die Dichterin dargestellt hat. Humanistische Vorstellungen von organischer Bildung und autonomer Persönlichkeit sind hier fernzuhalten. Wie die Natur, so kennt Annette von Droste-Hülshoff auch den Menschen nicht, wie Goethe und Schiller ihn kennen. Was vermag geprägte Form, die lebend sich entwickeln sollte, inmitten magischer Kräftefelder, beschworen von Stimmen in der Luft, beirrt von Spuk und von der Allgegenwart teuflischer Versucher umstellt. Es scheint, als sei hier der Umriß der Individualität überhaupt nicht fest gezogen. Wenn das Fluidum des Bösen durch das Herz dringt und es mitreißt, was ist dann Mergel, was ist er nicht? Wo hört er auf und wo fängt er an, wenn die Judenbuche ihn anzieht und gleichsam seine Willenskraft übernimmt, wenn sein Bewußtsein von der schwankenden Wetterlage der Äquinoktien niedergedrückt und gehoben wird? Den Spielraum seiner Freiheit auszumessen, dürfte sich niemand getrauen. Annette von Droste freilich gibt sie nicht mit ausdrücklichen Worten preis; das würde ihr christlicher Glaube verbieten. Sie warnt nur in einer Präambel vor einer selbstgerechten Verurteilung und wirft die Frage auf, inwiefern der Verbrecher verantwortlich sei. Daß ihm schließlich dennoch so etwas wie eine Wahl erlaubt ist, daß er nicht blind in den Rachen des Satans stürzt, wird zwischen den Zeilen angedeutet. Denn neben den finstern Mächten bieten die Gnadenschätze der Kirche sich an; das heilige Licht bricht durch die Wolken, und Christi Blut ist für jeden vergossen, der seine Sünde erkennen will. Doch wie dem auch sei: als Meister des eigenen Lebens erscheint der Mensch hier nicht. Himmel und Hölle streiten um ihn; und was er selbst zu diesem Streit beitragen kann, bedeutet wenig.

Neben Friedrich Mergel steht nun aber der Doppelgänger Johannes. Es wäre zu einfach, dieses Motiv aus romantischen Einflüssen zu erklären. Wir spüren, daß es echt ist, und können unser Gefühl unschwer begründen, wenn wir noch einmal bedenken, wie angstvoll Annette von Droste vor ihren düsteren Dichterträumen zurückbebt. Daß alles harmlos wäre, so, wie die anderen, die um die Heimatlampe versammelten, friedlichen Menschen es sehen! Mit diesem Wunsch im Herzen wehrt sie sich dagegen, die Größe ihres Dichterberufes anzuerkennen, ein Vorkieker, der nicht schauen will. Und also weigert sie sich auch, die dämonische Welt, die sie erfährt, als einzig wirkliche gelten zu lassen.

Immer hält sie daneben die andere unverfängliche Möglichkeit offen, so schon im «Vermächtnis des Arztes», wo ihr das Wunder gelingt, die ganze Erzählung in der Schwebe, in einem unentschiedenen Zwielicht zu halten, so etwa in dem Gedicht «Die Steppe», wo eine vertraute und eine ferne, romantisch-unvertraute Landschaft ineinandergespiegelt sind und nur die Stimmung des Betrachters den Ausschlag zwischen dem rätselhaften und dem alltäglichen Anblick gibt, so im «Spiegelbild», wo ihr eigenes Wesen doppeldeutig wird, und so in Johannes und Friedrich Mergel. Johannes ist ein armseliger Bursche, unbegabt und unversucht, kein Gegenstand beklommener Betrachtung, höchstens des christlichen Mitleids. Doch äußerlich vermag man ihn nicht sicher von Friedrich zu unterscheiden: ein menschliches Beispiel der Zweideutigkeit, in der das ganze Leben schillert, hier, bei Annette von Droste-Hülshoff, die eingeweiht ist in die Magie und mit mächtiger Anstrengung das Vordergründige zu behaupten versucht.

Es wäre nicht leicht, von einer Entwicklung in ihrem Schaffen zu sprechen. Womöglich ist eine gewisse Steigerung, eine kühnere Diktion in späteren Werken festzustellen, im «Spiritus familiaris des Roßtäuschers» etwa, dem letzten und sicher erstaunlichsten der vier Epen, die wir von ihr besitzen. Aber im wesentlichen bleibt ihre dichterische Welt in langen Jahren sich gleich, und ich glaube nicht fehlzugehen, wenn ich den Grund in dieser Zweideutigkeit, in diesem verwirrenden Zwielicht suche. Das Dunkel drängt sich ihr überall auf; das Helle kann sie nicht entbehren. Dem einen fühlt sie sich mit ihren zarten Organen nicht gewachsen; im andern vermag sie, immer wieder aufgestört, keine Ruhe zu finden. So hält sie sich selber in der Schwebe, wie ihre Welt in der Schwebe bleibt. Sie kann nicht vorwärts und nicht zurück.

An Versuchen fehlt es zwar nicht, einen Ausweg aus dem Verhängnis zu bahnen. Hier muß zuerst von ihrem religiösen Willen die Rede sein. Ich sage, vom religiösen Willen. Denn weniger die Kraft und Heiterkeit des begnadeten Menschen ist es, als eine krampfhafte Anstrengung, zu glauben und Christi Rechte zu fassen, was ihrer religiösen Dichtung, dem «Geistlichen Jahr», den ergreifenden, aber auch quälenden, schweren Charakter verleiht. Es schließt sich äußerlich an barocke und romantische Vorbilder an. Von Paul Gerhardts Gottesfrieden aber und von der schlichten, fast schon allzu kindlichen Jesu- und Mariaminne des älteren Clemens Brentano ist es weit entfernt. «Ich glaube nicht, aber ich liebe Gott. Du, den ich liebe, laß mich glauben!» — das ist das unablässig in kunstvoll gefügten, doch ungelenken Versen umspielte paradoxe Thema. In heißem Liebeswerben bald und bald mit Schreien der Verzweiflung wie unter der Rinde des Eises hervor gibt eine Not sich kund, deren Ernst und unerbittliche Aufrichtigkeit zu verkennen ungeheuerlich wäre, die aber dennoch den Leser mit einem seltsam gemischten Gefühl entläßt, nicht nur weil das künstlerische Versagen offenkundig ist, sondern mehr noch deshalb, weil uns eine Stimme warnen will, Gott lasse so nicht mit sich reden, mit Vorbehalten und Bedenken und Sorgen um den Buchstaben des Dogmas; von einem Menschen, dem so viel erschlossen sei, verlange er Größeres, einen heiligen Wagemut aufs gänzlich Ungewisse, auf Gedeihen oder Verderben hin. Wir dürften dies freilich kaum in Worte fassen, wenn die Droste selbst es in den letzten Jahren nicht bestätigt und das Wagnis, ohne zurückzuschauen, geleistet hätte. Nur im «Geistlichen Jahr» gelingt es noch nicht. Da klammert sie sich erschrocken an und schließt vor dem Jahrhundert, dem sie angehört, die Augen zu. Solcher Blindheit bei gesunder Sehkraft kann kein Heil erblühn.

Gleichsam in entgegengesetzter Richtung führt ein anderer Weg. Wenn alles im Zwielicht zweifelhaft bleibt, dann gilt es, die Gegenstände so scharf wie nur irgend möglich ins Auge zu fassen. Eine Bemühung dieser Art bekundet schon die «Judenbuche». Gerade dann, wenn das Geschehen völlig undurchdringlich wird, wenn in der dämmerigen Beleuchtung jede Deutung möglich scheint, rafft Annette von Droste sich plötzlich zusammen, verknüpft und sondert die Fäden und setzt einen unvermuteten Scharfsinn ein, um das Entgleitende zu bestimmen und sich zu sagen, woran sie ist. Auch ihre Prosa gewinnt an solchen Stellen auf einmal die schärfsten Konturen. Sie schaltet mit den Worten und Sätzen, entschlossen, meisterlich, überlegen — bis wieder am Rand «die Dünste sich drehn» und das andere die Oberhand gewinnt, das mächtiger ist als der klarste Geist. Der unvergängliche Reiz der Novelle beruht auf diesem Widerspiel. Es wiederholt sich in den Gedichten, obwohl nicht ganz so eindrucksvoll, weil es da meist auf verschiedene Stücke verteilt ist. Doch wie betroffen merken wir auf, wenn die Dichterin des Unheimlichen auf einmal ein Landschaftsbild entwirft, das wie mit der Lupe gesehen und mit einer Genauigkeit ausgeführt ist, die uns an Dürer erinnern möchte, ahnten wir nicht doch immer noch die Gebärde, die sich des Schwindels erwehrt:

«Der schwankende Wachholder flüstert,
Die Binse rauscht, die Heide knistert
Und stäubt Phalänen um die Meute.
Sie jappen, klaffen nach der Beute,
Schaumflocken sprühn aus Nas' und Mund.
Noch hat der Fuchs die rechte Weite,
Gelassen trabt er, schleppt den Schweif,
Zieht in dem Taue dunklen Streif
Und zeigt verächtlich seine Socken.
Doch bald hebt er die Lunte frisch,
Und, wie im Weiher schnellt der Fisch,
Fort setzt er über Kraut und Schmehlen,
Wirft mit den Läufen Kies und Staub;
Die Meute mit geschwollnen Kehlen
Ihm nach, wie rasselnd Winterlaub.
Man höret ihre Kiefern knacken,

Wenn fletschend in die Luft sie hacken;
In weitem Kreise so zum Tann,
Und wieder aus dem Dickicht dann
Ertönt das Glockenspiel der Bracken ...»

In diesem Rahmen werden die Mücken und Käfer, die Gräser und Moose sichtbar, die ganze minutiöse Kleinwelt, die meist in der Literaturgeschichte als eigentliche Domäne der Droste gilt, die aber mißverstanden wird, wenn man sie nur aus der mütterlichen Neigung, zu sammeln und zu hegen, erklärt. Sie bleibt bezogen auf die andere, dem äußeren Sinn entrückte Sphäre, so wie sich ein Mensch im Dunkel eines winzigen sichtbaren Dings versichert, um nicht ins Unendliche zu entgleiten. Mütterlich lieb sind im Werk der Droste höchstens die künstlerisch wertlosen Verse. Die echten sind visionär oder dann, wenn sie realistisch-präzis verfährt, von einer gedrungenen, urchigen Kraft, unsentimental, urdeutsch im Ton, gesättigt mit alten, in literarischer Sprache schon halb vergessenen Wörtern und oft genug von einer Prägnanz, die sonst nur dem bäurischen Sprichwort eignet.

Nun sind wir genügend vorbereitet, um auf die Frage zurückzukommen, die eingangs aufgeworfen wurde. Wir haben uns darüber verwundert, daß selbst Dichter sich dem Zeitgeist unterworfen zeigen, die nichts oder wenig von ihrer Epoche wissen, daß das Gesetz der Geistesgeschichte sich auch in den einsamsten Kammern erfüllt. In ihren wahren dichterischen Bereichen ist aber Annette von Droste-Hülshoff eine der einsamsten deutschen Gestalten. Nicht erstaunlich ist es, daß sie gelegentlich Freiligrathsche Töne anschlug oder im «Geistlichen Jahr» die religiöse Dichtung älterer Zeiten zu erneuern versuchte. Da ging sie mit Wissen und Willen vor und bemühte sich, zeitgemäß zu sein oder ihrer Zeit den Rücken zu kehren. In ihren großen Schöpfungen aber wußte sie nicht über sich Bescheid, verfuhr sie nachtwandlerisch original und war sie unfähig, auf jemand zu hören, sich fördern oder hemmen zu lassen. Und darüber ziemt es, erstaunt zu sein, daß eben hier ihr Werk im reinsten Sinne der Stunde des Geistes entspricht.

Mit Goethe beginnt in Deutschland jene eigentümliche neue Lyrik, die heute noch im Sprachgebrauch den Gehalt des Ausdrucks «lyrisch» bestimmt. Das Wesen dieser Poesie ist «Innigkeit» im weitesten Sinn, ein Ineinanderfließen der Natur und der Seele in der Stimmung, so, daß, wie in Goethes «Mailied», das liebende Herz sich im Blütendampf und in goldenen Morgenwolken fühlt. Wenn wir die Geschichte der lyrischen Dichtung der Goethezeit überfliegen und weiterhin den ganzen Wandel des deutschen Geistes ins Auge fassen, so sehen wir, daß das Ineinander allmählich immer inniger wird, daß mehr und mehr das Ich des Menschen sich in der Natur verliert und sich vorbehaltlos dem Strom des Vergänglichen hingibt. Für die Aufklärung des 18. Jahrhunderts war die Natur noch Objekt, ein Gegenstand der Berechnung, der nur zu menschlichen Zwecken eingesetzt wurde. Der Mensch stand ihr als Herr gegenüber. In der Klassik, bei Goethe, schwebt die große Waage im Gleichgewicht. Liebe waltet zwischen dem Ich des Dichters und dem Du des Kosmos. Die Dichter, die wir Romantiker nennen, erscheinen als Opfer der Natur, bezaubert, hingerissen von ihrer überwältigenden Magie. Ein Schwindel ergreift sie. Das Gefühl des Selbstverlustes, der Ohnmacht meldet sich zum Wort. Schelling, der um 1800 noch triumphal neben Goethe trat und sich die Macht zutraute, alle sechs Tagewerke im Busen zu fühlen, erscheint um 1820 umwölkt von unüberwindlicher Schwermut. Schwermut ist auch die Stimmung, die etwa Justinus Kerners Schaffen durchwirkt. Der Geist erhebt sich nicht mehr frei. Die Schwerkraft der Erde zieht ihn herab. Die Schicksalstragödie sagt auf ihre Weise, der Mensch sei ausgeliefert und nicht mehr imstande, sein Leben zu meistern. Wo immer noch ein Dichter spricht, der im Sinne der Goethezeit eingeweiht ist, da wird das innige Wissen zur Qual, zum panischen Schrecken, oder zu einer langwierigen, müden Beklommenheit. Mörike behält noch Raum für ein souveränes artistisches Spiel. Auch er ist aber niedergedrückt von der schweren Last der Erinnerung, ein letzter König von Orplid, der schaudernd in die Klüfte der allzu reichen eigenen Seele blickt.

Diesen Gestalten schließt sich als eine der letzten Annette von Droste an. Ihre Fühlung des niederen animalischen Lebens, die atmosphärische Witterung, die Erfahrung eines dämonischen Waltens erweist sich als eine späte Phase jenes geistesgeschichtlichen Vorgangs, in dem es den Menschen gleichsam immer mehr zum Boden der Erde zieht, in dem sein Verlangen nach Fülle und Nähe des Lebens überwältigt wird und sich in Angst und Grauen verkehrt:

«Und wieder an des Friedhofs Monument,
Dran Namen standen, die mein Lieben kennt,
Da lag ich betend, mit gebrochnen Knieen,
Und — horch, die Wachtel schlug! Kühl strich der Hauch —
Und noch zuletzt sah ich, gleich einem Rauch,
Mich leise in der Erde Poren ziehen.»

In diesen Versen scheint dem Sinken ein mildes Ende beschieden zu sein, scheint die Romantik in die Stille ihres Grabes einzugehen.

Aber die Droste ist zugleich eine der ersten Gestalten der kommenden Zeit. Ja, nirgends erscheint die bekannte Wendung, welche die Geistesgeschichte der dreißiger und vierziger Jahre verzeichnet, eindrucksvoller als gerade bei ihr. Das junge Deutschland gibt die romantische Tiefe preis für die Politik; es schränkt den Menschen ein auf ein einziges bestimmtes, nahes und faßliches Ziel. Heine zersetzt die Musik der Seele mit seiner nachlässigen Ironie. Immermann scheint in den labyrinthischen Gängen des Geistes zu ermüden und deshalb das Einfache vorzuziehen. Hier überall zeigt der Abschied von der Romantik Spuren der Erschöpfung, und so läßt sich nicht leugnen, daß die Welt, die gegen die romantische ausgespielt wird, ein etwas bläßliches Ansehen hat. Annette von Droste-Hülshoff werden wir in der Weite des Horizonts, im Umfang ihrer Begabung weder mit Immermann noch mit Heine vergleichen. Daß aber das Schicksal der Zwischenzeit in ihr sich ungleich reiner erfüllt, dies zu behaupten ist wohl erlaubt. Ihr Grauen vor der Finsternis und mehr noch vor dem verwirrenden Zwielicht ist elementar und erzwingt auch eine elementare Reaktion. Die realistische Dichte und Schärfe in einigen Werken der Dichterin zeugt von einer Kraft, die man der Frau am wenigsten hätte zutrauen mögen. Wie weit entfernen sich die Extreme ihres Daseins voneinander! Ohnmächtiges Opfer, von dem Fluch der Sünde verstörte Kreatur und zähe, unerbittlich die Striche setzende Künstlerin der Kleinwelt: das ist in ihr vereint und weist ihr den Platz auf der Schwelle der Zeiten an.

Ich habe indes mit Absicht die zeitgeschichtliche Besinnung eingeschaltet, bevor von den spätesten Werken, den «Letzten Gaben», die Rede gewesen ist. Da nämlich wächst die Droste noch erstaunlich über sich selbst hinaus und erreicht eine Höhe, die nicht mit den üblichen Kategorien geschätzt werden kann: ein ergreifendes, im Bereich der deutschen Sprache seltenes Ereignis. Sorge, Angst und Grauen herrschen im Werk der mittleren Droste vor. Sie ist, als Dame aristokratischer Kreise, besorgt um die Schicklichkeit; sie ängstigt sich um des Glaubens willen; und Grauen erfaßt sie in den Stunden der dichterischen Konzeption. Das sei nicht zu ihrem Nachteil gesagt. Wo kein Abgrund aufklafft und alles übersichtlich und faßlich ist, da freilich kommt die Angst nicht auf. Die große, unerklärliche Angst, wie die Droste sie kennt und in Worte faßt, setzt unergründliche Tiefe voraus. Und nur in einer Wandlung, die schonungslos den ganzen Menschen umfaßt, ist solche Angst zu überwinden, mit aller Angst der Welt überhaupt und aller irdischen Besorgnis. Wir glauben, zu sehen, wie es anhebt, wenige Jahre vor dem Tod. Und offenbar ist es schon der Tod, der leise mitspricht und der alternden Frau die höchste Weisheit zuraunt. Levin Schücking, der junge Freund, hat sich vermählt und ist fern gerückt. Die alte Krankheit dauert an. Sie kann nicht hoffen, jemals auf die Dauer wieder zu Kräften zu kommen. An Gütern des Lebens hat sie nichts mehr zu erwarten, es seien denn die Gespräche mit den altbewährten Freunden, Blicke aus dem Fenster und was der Tag ihr an hübschen Dingen ins Zimmer bringen mag. Und da geschieht es, daß sich die beinahe unerträgliche Spannung löst und daß sich ihr Herz ergibt. Sie hat auf Erden nichts Unentbehrliches mehr zu verlieren; was soll die Angst? So läßt sie sich locker, geschehe, was will. Und nun geschieht, was uns, die wir von außen zusehen, als Wunder berührt, und was doch, wie wir uns überzeugen müssen, von einfachster Richtigkeit ist: daß mit dem Augenblick der Ergebung alles Bedrohliche schwindet und nichts als Segen ins offene

Herz einströmt. Dieselben überlegenen Mächte, die dem verkrampften, um sich selber besorgten Geist gefährlich erschienen, umfließen den gelösten, selbstlos hingegebenen als Gnadenstrom. Schwer bewahren wir die Fassung, wenn wir diese Wendung verfolgen: in dem Gedicht «Mondesaufgang» und wieder in der «Durchwachten Nacht» und, in der letzten Verklärung, wo schon die verborgensten Winkel der Seele aufgehellt sind, in jenen Versen, die zu den schönsten der Weltdichtung gehören:

«Süße Ruh', süßer Taumel im Gras,
Von des Krautes Arome umhaucht,
Tiefe Flut, tief tief trunkne Flut,
Wenn die Wolk' am Azure verraucht,
Wenn aufs müde, schwimmende Haupt
Süßes Lachen gaukelt herab,
Liebe Stimme säuselt und träuft
Wie die Lindenblüt' auf ein Grab.

Wenn im Busen die Toten dann,
Jede Leiche sich streckt und regt,
Leise, leise den Odem zieht,
Die geschloßne Wimper bewegt,
Tote Lieb', tote Lust, tote Zeit,
All die Schätze im Schutt verwühlt,
Sich berühren mit schüchternem Klang
Gleich dem Glöckchen, vom Winde umspielt...»

Seltsam, alle uns aus den früheren Zeiten wohlbekannten Züge Annette von Drostes begegnen uns wieder. Noch immer spricht die menschliche Ohnmacht, die Stimmung des «müde schwimmenden Haupts», und waltet die innige Sympathie mit der niederen, geduckten Kreatur. Noch immer die sinkende Bewegung, das Lehnen, Kauern, erschöpfte Liegen. Doch alles rückt in ein anderes Licht. Ein tiefer Atemzug der Erlösung beseligt und beseelt die Sprache und löst die starre Rhythmik auf in einen weichen, getragenen Ton. Die Landschaft, bisher Schauplatz des Unheimlichen, wandelt sich zur Heimat

> «Und jede schwache Form im Dunkeln
> Zur tiefvertrautesten Gestalt.»

Wohl war schon im «Vermächtnis des Arztes», in der «Judenbuche», in den Gedichten von 1844 ein kleiner Raum für das Sündenlose, Paradiesische ausgespart. Aber dies blieb fast unwahrscheinlich, fern und vermochte wenig über den Menschen, der durch Angst und Sorge selber der Gnade den Zugang verwehrte. Nun heißt es «tief», «süß» und «leise», während früher «dumpf», «dunkel», «schwer» die Lieblingsworte waren. Der Mond geht auf; die Nachtigall schlägt; die Lindenblüte, von jeher ersehnter Balsam des Herzens, «säuselt und träuft». Und keineswegs kehren hier nur die schon vergilbten romantischen Bilder zurück. Wir denken weder an Eichendorff noch an Brentano oder an Tieck. Wir geben alle literaturgeschichtlichen Erinnerungen preis und hören der einsamen Stimme zu, die sich des höchsten, nur am Rande des Irdischen blühenden Glücks versichert.

In Meersburg sind diese Gedichte entstanden. Das würde an sich nicht viel besagen. Denn eine große Zahl von Versen, die von der westfälischen Landschaft zeugen, verdanken wir gleichfalls dem Aufenthalt der Dichterin auf dem Schloß ihres Schwagers. Es scheint, als habe sie erst hier das Mindestmaß von Freiheit gefunden, des auch der Lyriker bedarf, als habe sich erst hier, in der Ferne, der Bann der Heide und des Moors so weit gemildert, daß sie einige Schritte zurückzutreten und den gestaltenden Stift zu führen vermochte ... Nun aber, in den «Letzten Gaben», leuchten die Fläche des Bodensees, die Ufer und milden Hügel auf, erfüllt sich ihre Seele hier, in der lichteren, südlicheren Natur. Nicht nur wie einst in der «Schenke am See» umgibt das Land mehr dekorativ einen freundlich-wehmütigen, menschlichen Vorgang, der auch wohl anderswo stattfinden könnte. Der Bodensee wird für Annette von Droste zum eigensten Raum der Gnade, einer Gnade, die herrlicher ist als alles, was sie je in den Sorgen des «Geistlichen Jahres» zu hoffen oder ungestüm zu begehren wagte. Ihr Grab an der Mauer des Meersburger Friedhofs umschließt die sterblichen Reste eines Menschen, der nach dem schweren Gang durch alle Ängste des Irdischen Gott in seinen Willen aufgenommen und Frieden mit sich selber, mit den Geschöpfen, mit den Geschicken des Lebens und mit dem Tode geschlossen hat.

Emil Staiger

Der Auswahl liegt die kritische Ausgabe von Karl Schulte Kemminghausen, München 1925, zugrunde. Einzig für die «Ledwina», bei der es sich um einen von der Droste selbst nicht endgültig redigierten Text handelt, wurde größtenteils die lesbarere Ausgabe Kreitens benutzt. Die Anmerkungen beschränken sich auf das Notwendigste.

*

S. 8: *Brennende Liebe*, crataegus pyracantha, auch sonst der «brennende Busch» genannt (Anmerkung der Droste).

S. 12: *der getaucht nach dem Becher*. Vermutlich ein Hinweis auf Schillers «Taucher».

S. 12: *heilend*, intransitiv, das Würmchen wird heil.

S. 13: Die Situation ist nicht leicht zu verstehen: Betrachtet wird eine westfälische Steppe mit Mulden, Karren, einem Schäfer im Mantel und einer entlaubten Fichte mit einem Weihennest in der Krone. Die Stunde des Zwielichts veranlaßt die Umdeutung der Mulden zu Wellen, der Karren zu Kanonen, der Fichte zum Mast mit Seilen und Korb. In der ersten Strophe wird gleichsam nur versuchsweise an den Strand im Dämmerlicht erinnert; die zweite vergleicht, zunächst noch ohne zu vergessen, was eigentlich da ist; dann fehlt beim Korsaren schon das reale Substrat, ein Schäfer im wehenden Mantel; das Bild des Strandes bestätigt sich mehr und mehr, und schließlich sind die Rollen vertauscht; die Steppe sinkt zum Vergleich herab.

S. 16: *Schmehlen*, Heidegräser.

S. 16: *Bruch*, mit Bäumen oder Gesträuch bestandenes Sumpfgelände.

S. 16: *Brahm*, Brombeerstaude.

S. 17: *es bricht*, brechen = knirschen, mit den Zähnen mahlen, wie in der Redensart «nichts zu beißen und zu brechen».

S. 19: *Phalänen*, Nachtschmetterlinge.

S. 20: *Schmehlen*, siehe Anmerkung zu Seite 16.

S. 20: *Bracken*, Laufhunde.

S. 20: *Heidekolk*, Pfütze.

S. 20: *Mönch*, Spund im Abfluß eines Teichs.

S. 21: *Sterke*, junge Kuh.

S. 21: *Talg*, das Fett.

S. 22: *Lode*, Laubholz.

S. 24: *Der Heidemann*. Hier nicht das bekannte Gespenst, sondern die Nebelschicht, die sich zur Herbst- und Frühlingszeit abends über den Heidegrund legt (Anmerkung der Droste).

S. 24: *Bruch*, siehe Anmerkung zu Seite 16.

S. 24: *Phaläne*, siehe Anmerkung zu Seite 19.

S. 25: *Schmehle*, siehe Anmerkung zu Seite 16.

S. 27: *Sterke*, siehe Anmerkung zu Seite 21.

S. 37: *Phaläne*, siehe Anmerkung zu Seite 19.

S. 38: *Färse*, weibliches Rind.

S. 39: *Polyp*, vermutlich eine Verzierung des Wappens.

S. 39: *Seiger*, Wanduhr.

S. 39: *Syringen*, Flieder.

S. 40: *Daguerre*, Erfinder der Photographie.

S. 40: *ein schönes Kind.* Aus einer früheren Fassung geht hervor, daß es sich hier um eine Begegnung mit der eigenen Kindheit handelt.

S. 43: *Philippa Pearsal*, eine englische Freundin der Droste.

S. 45: *Aaronsstab*, siehe 4. Mose 17, 16—26.

S. 46: *Ein Prophet.* Elia, vergl. 1. Könige, 19, 11–12.

S. 57: *Nösterlein*, der Rosenkranz.

S. 58: *Der Loup Garou*, aus dem Zyklus «Volksglauben in den Pyrenäen».

S. 62: Die Widmung bezieht sich auf eine verlorene erste Fassung des Epos, die offenbar stark autobiographisch gefärbt war.

S. 63: *Soldanella alpina*, Alpendrottelblume (Anmerkung der Droste).

S. 88: Der Arzt weiß nicht, ob er Rötel und Taubenfedern, oder Blut und ein weißes Kleid in der Schlucht gesehen hat, ob also die Indizien für Traum oder Wahrheit sprechen.

S. 108: Ein Betrunkener, Hans von Spaa, wirft ein Glas, eine Frucht und eine Börse durch die Fenster eines Wirtshauses. Die Birne ist die am Speer des Wirtshausschildes hängen gebliebene Börse.

S. 110: *Franzenhange*, der buschige Schwanz.

S. 111: *Kolk*, Pfütze, Sumpf.

S. 111: *Wasserbungen*, Wasserpflanzen.

S. 111: *Kanker*, langbeinige Wasserspinne.

S. 114: *Salvator*, gemeint ist Salvator Rosa, italienischer Maler (1615—1673).

S. 125: *Palatin*, Pelzkragen.

S. 209: *Heidschnucken*, Heideschafe.

S. 214: *Stock, Stein, Gras, Grein*, die Losung der Feme.

S. 238: *Poissarden*, Fischweiber.

S. 267: *verlegener*, durch Herumliegen schadhaft geworden.

S. 284: *Ein falscher Eid.* Aus einer früheren Fassung geht deutlich hervor, daß Johannes das uneheliche, aber mit einem Eid verleugnete Kind Simons ist.

S. 288: *Topphol*z, dünnes, zum Verarbeiten ungeeignetes Holz der Zweigenden.

S. 290: Der Pfiff ist ein Signal für die Holzfrevler.

S. 308: *Wischhader*, Wischlappen.

INHALTSVERZEICHNIS